ESCONDA-SE

Da autora:

BECO SEM SAÍDA

MARY JANE CLARK

ESCONDA-SE

Tradução
Carolina Caires Coelho

BERTRAND BRASIL

Título original: *Hide Yourself Away*

Capa: Leonardo Carvalho

Editoração: DFL

2006
Impresso no Brasil
Printed in Brazil

CIP-Brasil. Catalogação na fonte
Sindicato Nacional dos Editores de Livros - RJ

C544e	Clark, Mary Jane Esconda-se/Mary Jane Clark; tradução de Carolina Caires Coelho. — Rio de Janeiro: Bertrand Brasil, 2006. 336p. Tradução de: Hide yourself away ISBN 85-286-1181-7 1. Romance americano. I. Coelho, Carolina Caires. II. Título.
06-0980	CDD - 813 CDU - 821.111 (73)-3

Todos os direitos reservados pela:
EDITORA BERTRAND BRASIL LTDA.
Rua Argentina, 171 — 1º andar — São Cristóvão
20921-380 — Rio de Janeiro — RJ
Tel.: (0xx21) 2585-2070 — Fax: (0xx21) 2585-2087

Atendemos pelo Reembolso Postal.

E, mais uma vez, a Elizabeth e David.
E a todos aqueles que lutam contra a síndrome do X Frágil,
a forma mais freqüente de comprometimento mental de caráter hereditário.
Deus, por favor, permita que encontremos um tratamento ou a cura.

AGRADECIMENTOS

O Estado do Oceano.

Tenho uma grande paixão por Rhode Island desde os anos 1970, quando estudei na sua universidade. É um estado como nenhum outro, pequeno em território, mas grandioso em atmosfera, história e emoção. Nas vezes em que voltei para lá no decorrer dos anos, levando meus filhos a Newport no verão, minha ligação com Rhode Island ficou ainda mais intensa. O céu por lá é mais azul, as águas mais cintilantes, e o ar, fresco e puro, nos envolve, acalma e renova.

Então é compreensível que eu tenha decidido escrever uma história que acontece em um lugar que me presenteou com tantas amizades duradouras e boas lembranças. *Esconda-se* é minha declaração de amor a Rhode Island.

Precisei de ajuda para fazer esta declaração de amor, evidentemente. Aqui estão os nomes das pessoas que me ajudaram durante este percurso.

Jen Enderlin, extraordinária editora, foi essencial do começo ao fim desta jornada. Foi Jen quem no princípio sugeriu que os estagiários da KEY News deveriam competir por uma vaga, e foi ela quem me disse que o final da história precisava ser repensado e me deu tempo para isso. Para Jen e para a entusiasmada equipe da St. Martin's Press... Sally Richardson, Matthew Shear, Ed Gabrielli, John Murphy, John Karle, Kim Cardascia e Anne Twomey, meus sinceros agradecimentos. E à preparadora de originais Susan M. S. Brown minha gratidão por ter melhorado o texto e corrigido os erros.

Susan Henderson, docente da Sociedade de Preservação de Newport, ofereceu uma visita fascinante ao Elms e ótimas explicações a respeito de como era a vida para os empregados que trabalhavam na fabulosa mansão. Mostrando elevadores e caçambas metálicas grandes o bastante para comportar um corpo humano, o *tour* clandestino guiado por Susan fez com que minha mente trabalhasse na criação de partes da história.

Michelle Pin Seymour generosamente contribuiu com sua idéia e experiência de ter uma tatuagem em seu pé. O motivo de Michelle tornou-se o mesmo que o da personagem do livro, como uma homenagem.

A apaixonada pela cultura inglesa Linda Lee Karas me orientou a respeito de coisas que minha personagem inglesa poderia pensar e como se expressaria. Leeb, você é "brilhante". Outras pessoas do CBS News também me ajudaram. Michael Bass, B. J. D'Elia, Deborah Rubin e Rob Schafer contribuíram com os detalhes necessários.

Recebi apoio moral e gentileza de muitas partes. Liz Flock ofereceu-me companhia compreensiva e um ótimo retiro no Maine, um lugar perfeito para concentrar-se e começar a escrever. Conforme a data de entrega se aproximava, Elizabeth Kaledin acalmou e incentivou esta preocupada autora em muitas tardes com seus telefonemas. Louise Albert, Joy Blake e Cathy Haffler assumiram essa tarefa à noite.

O site na Internet continua ativo, com Colleen Kenny na direção. Obrigada, Col, por sua criatividade e devoção a www.maryjaneclark.com.

Laura Dail, a agente mais comprometida do mundo, ofereceu suas valiosas opiniões editoriais, além de sua atenção quase diária à minha carreira literária. Sei que tenho muita sorte por ter Laura como minha defensora.

Todos os escritores deveriam ser agraciados com um editor independente, como o padre Paul Holmes, mas, infelizmente, só existe um dele. Ele é meu querido técnico de redação, oferecendo seus conhecimentos sábios e aguçados, incentivando-me a cada etapa do trabalho. Para mim não restam dúvidas de que os céus colocaram o padre Holmes em meu caminho.

Meus pais, Doris e Fred Behrends, e minha irmã, Margaret Ann, continuam a torcer por mim e a amar meus filhos, sempre cuidando do bem-estar deles. Saber que eles me apóiam faz com que eu consiga escrever.

E, agora, terminou. Até a próxima vez, não preciso mais me esconder.

PRÓLOGO

Ele queria acender as luzes, mas ela estava feliz por não ser possível. Qualquer claridade que fosse notada na casa de boneca chamaria a atenção de algum empregado, que viria investigar.

Ele também queria ouvir um pouco de música, e tinha trazido seu toca-fitas, mas ela insistiu para que mantivessem o silêncio. Não podia correr o risco de o barulho invadir a silenciosa noite. O único som que existiria dentro da casinha seria o vagaroso e constante roçar de seus corpos.

Ela deitou-se de costas no sofá-cama de ferro batido, pensando nas crianças que já tinham cochilado ali. Ficava tensa a cada som feito pelos grilos e gambás do lado de fora. Tentou imaginar se havia animais no túnel que ficava embaixo da casinha. Esperava que não, pois ali era a saída predeterminada que usariam se precisassem fugir.

Estava tendo dificuldades para relaxar. Ele não tinha o mesmo problema. Estava bastante envolvido na situação. Foi quando ele começou a aumentar o ritmo que ela ouviu uma voz vinda de fora.

— Santo Deus, é a Charlotte — sussurrou enquanto o afastava.

Os dois apressaram-se para pegar suas roupas. Ele pegou o toca-fitas enquanto ela entrava no alçapão. Na escuridão curvaram-se, fechando a tampa do túnel no mesmo momento em que a porta da casa de boneca foi aberta.

Descalços, sentiram o chão rústico e gelado do túnel.

— O que está esperando? — ele sussurrou. — Vamos.

— Estou me vestindo aqui — ela disse. Só Deus sabia o que havia naquele túnel, e ela se sentiria muito melhor se estivesse vestida quando chegassem à água do outro lado.

Vestiram-se orientados apenas pelo tato na escuridão, enquanto vozes abafadas vinham de cima.

— Quem está com ela? — ele quis saber.

— Não sei.

Vagarosamente começaram a andar com os braços esticados na frente do corpo e as mãos tocando as paredes do túnel, em busca de segurança. Ela segurou-se para não gritar quando sentiu alguma coisa encostar-se em sua perna. Seria um guaxinim? Uma ratazana? Deus estava castigando-a por seus pecados.

Finalmente as águas da baía de Narragansett reluziram na abertura do outro lado do túnel. Os dois apressaram o passo e a lua lançava uma luz precária, porém preciosa. Assim que chegaram a seu objetivo, ele parou.

— Merda.

— O que foi?

— Minha carteira. Ela deve ter caído do bolso de minha calça.

— Ai, meu Deus do céu.

Ele segurou a mão dela. — Não se preocupe, vamos continuar. Talvez ninguém a encontre.

— Vou voltar para buscá-la. — Estava decidida.

— Amanhã. Você pode pegá-la amanhã — ele insistiu.

Ela gostaria de poder sair com ele, mas sabia que não conseguiria dormir a noite toda sabendo que a carteira dele poderia ter estragado tudo.

— Você vai embora. Vá para casa — ela disse.

— Vou voltar com você — ele sugeriu.

— Não. Você precisa sair da propriedade. Não podem saber que você esteve aqui. Tem que ir embora. Agora.

— Está bem, mas nos veremos amanhã.

Ela engoliu em seco ao vê-lo seguir pela margem e desaparecer na escuridão. Respirando profundamente, ela virou-se de modo decidido e voltou para dentro, cuidadosamente apoiando-se nas paredes do túnel. Seus dedos tateavam a aspereza da parede de tijolos, fria e pegajosa. Tentou imaginar como as coisas deveriam ter sido para os escravos, lutando por suas vidas naquele túnel, respirando aquele ar úmido e com cheiro de mofo que agora lhe invadia as narinas. Será que eles tinham lanternas para iluminar o caminho? Ou será que eram aprisionados no escuro, sem saber o que estava diante deles, dispostos a se arriscar, conhecendo apenas os horrores que tinham deixado para trás?

Quando calculou que certamente estava perto da escada que levava à casa de boneca, segurou-se em um grande buraco na parede. Pedacinhos de terra soltavam-se conforme ela se apoiava. Seus batimentos cardíacos aumentaram. Será que o velho túnel era seguro? Será que poderia ruir, prendendo-a lá dentro? Alguém a encontraria?

Ela rezou. Se conseguisse safar-se, prometeria nunca mais entrar na casa de boneca outra vez. Por mais que ele insistisse, aquela teria sido a última vez. Ela jurava.

Seguiu adiante, chorando em silêncio no escuro.

Até tropeçar em alguma coisa e cair de joelhos. Sua respiração ficou curta e aterrorizada, seu coração batia com força de encontro a seu peito enquanto ela tateava o obstáculo. Estava coberto com um fino pano, era grande e imóvel.

O corpo de uma pessoa, ainda quente, mas sem vida.

Tinha experimentado aquela sensação antes, apenas algumas vezes, em sonhos. O desespero, o pavor, a necessidade de gritar, mas, de alguma forma, a sensação de paralisia, a incapacidade de emitir qualquer som. Afastou-se do corpo e encostou-se na parede do túnel, tremendo na escuridão.

Um pouco depois percebeu que estava ali há apenas alguns instantes, que pareciam ser uma eternidade, e os pensamentos assustadores invadiam-lhe a mente. Precisava buscar ajuda. Deveria chamar as pessoas da casa-grande. Mas não conseguia. Não devia estar ali e estava morrendo de medo de ter que explicar seu encontro proibido.

E pior ainda: e se a acusassem? E se pensassem que ela tinha cometido um assassinato? Esfregava as mãos em suas pernas, tentando acalmar-se, quando ouviu um barulho. A tampa do túnel estava sendo aberta sobre sua cabeça.

Ela fechou os olhos com força, certa de que seria o fim. O assassino estava vindo para pegá-la também.

Mas, em vez disso, algo leve caiu de lá, em sua cabeça, passando por seu rosto. Uma folha de papel? Um cartão?

Ela ficou ouvindo, trêmula, porém imóvel, enquanto a tampa era fechada novamente.

Quatorze Anos Depois

As lâmpadas localizadas no túnel eram acionadas por um gerador, mas aquele era o único sinal de tecnologia. O trabalho estava sendo feito meticulosamente, à mão. Da mesma forma que o túnel fora cavado mais de um século e meio antes, eram seres humanos, e não máquinas, que raspavam a terra e cobriam com argamassa os velhos tijolos agora. Um cuidado especial estava sendo tomado para garantir que as paredes ficassem firmes e fortes. Quando tudo estivesse terminado, milhares de turistas, historiadores e estudantes teriam a oportunidade de, pela primeira vez, percorrer o caminho que os escravos norte-americanos tinham utilizado em sua fuga desesperada para a liberdade. Aquele túnel precisava oferecer segurança.

— Temos uma parte oca aqui — gritou o mestre-de-obras, e suas palavras ecoaram dentro da passagem subterrânea.

A espátula bateu na argila macia e vermelha. Pedaços de terra caíram no chão do túnel. O buraco na parede ficou ainda maior.

A escavação continuou, revelando partes do material envolvido na argila, desbotado e desgastado pelo pó e pelo tempo. Mesmo assim, algumas partes metálicas brilhavam sob a luz das lanternas. Cuidadosamente, o pedreiro tirou a terra, seguindo a trilha da área dourada.

Os outros trabalhadores no túnel se reuniram para assistir à escavação e, quando viram do que se tratava, ficaram felizes por estarem juntos. Ninguém teria gostado de encontrar aquilo sozinho.

Um crânio e ossos humanos envoltos em um tecido lamê dourado.

SEXTA-FEIRA
16 de JULHO

CAPÍTULO

1

Ela era a mais velha.

Enquanto Grace observava os universitários na agitada redação naquela manhã, tinha a mais clara noção do abismo que a separava daqueles jovens. Pelo menos uma década de diferença existia entre ela e a melhor e mais inteligente deles, que ela via debruçada nas mesas, olhando as telas dos computadores e conversando com os bem-dispostos membros da equipe de notícias da manhã. Todos eram bem-educados, esforçados, ambiciosos e, ao contrário de Grace, muito jovens.

Eles têm a vida inteira pela frente, Grace pensou, observando uma aluna cruzando suas longas e bronzeadas pernas, conseguindo não se mostrar completamente dentro de uma despudorada minissaia. Todos eles têm futuros promissores, estão destinados a se formar em respeitadas universidades, já elaborando seus currículos com a intenção de conseguir aquele primeiro emprego remunerado no jornalismo televisivo. Sem nada que os prendam, podem correr atrás de seus sonhos. Não terão nenhuma bagagem pessoal para carregar quando entrarem no mercado de trabalho. Podem ir a qualquer lugar, fazer qualquer coisa, aceitar qualquer trabalho, livres e desimpedidos.

Grace Wiley Callahan sabia bem que não era igual aos outros. Seu currículo não era assim tão curto. Tinha um histórico e responsabilidades. Aos trinta e dois anos, Grace já passara por enjôos matinais, casamento, maternidade e divórcio, nessa ordem. Quando estava com a mesma idade que aqueles jovens, já não tinha mais o sonho de participar de uma cerimônia de formatura, deixando a Universidade Fordham com notas ruins. Na verdade, no dia em que seus colegas de classe se formaram, Grace levou o carrinho com o bebê para a universidade para assistir à entrega dos diplomas. No entanto, Grace ouviu mais o choro de cólica de sua pequena filha do que os gritos de alegria dos formandos.

Onze anos haviam se passado desde então, e agora Lucy estava entrando na sexta série, e Grace já tinha descoberto leves pés-de-galinha nos cantos de seus olhos castanhos e os primeiros fios brancos em seu cabelo castanho-claro. Arrancara-os decidida no dia em que recebeu a notícia de que tinha sido aceita naquele cobiçado estágio. Estava recebendo uma segunda chance e resolveu fazer com que valesse a pena, conseguindo, finalmente, formar-se em um curso superior, determinada a tirar o máximo proveito da maravilhosa oportunidade de trabalhar na sede da KEY News na cidade de Nova York. Também estava ansiosa com sua viagem para Newport, Rhode Island, na semana seguinte, para fazer a cobertura do fim de semana em um resort de praia para o programa *KEY to America*, mesmo sabendo que nenhuma outra estagiária estaria preocupada com o filho que ficaria em casa.

É claro que Grace não se arrependia nem um minuto de ter tido Lucy. Não, aquela era a melhor coisa que ela já tinha feito, que poderia fazer. Casar-se com Frank, entretanto, já era outra história. Desde o princípio, quando Grace descobriu que estava grávida, na primavera de seu terceiro ano de faculdade, Frank nunca se interessou por nada que estivesse relacionado à filha. Mas Grace não quis interromper a gravidez. Estava decidida a ter seu bebê, com ou sem Frank.

Ela olhou para seu dedo sem aliança e lembrou-se de como Frank tinha, finalmente, decidido comprometer-se. O bonito e atlético Frank Callahan, aluno do quarto ano de administração, pressionado por seus pais a fazer "a coisa certa", acabou pedindo-a em casamento. Com nervosismo, Grace aceitou, sabendo que não estavam se casando na melhor situação possível, mas esperando que tudo desse certo.

Quando Lucy nasceu, cinco meses depois da cerimônia de casamento rapidamente planejada, Grace e Frank a levaram para viver em um pequeno apartamento térreo em Hoboken, Nova Jersey. Frank pegava o metrô para Manhattan todas as manhãs, para seu primeiro emprego de verdade em uma corretora, enquanto Grace ficava em casa com a bebê e tentava realizar algum trabalho freelancer para o jornal local, cobrindo reuniões de conselho municipal e sessões noturnas nos tribunais. Mas, conforme Frank foi tendo mais responsabilidades na empresa, ele não quis mais a pressão de ter de voltar para casa à noite para cuidar de Lucy enquanto Grace saía para trabalhar. Estava ganhando mais, os dois poderiam viver em um apartamento maior e melhor, e Grace não precisaria trabalhar para aquele pequeno jornal.

Ela concordou e os anos foram se passando. Grace passava seu tempo educando e amando sua filhinha, tentando não pensar nas conseqüências de seu casamento com Frank. Quando assistia ao noticiário na TV, tentava não imaginar como as coisas teriam sido se tivesse se formado e realizado seu desejo de trabalhar em jornalismo. Mais tarde, depois que Lucy já estava dormindo, Grace pegava-se assistindo a mais e mais programas de notícias do horário nobre sozinha, temendo o mau humor e o nervosismo de Frank, e os cheiros que ficavam em suas roupas quando ele voltava tarde para casa depois de seus "jantares de negócios".

Mas mesmo assim Grace continuava casada. Pelo bem de Lucy, dizia a si mesma. Por Lucy, continuaria naquele casamento. Sua filha não cresceria em um lar destruído. Merecia ter o pai e a mãe vivendo juntos e cuidando dela na mesma casa. Não, Grace persistiria. Não se separaria.

E, então, Frank a deixou.

— Grace, você poderia mandar um fax deste horário provisório para o professor Gordon Cox em Newport? — O produtor e cameraman B. J. D'Elia apareceu, segurando a folha com os horários digitados. — Sei que é uma tarefa simples — disse, como forma de se desculpar —, mas, se eu não for embora, vou perder meu trem para Rhode Island.

— Estou aqui para isso — ela respondeu, pegando a folha de papel. Não adorava fazer aqueles serviços pequenos, mas sabia que a confiança era construída aos poucos. Faça as pequenas coisas bem agora e mais tarde eles lhe confiarão as grandes.

— Você vem amanhã, certo, Grace?

— Venho.

— Posso te pedir um outro favor? — B. J. não esperou a resposta. Segurava uma folha de papel pautado amarelo. — Anexe uma pequena pesquisa sobre *scrimshaw* e tatuagens. Vamos fazer uma matéria com um artista que faz *scrimshaw* e, talvez, com um tatuador, e vamos precisar de algumas perguntas para Constance fazer nas entrevistas. Não precisa encontrar muitas — ele prosseguiu. — Apenas o suficiente, e depois me mande por fax o que tiver conseguido. O número do fax de nossa redação no Hotel Viking está no papel.

— Tudo bem — Grace respondeu enquanto pegava a folha que ele lhe dava, e notou como suas mãos eram fortes e bronzeadas.

— Obrigado, Grace. Muito obrigado. — Abriu um sorriso revelando dentes brancos e alinhados, e aproximou-se. — Vou te contar um segredo. É minha primeira externa como produtor e estou um pouquinho nervoso.

— Sério? Pensei que você já fosse velho nisso.

— Que nada. Trabalho há seis anos aqui como cameraman e editor, e antes trabalhei por vários anos em canais de televisão locais. Mas, há poucos meses, eles me deram a função de produtor também. É a onda atual, você sabe. Várias funções para uma só pessoa.Você executa duas ou três funções e recebe só por uma se quiser continuar num lugar como este.

Grace sentiu uma pontada de inveja. Acreditava que B. J. tinha a mesma idade que ela, talvez uns dois anos a mais, mas estava ali, bem estabelecido em sua carreira. Tentou imaginar se ele era casado e se tinha uma esposa que ficava em casa cuidando dos filhos enquanto ele corria atrás de seu lugar no mundo.

Sem saber por quê, achou que ele não era casado. Não só porque ele não usava uma aliança, mas também porque ela tinha a inexplicável impressão de que ele estava disponível. Mas não havia como saber. Alguns caras agiam como se não fossem compromissados no trabalho, quando na verdade tinham famílias para sustentar. Frank era um desses caras. Olhando para a silhueta magra de B. J. enquanto ele voltava para sua mesa, Grace pegou-se torcendo para que ele não fosse como seu ex-marido.

Quando começou a realizar sua tarefa, apertando as teclas correspondentes ao número de telefone no fax, a estagiária que vestia a minissaia aproximou-se.

— Pelo menos ele te deu alguma coisa para fazer — a bela morena disse. — Estou morrendo de tédio. Se ficar mais um minuto sequer navegando na Internet, vou cortar meus pulsos. Eles não têm trabalho para nós.

Grace sorriu enquanto escutava o som do aparelho, que indicava que o fax estava sendo enviado. Jocelyn Vickers tinha razão. Os estagiários tinham muito tempo livre.

— Deve melhorar quando chegarmos a Newport, não acha? — Grace perguntou. — Provavelmente vão precisar de nós para fazer muitas coisas. No mínimo vamos passar uma semana em um lindo lugar no verão.

Jocelyn deu de ombros. — É, acho que sim.

— Nunca estive em Newport. E você? — Grace perguntou, com a intenção de prolongar a conversa o máximo possível. Os estagiários mais novos não a procuravam para conversar. Pareciam não saber o que pensar dela. *Grace, a velhota*. O que eles poderiam ter em comum com uma mulher divorciada?

— Todo santo verão da minha vida — Jocelyn disse, com um suspiro. — Meus pais têm uma casa lá.

— Sério? Que ótimo. — Enquanto Grace tirava a folha com o horário de Newport do fax, olhou rapidamente para baixo e viu a familiar estampa xadrez com tons de bege, preto e vinho sob os dedos perfeitamente pintados dos pés de Jocelyn. Burberry. Mais de cem dólares era o preço de um par de sandálias de plástico daquelas. *Deve ser legal*. Grace de repente percebeu que seus próprios sapatos pretos, que ela comprara em uma liquidação da DSW Shoe Warehouse, pareciam de má qualidade e completamente sem graça.

— É, Newport pode ser legal se você souber aonde ir e o que fazer. — Jocelyn passou a mão por seu cabelo preto, comprido e bem cuidado.

— Bem, então, conhecendo o lugar, você pode ajudar o pessoal daqui, Jocelyn.

— Me chame de Joss. — Ela se entusiasmou. — E, sim, estou contando com isso. Na verdade, vou pra lá hoje à noite para chegar um pouco mais cedo e poder ajudar. Quero ser indispensável a eles na semana que vem, quando estivermos lá. Quero ser contratada quando o estágio terminar.

Você não é a única, pensou Grace, com o coração apertado ao pensar na vantagem que Jocelyn tinha. *Você não é a única.*

Apenas uma pessoa seria escolhida naquele estágio de verão para uma vaga fixa de assistente de produção. Tudo dependeria do rendimento de cada um, e Grace estava disposta a dar tudo de si. Precisava muito daquele emprego.

CAPÍTULO

2

O professor Gordon Cox tirou o documento de sua caixa de mensagem e correu os olhos pelas informações. Olharia com mais calma os horários da KEY News depois. Agora tinha que dar uma aula.

Parou diante do grande espelho emoldurado e checou sua aparência. Uma cabeleira de fios brancos destacava-se com seus olhos escuros e sua pele bronzeada. Era certo que ficara grisalho prematuramente, mas gostava do efeito. Um professor distinto e jovial, atraente para as impressionáveis alunas.

Se ao menos ele conseguisse impressionar Agatha Wagstaff como fazia com as alunas. Com a descoberta dos ossos, Agatha estava ameaçando colocar um fim à reforma do velho túnel de escravos se ali tivesse sido o túmulo de sua irmã. O valioso projeto de Gordon, dos dezessete anos que ele trabalhava na Universidade Salve Regina, seria interrompido, e isso o deixava tenso.

Abrir o túnel de Shepherd´s Point ao público era um assunto de bastante divergência nos círculos históricos, e Gordon, como o responsável pelo projeto, tinha construído seu nome na comunidade de preservação. Tinha escutado que seu nome estava sendo especulado para ganhar o prêmio Stipplewood, mas achava que podia dizer adeus a ele e a seu legado. Agatha era uma doida varrida e sempre relutou muito em abrir seu precioso túnel para a satisfação das massas. Que chance havia de ela dar prosseguimento ao plano se o túnel se revelasse o local que abrigara o corpo de sua própria irmã nos últimos quatorze anos?

Pensar que todo o seu planejamento, a bajulação dispensada a Agatha e a atenção dada à sobrinha dela, Madeleine, e a sua mãe, Charlotte, antes dela — sem falar de toda a sua pesquisa, monografias e discursos —, que tudo isso não daria em nada, era muito deprimente.

Ainda assim, Gordon sabia que tinha o emprego dos sonhos. Ter a oportunidade de abrir os olhos das outras pessoas a todo o esplendor histórico e cultural que os cercava. Brilhar fazendo o que amava — e ser pago para isso.

É claro que o salário poderia ser melhor. Era por isso que ele sempre se oferecia para trabalhar durante o verão. Não tinha nenhuma vontade de sair de Newport na alta temporada. Se milionários tinham escolhido a histórica Cidade à Beira do Mar para construir suas "casas de veraneio", então tudo estava muito bom para ele. Por que sairia da cidade nos meses mais belos? Não. Ele viajava nos feriados de outono e de inverno. Nos meses de julho e agosto ficava feliz por ficar em Newport.

Assim como Charlotte Sloane.

Gordon não tinha telefonado com antecedência para saber se havia algum problema em levar um grupo de alunos a Shepherd´s Point. Não queria arriscar receber um não de Agatha, que impediria a entrada no túnel da ampla mansão vitoriana construída em hectares de uma fazenda na costa de Newport.

— Siga adiante — ele disse quando o motorista reduziu a velocidade ao chegar à entrada. — Dirija diretamente à casa de boneca. — Enquanto a van avançava pelo caminho marcado pelos pneus das máquinas de escavação, Gordon deu prosseguimento ao relato que fazia aos alunos.

— Shepherd´s Point destaca-se proeminentemente na história dos afro-americanos em Newport. A mansão foi construída na área antes ocupada pelas teias de um velho pastor. Por ser um homem de bons princípios, o pastor oferecia sua ajuda aos escravos desesperados e procurados, fugindo de seus capatazes. Um túnel foi construído do mar até a pequena casa que levava à liberdade em Shepherd´s Point. Anos mais tarde, quando a casa-grande foi construída pelo magnata da prata, o sr. Charles Wagstaff, a minúscula casa foi reforçada e usada como casa de boneca para os filhos dos Wagstaff. O túnel da Ferrovia Subterrânea ficou intacto.

Gordon saiu da van, fazendo careta por causa da dor que sentia no joelho. Os alunos o seguiram enquanto ele ia à casa de boneca desgastada pela ação do tempo, continuando sua palestra enquanto avançavam.

— Até agora, só existe um túnel que está oficialmente aberto para a visitação pública. Está localizado perto da casa do famoso abolicionista Henry Ward Beecher em Peekskill, Nova York. Existem rumores sobre o túnel de Shepherd´s Point, e os moradores de Newport comentam sua existência, e alguns até chegaram a vir à propriedade para vê-lo.

"Há anos os historiadores têm tentado convencer Agatha Wagstaff a permitir o acesso ao túnel e ao essencial trabalho de preservação. Em certo momento, ela quase aceitou, mas as reformas não começaram. Quatorze anos atrás, a irmã da sra. Wagstaff, sua única irmã, Charlotte Wagstaff Sloane, desapareceu. Agatha tornou-se uma pessoa reclusa e o projeto de preservação nunca foi posto em prática. Shepherd´s Point, como podem ver, ficou abandonado."

Todos os olhos se viraram para a grande casa cinza que ficava na parte mais alta do terreno de grama alta.

— Foi a falta de dinheiro que fez com que Agatha finalmente permitisse que os trabalhos tivessem início, recentemente. As autoridades da cidade fecharam um acordo que estabelecia que todas as dívidas de Shepherd´s Point seriam perdoadas, contanto que tivessem o direito de abrir o túnel à visitação.

Os alunos chegaram à casa de boneca. A fita amarela da polícia bloqueava a entrada, mas ninguém estava ali para vigiá-la. Todos apenas observaram enquanto Gordon tirava a fita e abria a porta.

— Podemos fazer isso, professor? — um dos estudantes perguntou.

— Tudo bem. Eu me responsabilizo. Não sei qual será o futuro deste túnel, diante do que acabou de ser descoberto aqui, mas quero que todos vocês o vejam. Pode ser que sejamos as últimas pessoas a testemunhar este lugar histórico e sagrado por muito tempo.

O grupo passou em fila indiana pela estreita porta de entrada e todos se amontoaram no espaço. Se ali já existira uma cama para o pastor dormir ou uma pequena mesa com cadeiras para as filhas dos Wagstaff brincarem, tais móveis há muito haviam sido retirados. O único sinal de que houvera vida ali dentro era a lareira escura, com as cinzas ainda caídas dentro dela.

Com a dor no joelho sempre presente, o professor ajoelhou-se para levantar um pedaço do assoalho de madeira, revelando uma estreita escada de madeira. Os alunos esticaram o pescoço para poder olhar melhor dentro do caminho escuro. Entretidos, nenhum deles notou quem estava atrás deles, bloqueando a porta de entrada.

A voz aguda adentrou o espaço com cheiro de mofo: — Fora! Todos vocês saiam daqui! Fora de minha casa!

Agatha Wagstaff, dona de Shepherd´s Point, estava diante deles, com seus olhos azuis destacando-se em sua pele alva, com seu batom vermelho vivo ultrapassando os contornos de sua boca.

— Agatha, por favor — Gordon pediu. — Só quero que meus alunos vejam o túnel. Só mais alguns minutos.

— Não, Gordon. Você e seus alunos saiam daqui neste instante ou chamarei a polícia. Para começo de conversa, Charlotte nunca quis que você viesse aqui. Não queria que nosso lar fosse transformado em uma atração turística. Nunca quis que este túnel fosse aberto.

CAPÍTULO

3

Depois do almoço, Grace reuniu-se com os outros estagiários na sala de conferências do *KTA* enquanto as camisetas eram distribuídas. Com prazer, olhou a sua. KEY NEWS — CALLAHAN estava impresso em letras pretas garrafais na parte da frente da camiseta branca. Mas o rápido entusiasmo foi substituído pela tensão quando o produtor-executivo entrou na sala e começou a discorrer sobre o que seria esperado deles em Newport:

— Vocês ficarão à nossa disposição vinte e quatro horas por dia, todos os dias. Terão bipes, e, quando receberem um chamado, têm de responder. No mesmo momento. — A voz grossa de Linus Nazareth ficou mais alta. — É o que se espera de quem quer trabalhar neste jornal. Todas as pessoas desta equipe sabem que isso é verdade. E se estão pensando em seguir carreira no jornalismo televisivo, precisam se acostumar. Quando uma notícia acontece, não há desculpas. Nenhum encontro amoroso nem festas de aniversários de familiares impedem suas responsabilidades com o *KEY to America*.

— Por mim, tudo bem, sr. Nazareth — um jovem rapaz disse, vagarosamente. — É assim que espero que seja. É isso o que me motiva a entrar para esta área. A rapidez e a imprevisibilidade existentes nela.

Nazareth olhou para o magro rapaz encostado na parede e tentou entender sua real intenção. Será que aquele entusiasmo exagerado era sincero?

— Todo mundo diz isso quando está começando — Linus respondeu. — Qual é mesmo seu nome, filho?

— Sam. Sam Watkins.

— Onde você estuda, Sam?

— Na Northwestern.

— Boa universidade. Mas você não é de Chicago, é? — Linus tentou adivinhar, percebendo o sotaque do rapaz.

— Não. Sou de Oklahoma. Hollis, Oklahoma, senhor.

— Está bem longe de casa, não é? — Linus sempre ficava surpreso ao ver a disposição que aqueles jovens tinham de vir de todas as partes do país para assumir um trabalho de verão não-remunerado e que não oferecia casa nem alimentação. Alguém dissera a ele que um dos estagiários tinha vindo da Inglaterra.

Sam assentiu. — Sim, senhor.

Se Linus estivesse interessado, teria perguntado ao garoto onde ele estava morando enquanto trabalhava em Manhattan, mas não estava. Os estagiários geralmente dormiam nos sofás ou nos quartos de hóspedes de apartamentos no centro ou em casas de parentes ou de amigos de seus familiares nos bairros mais afastados. Às vezes, os estudantes beneficiavam-se de quartos razoavelmente caros nos *campi* universitários de Nova York. Linus não estava interessado nesses detalhes.

— Bem, Sam, como estava dizendo, no começo os novos jornalistas estão dispostos a largar o que estão fazendo quando uma notícia aparece, mas isso cansa, e logo. — Linus olhou para todos os presentes. — Não vou ser bonzinho. É melhor que saibam desde o começo o tipo de vida que terão, se decidirem trabalhar nesta área.

Enquanto ouvia o sermão do produtor-executivo, Grace sentiu um aperto na boca do estômago. Era isso o que a deixava preocupada quando acordava no meio da noite. Sabia que odiaria a si mesma se algum dia precisasse estar ausente na festa de aniversário de sua filha. Lucy estava crescendo, era verdade, mas ainda precisava que sua mãe estivesse presente nas apresentações na escola, nas reuniões de pais e mestres, nas consultas médicas e nos inúmeros eventos da vida de uma criança. E como Lucy estava entrando na adolescência, era muito importante que o envolvimento dos pais fosse forte, principalmente quando um dos pais tinha decidido ir embora, deixando-a para trás. Mas, apesar disso, outras mulheres conseguiam, não é? Conseguiam ser boas mães ao mesmo tempo em que ganhavam a vida. Havia uma maneira de resolver as coisas. Tinha de haver. Contanto que pudesse contar com uma ajuda importante, tudo podia se encaixar.

Por favor, Deus, permita que o papai fique bem, ela rezou. Sem o auxílio de seu pai, Grace não sabia o que faria.

CAPÍTULO

4

Meia hora antes do final do expediente, Grace estava terminando sua pesquisa na Internet. Tinha encontrado vários artigos excelentes sobre as artes de *scrimshaw* e tatuagens. Havia algo em comum entre elas. As duas dependiam de mãos habilidosas: uma para fazer desenhos em ossos; a outra, na pele de pessoas.

Ela imprimiu as páginas certas, escreveu: "Aos cuidados de B. J. D'Elia na redação que está sendo montada no Salão de Festas Bellevue, no Hotel Viking, em Newport", e as colocou no fax. Dez minutos depois, a voz do interfone da redação disse: — Grace Callahan, linha dois.

As únicas ligações que ela havia recebido nas semanas em que estava na KEY News tinham sido de Lucy, fazendo-a querer estar em dois lugares ao mesmo tempo, em casa com sua filha naquele verão e fazendo aquele estágio na cidade.

— Estou quase indo embora, amor — disse ao atender o telefone. — Devo estar em casa um pouquinho depois das seis se os trens não se atrasarem.

A risada masculina do outro lado da linha a assustou. — Tudo bem, amor, até lá.

— Oh, desculpe. Pensei que fosse minha filha. — Gaguejando, perguntou: — Quem é, por favor?

— É o B. J., Grace. Recebi o material que você acabou de me mandar por fax. É exatamente o que precisamos. Obrigado.

— Ah, você já chegou aí.

— Sim. Foi tranqüilo. Peguei o Metroliner até Kingston e um táxi da estação ao hotel. É um lugar legal. Você vai gostar.

— Estou ansiosa para chegar — respondeu com sinceridade. Ela não viajava sem Lucy desde que Frank a levara a uma viagem de negócios a Boston quatro anos antes, e aqueles três dias tinham sido tudo, menos divertidos.

— Grace, sei que está tentando sair daí para ir para casa, mas gostaria de saber se pode fazer mais uma pesquisa para mim.

— Claro. Diga — ela respondeu, já tentando lembrar-se dos horários dos trens que partiam da Penn Station.

— Ótimo. — B. J. fez seu pedido. — O jornal local está cobrindo uma história de uma ossada humana encontrada em um túnel antigo em um lugar daqui, chamado Shepherd's Point. Especula-se que os ossos podem pertencer a uma herdeira chamada Charlotte Wagstaff Sloane, que desapareceu quatorze anos atrás. Mas pode ser que não sejam dela. O túnel fazia parte da Ferrovia Subterrânea e só Deus sabe quem poderia ter passado por lá. Mas, entre o mistério acerca do que aconteceu com a sra. Sloane e a velha saga dos escravos, acho que isso pode ser um assunto interessante para o *KTA* investigar enquanto estivermos por aqui.

— Fiquei interessada — Grace respondeu. — Vou começar agora mesmo e, antes de sair, mando por fax o que encontrar.

— Está ótimo, Grace. Agradeço. Então nos vemos amanhã à tarde, certo?

— Sim. Estarei aí.

Grace apertou o botão para encerrar a ligação e estava prestes a soltá-lo outra vez para ligar para seu pai quando Jocelyn parou diante de sua mesa. — Você tem que ir logo para casa, não é? — Joss perguntou.

Grace teve a desagradável sensação de que a outra estagiária estava de olho nela, para certificar-se de que Grace não estava se dedicando mais ao estágio do que ela. Mas Grace não queria entrar naquele jogo.

— Estava quase indo embora, mas B. J. acabou de ligar e me pediu para fazer uma pesquisa para ele.

— Ah, sério? Sobre o quê?

Qual o problema? Não é um segredo. — Ele quer informações a respeito de um caso antigo de desaparecimento em Newport, de uma mulher chamada

Charlotte Wagstaff Sloane. Foram encontrados restos mortais na propriedade da família, e estão achando que podem ser dela.

— Em Shepherd´s Point? — Um brilho de familiaridade passou pelo rosto da jovem estagiária.

Grace assentiu. — Conhece o lugar?

— Sim, e conheço a família também. Na verdade, a filha de Charlotte, Madeleine, e eu andávamos juntas em Newport. É uma boa menina, mas sempre foi um pouco estranha, sempre pareceu muito frágil, você sabe o que quero dizer. Acho que a perda de sua mãe deixou-a vulnerável para sempre.

Mudando de assunto, Joss levantou a mão e acenou. — Bom, boa sorte com isso, te vejo lá.

Grace voltou-se para o telefone e apertou a familiar seqüência numérica. Walter Wiley respondeu ao terceiro toque. — Papai, sou eu. Está tudo bem?

— Sim, tudo bem, querida. Lucy está lá em cima no quarto dela, reclamando por ter que ler.

— Cuido disso quando chegar, papai. Não tente resolver.

Era bom ter outra pessoa para monitorar Lucy, mas ela não queria que seu pai piorasse. Até agora, sua aposentadoria de uma empresa de telefonia tinha sido marcada por um diagnóstico de câncer de próstata tratável e pela necessidade de ter um marcapasso implantado alguns meses atrás. Apesar de ele dizer que se sentia "forte como um touro", Grace suspeitava que o pai não tinha a mesma energia de antes. Ela já havia perdido sua mãe. Não conseguia sequer pensar em perder seu pai também.

— Vou me atrasar um pouquinho para voltar para casa, papai. Tem algum problema?

— Problema nenhum, querida. Espero que seja para sair com o pessoal daí.

Grace sorriu. Walter sempre a incentivava a socializar-se mais.

— Não, papai. Na verdade, preciso realizar uma tarefa. Mas não sei quanto tempo vai levar. Talvez uma hora, ou duas.

— Tudo bem, filha. Já pedi uma pizza. Estamos bem aqui.

Grace estava prestes a desligar quando se lembrou. — Papai, o cheque de Frank chegou hoje? — O pagamento da pensão estava atrasado há mais de uma semana. Outra vez.

Seu pai ficou quieto do outro lado da linha.

— Papai?

— Não, Grace. Não chegou nada de Frank. Mas chegou uma correspondência de uma firma de advocacia de Boston.

Grace ficou tensa, lembrando-se de todas as cartas que chegavam quando o divórcio estava em andamento. No começo, todas a chateavam. Por fim, a irritavam. Deveria esperar até chegar em casa?, pensou. *Não, encare*, decidiu.

— Você pode abri-la, papai?

— Espere um pouco, querida.

Ela ouviu Walter colocar o telefone sobre o balcão da cozinha e o imaginou atravessando o corredor e pegando o envelope entre as outras cartas na pequena mesa que ficava lá. O tempo passou. Estava demorando. Por fim, escutou seu pai pegando o telefone outra vez.

— Grace?

— Sim.

— Não são boas notícias, querida. — Sua voz estava contida.

— O que é? O que diz a carta?

— Frank entrou na justiça pela guarda de Lucy. Ele quer que ela vá viver com ele e com a nova esposa em Massachusetts.

Grace tentou digerir o que o pai estava dizendo, mas nenhum dos dois sabia que a menina estava agachada no topo da escada, escutando a conversa de seu avô.

CAPÍTULO

5

Assim que Jocelyn saiu pela porta giratória, uma corrente de ar quente foi de encontro ao seu rosto, um forte contraste com o ar-condicionado quase congelante do Centro de Transmissão. Da calçada, avistou o motorista de seus pais sentado dentro de um Mercedes sedan verde-escuro, estacionado na rua Cinqüenta e Sete. Ela atravessou fora da faixa de pedestres na rua de tráfego intenso e entrou no carro, sem esperar que o chofer abrisse a porta para ela.

— Certo, Carl. Vamos.

Encostando-se no banco de couro, Jocelyn notou a cesta de vime no chão. Ótimo. Rosa havia mandado comida para a viagem. Joss abaixou-se e abriu a tampa. Salada de frango com uvas-passas e nozes, um tapeware com melão e uvas, um pouco de seus biscoitos preferidos de aveia e garrafas de Aquafina. Perfeito. Contanto que seus rins colaborassem, eles não teriam de parar.

Mas quando o veículo virou à esquerda, na West Side Highway, Joss soltou um gemido de enfado. O trânsito do final de tarde já estava intenso e os carros deixavam Manhattan vagarosamente para o final de semana. A viagem de três horas e meia a Rhode Island iria demorar mais do que o normal.

Enquanto estava descendo pelo elevador, teve uma idéia. Conversaria pessoalmente com Tommy quando chegasse, à noite, sabendo que era bem provável que o encontraria com seus amigos no Bar Salas'. Sempre que se sentia entediada ou queria ter certeza de que poderia tê-lo outra vez se quisesse, Joss passava no Salas' para paquerar e conquistar seu antigo namorado. Tommy era muito previsível, agia como um cachorrinho para agradá-la, desesperado para tê-la de volta, sem aceitar que o que acontecera entre eles apenas significava um namorico de verão para Joss. Ele era alto, muito bonito e o melhor atirador em seu curso de treinamento para policiais, mas fixar residência em Newport, casada com um policial, não era o que Jocelyn Vickers planejava para seu futuro. Não conseguia sequer pensar em uma coisa dessas sem sentir-se mal.

Mas mesmo assim o recruta da polícia a ajudaria a chegar aonde queria. Se Tommy pudesse obter informações sigilosas a respeito do esqueleto encontrado na propriedade dos Wagstaff, Joss poderia se beneficiar na KEY News e conseguir a vaga.

Não podia perder tempo. Se fosse possível convencer Tommy a conseguir essas informações agora, ele poderia ter tudo pronto para ela ainda naquela noite, quando o encontrasse. Após achar o celular dentro de sua bolsa Kate Spade, Joss digitou 401, o código de área de Rhode Island.

CAPÍTULO 6

Quando Grace finalmente chegou em casa, seu pai estava dormindo no sofá da sala de estar. Ela pegou uma fatia da pizza fria que estava na caixa sobre a mesa da cozinha, seguiu em direção à sala de televisão e encontrou Lucy. Sua filha era viciada no seriado *Law & Order*. E como era possível assistir a ele a qualquer horário tanto nos canais a cabo quanto na TV aberta, Lucy passava tempo demais na frente do televisor.

— Por que você está perdendo seu tempo com isso, Luce? — Grace beijou a testa da filha. — Não gosto que você assista a este programa. É muito violento.

— É legal, mãe. Quero ver quem é o culpado. — A menina não desviava seus grandes olhos castanhos da tela.

— Mas você provavelmente já sabe quem é o culpado. É reprise.

— Eu sei, mas gosto mesmo assim.

Grace sentou-se no sofá, mastigando a pizza e olhando, mesmo sem prestar atenção, para a televisão. Tinha que telefonar para Frank e estava tensa.

— Está tudo pronto para amanhã, querida?

— Sim, mamãe.

— Sua mala está feita?

— Ainda não. Vou fazê-la quando este episódio terminar.

Grace não estava disposta a cobrar nada de sua filha. Não quando ia se ausentar por uma semana. Não antes de Lucy ir para a casa de Frank e daquela bela e divertida nova madrasta que parecia não ter mais nada para fazer além de ir à manicure, fazer compras e ceder a todos os caprichos de Lucy.

— Tudo bem, Luce — Grace disse, ficando em pé. — Vou subir para arrumar as coisas.

Fechando a porta do quarto, Grace foi em direção ao telefone no criado-mudo. Engoliu em seco ao ouvir a voz de seu ex-marido, que atendeu ao telefone no primeiro toque.

— Oi, Frank. É Grace.

— Ah, sim, olá. Como vai? — Ele sempre era tão formal, tão insensível.

— Como você *acha* que eu estou, Frank? — Não esperou que ele respondesse: — Recebi a carta de seu advogado hoje.

— Sei. E?

— E por que está fazendo isso, Frank? — Grace disse, aumentando seu tom de voz. — Por favor, eu te imploro, não leve isso adiante. Lucy não precisa de mais problemas na vida.

— Estou pensando em Lucy, Grace. — Sua voz estava irritantemente calma. — Será melhor para ela vir morar conosco.

— Como? Como pode ser melhor, Frank? Me diga — ela exigiu saber. — Lucy está adaptada à escola aqui em Waldwick. Finalmente fez amizades. Não é justo colocá-la em outro lugar de novo. Ela já passou por coisas demais.

— Lucy está entrando na adolescência, Grace. É uma fase complicada. Os adolescentes precisam de lares bem estruturados e bons exemplos de pai e mãe. Os pais têm de estar disponíveis para seus filhos. Precisam estar envolvidos em suas vidas. Têm de estar atentos.

Grace segurou com força o telefone. Sabia o que viria em seguida.

— Jan e eu podemos oferecer a Lucy um ambiente mais estável e seguro do que você.

— Como você se atreve?!

— É verdade e você sabe.

— Não sei de nada disso, Frank. Lucy vive em um lar muito estável e repleto de amor aqui. E já que estamos falando de "ambientes estáveis" e "bons exemplos", que tipo de exemplo você acha que deu à Lucy? Você, com todos aqueles jantares e viagens de negócios, que estava na cara que eram desculpas para suas escapadas. Que tipo de exemplo *você* foi?

— Se nós tivéssemos tido um casamento melhor, Grace, eu não precisaria ter procurado nada fora dele.

— Ah, sim. É verdade. Coitadinho de você.

Frank ignorou o ataque de sarcasmo.

— Olha, Grace. Não estou interessado em discutir nossos antigos problemas. O fato é que eu e Jan estamos muito felizes juntos, supremamente felizes. Lucy terá uma boa idéia do que é um bom casamento. Moramos em uma bela e nova casa aqui, em um bairro de classe alta com escolas excelentes. Jan parou de trabalhar e vai ficar em casa; vai poder estar disponível a Lucy. Aí, Lucy está morando na casa de seu pai. Você decidiu voltar a estudar, e isso é admirável. Mas está tomando muito de seu tempo e, quando se formar, acredito que você passará a trabalhar em tempo integral, deixando os cuidados com Lucy nas costas de seu pai. Ele não é mais uma pessoa jovem, Grace. Deixando de lado o bem-estar de Lucy por um minuto, acha que é justo fazer isso com ele?

Grace já havia se perguntado a mesma coisa. Mas tinha certeza de que seu pai gostava de tê-las vivendo ali, e que tinha voltado a se sentir útil desde que Lucy levara sua vivacidade àquela casa, que estava tão triste desde a morte de sua esposa.

— O papai ama a Lucy, e eu dou graças a Deus por ele existir, Frank. Ele é maravilhoso para ela. Tenho a mais absoluta certeza de que ele nunca achou ruim tê-la aqui. A presença de Lucy o mantém disposto. Ele a adora.

— Talvez tudo isso seja verdade, Grace. Mas a saúde dele não está muito boa, e eu sou o pai dela.

— E eu sou a mãe, Frank. Ela vai ficar aqui comigo — ela disse com firmeza, controlando-se para não jogar o telefone longe.

— Certo, Grace. Estou vendo que não vamos chegar a lugar algum. Veremos o que o juiz vai dizer. Estarei esperando por Lucy na estação de trem amanhã.

E pensar que aquele egoísta de uma figa não queria sequer que o bebê nascesse.

Grace estava com muita raiva enquanto dobrava as peças que tirava da secadora, ainda quentes, separando-as em duas pilhas. Frank havia escolhido o momento certo para atacar: sua intenção de conseguir a custódia bem quando Lucy estava indo passar duas semanas com ele. Ela sabia que ele tinha feito aquilo no momento certo, para que Grace pudesse ficar sozinha pensando em tudo aquilo, enquanto ele e sua nova esposa tentavam ganhar Lucy, mostrando a ela todas as vantagens que ela teria se fosse morar com eles.

As coisas mudavam muito rápido. No dia anterior Grace estava feliz porque a viagem da filha coincidiria com seu compromisso em Newport; Lucy estava ansiosa com a idéia de pegar o trem para Rhode Island com a mãe e seguir viagem sozinha até Boston, onde Frank a encontraria. Agora, Grace sentia náuseas só de pensar que sua filha se separaria dela para ir com "eles".

— Lucy — ela falou da área de serviço. — Você pode buscar nossas malas na garagem, por favor?

— Está bem, mamãe.

Ela deve ter percebido alguma coisa, Grace pensou. Geralmente, precisava pedir duas ou três vezes antes que a filha obedecesse.

— É para trazê-las para cá, mãe?

— Não. Coloque-as em nossos quartos.

Grace encheu os dois cestos de roupas e os levou escada acima. Quando entrou na cozinha, percebeu que o papel de parede estava velho, bem velho. O corredor que levava até as salas de jantar e de estar precisava de uma pintura, e o carpete precisava ser trocado. Engraçado como passamos pelas mesmas coisas, todos os dias, e não as enxergamos de verdade.

Ficou pensando em como seria o lugar para onde Lucy iria no dia seguinte. Grace podia apostar que a nova casa de Frank tinha eletrodomésticos novos em folha e que o piso de sua reluzente cozinha era de granito. Provavelmente havia metros e metros de paredes cobertas por azulejos de cerâmica e assoalhos de madeira. Também devia haver tetos solares e uma banheira de hidromassagem. Todas as casas construídas atualmente tinham essas coisas. Pensou na banheira rosa onde Lucy tomava banho. Como quase todo o resto na casa de seu pai, era uma peça original da construção dos anos 1960. Bem conservada e limpa, mas longe de ser nova e ainda não velha o bastante para ser considerada um artigo bacana de moda.

Nunca conseguiria competir com Frank em relação ao conforto que ele seria capaz de proporcionar à menina. Será que seria melhor para Lucy morar em uma casa como aquela?

Pare com isso. Pare imediatamente.

Aquilo não podia ser uma questão de quem tinha a casa mais bacana. Se fosse, Grace com certeza perderia. Provavelmente nunca seria capaz de oferecer à filha os confortos que Frank ofereceria. O jornalismo televisivo era uma área onde as pessoas eram capazes de viver bem com seus salários, mas, exceto pelos âncoras dos telejornais, não chegavam perto dos salários do mercado financeiro.

Qualquer juiz não daria muita importância ao estilo e ao conforto da casa, não é? Qualquer juiz sabe que o mais importante é a estabilidade, a atenção e o amor. São essas coisas de que uma criança precisa.

Mas será que Grace teria de competir com a nova esposa de Frank? Se Jan estava disposta a ser uma mãe em tempo integral, se fosse estar em casa todos os dias quando Jan voltasse da escola, será que o juiz acharia que aquela era uma situação mais adequada a Lucy? O juiz não poderia acreditar que estar com a madrasta é melhor do que com a mãe biológica, não é?

Grace sabia que, no passado, os filhos sempre ficavam com suas mães. Mas os tempos estavam mudando e os homens começavam a exigir seus direitos. Não era difícil encontrar pais que tinham a custódia de seus filhos, contanto que tal decisão fosse a vontade dos próprios filhos.

Certamente Lucy escolheria continuar vivendo onde vivia, em segurança com sua mãe. Era a *vontade* de Lucy. Não era?

CAPÍTULO 7

Antes que seu turno terminasse, o recruta Thomas James foi até o escritório dos detetives. Se fosse pego, já tinha uma desculpa preparada. Apenas queria se familiarizar com os detalhes do caso de Charlotte Wagstaff Sloane. Afinal de contas, ele tinha apenas doze anos quando a mulher desapareceu. Por seu falso interesse poderia até ganhar alguns pontos com os detetives trabalhando no caso recém-reaberto.

Não demorou muito para encontrar o que procurava. Tommy havia escutado os detetives dizendo que havia um diário, um caderno de anotações usado pela vítima antes de seu desaparecimento. E lá estava ele, ou pelo menos as cópias das folhas do diário, com longos textos escritos com caligrafia feminina.

Tommy leu o que estava escrito na primeira página do maço de folhas: "Original devolvido a Agatha Wagstaff, irmã da vítima."

Pegou as folhas e, sem hesitar, dirigiu-se à copiadora. Enquanto colocava os papéis na bandeja, seu coração passou a bater com mais força. Em parte porque sabia que estava fazendo uma coisa errada, muito errada. E em parte porque lembrou que se encontraria com Joss em menos de uma hora. Estava com muita saudade, e ela dissera que não conseguia parar de pensar nele. Tommy estava empolgado com a idéia de ela ser dele novamente.

Desde que conhecera Joss, no verão que antecedeu a entrada dela na faculdade, sentiu-se atraído por ela. Sabia que as chances de o relacionamento entre eles dar certo eram quase remotas. Uma garota como aquela, com uma família como a dela, não ficaria muito tempo interessada por um cara simples como ele. Um cara que precisava trabalhar para conseguir se manter na Universidade de Rhode Island, um cara que tinha como objetivo máximo conseguir uma vaga de detetive na polícia de sua cidade. Apesar de ele ser seis anos mais velho que Joss, uma diferença de idade considerável, ela era muito mais sofisticada que as meninas de sua idade de Newport. Vira e conhecera coisas que as outras garotas sequer sabiam existir.

Mas, como um milagre na opinião de Tommy, Jocelyn Vickers passara aquele mágico verão inteiro ao lado dele. Deitados na praia, dançando no cais, andando de mãos dadas sob o luar no Cliff Walk. As lembranças dos dois namorando à beira do Forty Steps enquanto as ondas se quebravam nas rochas abaixo deles ainda eram muito vívidas. Até hoje ele sonhava com aqueles momentos.

Mas o verão tinha chegado ao fim e Joss foi embora para estudar no sul. Durante um tempo ela respondeu às suas cartas melosas de saudade e falou com ele ao telefone, mas no feriado de Ação de Graças ela disse que seria melhor que os dois fossem apenas amigos. Ela tinha se envolvido com sua nova vida em Vanderbilt. Era muito estranho como aquela universidade tinha marcado sua cidade natal, e também, de certo modo, afastado a garota que ele adorava.

Nos últimos verões, Tommy ainda esperou pelo regresso de Joss para o norte, torcendo para que seus caminhos se cruzassem outra vez. E eles se encontravam, de vez em quando, nos bares e discotecas que lotavam nas épocas de férias. Achava que Joss estava apenas brincando quando fazia beicinho, quando ele dizia que estava saindo com outras. Ele sempre tentava ser forte, mas acabava amolecendo e dizendo a ela que, apesar de sair com outras garotas, era com ela que sempre desejava estar. E se consolava com o fato de Joss nunca ter dito abertamente que os dois não tinham nenhuma chance juntos.

Tommy colocou a última folha na copiadora e pegou todas as páginas ainda quentes do lado da máquina.

Aquilo mostraria a Joss o quanto ele a amava. Estava arriscando sua carreira por causa dela.

CAPÍTULO

8

Não importava que os resultados oficiais ainda não houvessem sido revelados. Os ossos do túnel eram de Charlotte. Não havia dúvidas a respeito disso.

Como Charlotte havia parado ali era uma lembrança antiga e ainda dolorosamente clara. Tudo tinha dado muito errado. O que começou como um desejo de consertar as coisas transformou-se no pior dos pesadelos.

Charlotte estava descontrolada, mas ainda assim arrebatadoramente linda quando concordou em ir à casa de boneca e conversar longe da mansão, longe de onde a pequena Madeleine pudesse escutar. Enquanto conversavam, Charlotte aceitara o lenço oferecido para secar suas lágrimas, mas estava inconsolável.

Se ao menos ela tivesse sido mais receptiva. Se ao menos tivesse sugerido alguma solução para o problema. Mas, em vez disso, ela chorou ao ver a foto tirada algumas horas antes no clube, incapaz de se concentrar em qualquer outra coisa. Não tinha percebido o desejo nos olhos da pessoa que estava com ela na casa de boneca, não tinha pensado em como a conversa que estavam tendo poderia determinar se valeria a pena continuar vivendo.

A raiva pela destruição de um sonho foi avassaladora. Até hoje, quatorze anos mais tarde, ainda era difícil aceitar a fúria cega que acabou fazendo com que sua companhia pegasse a pá da lareira e golpeasse Charlotte na cabeça.

SÁBADO
17 de JULHO

CAPÍTULO 9

Há muito o dentista se aposentara, mas antes de parar de trabalhar, havia enviado os relatórios de Charlotte Wagstaff Sloane ao Departamento de Polícia de Newport. Durante anos os raios X dos molares e pré-molares de Charlotte ficaram juntando pó no "arquivo morto". O estudo da arcada dentária e o relatório do médico-legista provavelmente bastariam para determinar se os restos mortais encontrados eram de sua mãe, mas Madeleine Sloane, de vinte anos, dera uma amostra de seu sangue no caso de o teste de DNA precisar ser realizado.

Enquanto dirigia seu Mustang conversível pela Ocean Avenue, Madeleine tirou o curativo do braço, sem querer se lembrar de nada daquilo. Da perda de sua mãe, aos seis anos de idade, dos anos que vivera com seu enlutado pai e da constante impressão de que as pessoas ainda falavam sobre o que havia acontecido.

Sob um céu azul e límpido e um sol forte e vívido, as águas claras e cintilantes do estreito de Rhode Island brilhavam a sua esquerda. No horizonte, velas brancas agitavam-se ao sabor do vento, enchendo seus donos de pura satisfação. Do outro lado da estrada, apaixonados por pipas exibiam suas criações no Brenton Point State Park. Junto com as pipas tradicionais, sapos, baleias e besouros de plástico colorido dançavam à brisa do mar, celebrando as férias de verão, a liberdade e a vida.

Com inveja, Madeleine ficou imaginando qual seria a sensação de ser tão despreocupada quanto os empinadores de pipa ou como os marinheiros. Qual seria a sensação de simplesmente aproveitar o momento sem viver constantemente com lembranças tristes?

Dirigindo seu carro em uma curva, com o vento despenteando seu cabelo curto, com mechas mais claras feitas pelo sol, Madeleine tentou se lembrar de uma época em que não se sentira despedaçada. Vagamente conseguiu se lembrar de quando ia para o jardim-de-infância, com sua bela mãe segurando-a com firmeza pela mão, de seus pais sorridentes e atenciosos com o fato de a filhinha estar indo para a escola. Conseguiu se lembrar que depois da aula, naquele dia, eles a buscaram e a levaram para tomar uma banana split no La Forge, e os dois, Charlotte e Oliver Sloane, parabenizaram a filha por sua importante conquista. Madeleine sentira-se muito especial, protegida e amada.

Quando passou para a primeira série, as coisas estavam diferentes. Sempre escutava as brigas de seus pais, que terminavam com sua mãe chorando, seu pai indo para o escritório e as garrafas esvaziadas sobre a mesa, antes cheias de um líquido cor de âmbar.

E então, nas férias do meio do ano, sua mãe morreu. Rápido assim. Depois de mais um dia de brigas entre os dois.

Quatorze anos. Durante todo o ensino fundamental, o ensino médio e, agora, dois anos de faculdade na Universidade Salve Regina, Madeleine sofrera pela morte de sua mãe, dizendo a si mesma que Charlotte não a teria deixado se pudesse ter evitado. Madeleine nunca se permitiria pensar que a mãe tinha partido por vontade própria. Alguma coisa ou alguém a levara embora.

Mas ainda mais forte do que a certeza de que a mãe não a abandonaria era a de que seu pai não tivera absolutamente nada a ver com seu desaparecimento. Madeleine sabia que a maioria das pessoas pensava o contrário. Grande parte dos moradores de Newport acreditava que Oliver Sloane havia matado sua esposa.

No outono, quando já era hora de voltar às aulas, os alunos da segunda série no pátio da escola mostravam-se dispostos a repetir, para a tristeza de Madeleine, as conversas que tinham escutado nos jantares de suas famílias em todas as partes da cidade:

"Seu pai nunca amou sua mãe de verdade."

"Seu pai bebe demais."

"Seu pai matou sua mãe."

A princípio ela sentia-se magoada e envergonhada, depois passou a enfrentá-los e, por fim, afastou-se de todas as pessoas. Menos de seu pai e de sua tia Agatha. Os dois precisavam dela.

Mas esses relacionamentos também eram problemáticos. Depois que Charlotte desapareceu, seus dois familiares mais próximos perderam o carinho e a confiança um no outro.

O conversível entrou na propriedade e passou pelos portões com a pintura descascada. Grandes rododendros e árvores que há muito tinham perdido o formato de animais dado pelos jardineiros especialistas em topiaria enfileiravam-se ao longo do caminho que levava à antiga casa vitoriana de vinte e oito cômodos. Madeleine contou onze gatos tomando sol no jardim sem poda.

Estacionando seu carro na área coberta diante da residência, Madeleine viu Finola na porta de entrada.

— Quem está aí? — Finola perguntou, esforçando-se para enxergar.

— Sou eu, Finola, Madeleine. O que você está fazendo aí, à espreita, como uma aranha?

— Estou protegendo a sua tia. Há jornalistas e outras pessoas tentando entrar à força aqui.

Madeleine sabia que a empregada só podia estar exagerando ao dizer "à força", mas ficou aliviada por saber que sua tia Agatha tinha alguém para tentar defendê-la. O jornal local e as pessoas da televisão estavam perseguindo seu pai e ela também.

Finola abriu caminho enquanto Madeleine subia os degraus que levavam à varanda. A jovem sentiu o desagradável cheiro de urina de gato que vinha do velho tapete cor de vinho.

— Sua tia está na sala.

As cortinas estavam bem fechadas, impedindo que os raios do glorioso sol passassem pelas várias portas e janelas de vidro construídas para que as águas pudessem ser apreciadas. O calor no quarto ficaria insuportável à tarde. Não havia sistema de ar condicionado em Shepherd's Point e a tia Agatha não teria dinheiro para mantê-lo funcionando mesmo que houvesse.

Quando os olhos de Madeleine se acostumaram com a escuridão, ela viu a mulher sentada em um dos dois sofás ao lado da lareira com azulejos italianos.

— Tia Agatha, sou eu. — Madeleine curvou-se para dar um beijo na oleosa bochecha de sua tia.

— Ah, Madeleine. Minha Madeleine. Como você está, minha querida? — Sem esperar pela resposta, gritou: — Fiona, traga um pouco de limonada para Madeleine.

— Não, titia, obrigada. Não estou com sede.

— Tem certeza? Tudo bem. Esqueça, Finola. — Bateu sua mão com unhas que mais pareciam garras no veludo surrado do sofá. — Venha. Sente-se aqui ao meu lado, minha Madeleine.

Madeleine obedeceu rapidamente.

— Quero vê-lo outra vez.

— Ver o quê, querida? — Agatha perguntou.

— Você sabe.

— Ah, Madeleine, por que você se machuca desse jeito? — perguntou a senhora.

— Por favor, tia. Preciso vê-lo.

Agatha levantou-se e atravessou vagarosamente a sala, chegando à antiga mesa de mogno no canto. Tirou a chave debaixo do mata-borrão e a introduziu na fechadura de latão. Depois de abrir a primeira gaveta, Agatha tirou dela o diário de capa de couro amarelo.

Tola. Por que sou tão ingênua? As pessoas mentem e enganam o tempo todo. Não posso permitir que isso continue nem mais um minuto. A decepção de hoje à noite no clube foi a gota d'água.

A caligrafia era forte e bem legível, muito diferente dos rabiscos mais imaturos do resto do diário. No quarto onde dormiu durante toda a sua infância,

Charlotte havia usado seu velho diário para aliviar sua angústia na última noite de sua vida.

Madeleine leu as últimas frases do diário de sua mãe da mesma maneira que o fez, com facilidade, tantas outras vezes, porém dessa vez ignorou o braço estendido de sua tia.

— Dessa vez não, tia Agatha. Quero ficar com ele agora. Chegou a hora de ele ser meu.

Agatha não insistiu. — Tudo bem, querida. Você provavelmente está certa.

Juntas, elas se levantaram do sofá, sabendo aonde iriam. Era sempre a mesma coisa. Subiram a ampla escada até o piso superior, ao antigo quarto de Charlotte.

O amplo cômodo continuava praticamente idêntico a como Charlotte o deixara vinte anos antes, quando saiu da mansão para viver sua nova vida de casada em Seaview, mas o tempo e o descuido haviam deixado suas marcas.

A colcha amarela da cama de ferro forjado com desenho de arabescos era a mesma sob a qual Charlotte dormia, mas estava agora desbotada e coberta de pêlos de gatos. O papel de parede florido estava se desfazendo e duas folhas inteiras já tinham saído. O fedor da urina dos gatos ficava ainda mais forte devido às janelas fechadas.

Um porta-jóias vermelho de porcelana Limoges ficava sobre a escrivaninha, perto da janela. Madeleine abriu sua tampa, sabendo exatamente o que encontraria. A aliança lisa de ouro que simbolizava a união de seus pais estava sozinha no fundo, como permanecera nos últimos quatorze anos. Ela virou a aliança em sua mão e colocou-a no dedo. Ainda conseguia se lembrar de sua mãe tirando a aliança para passar creme em suas mãos naquela última noite. Tia Agatha insistira para que a aliança ficasse exatamente onde Charlotte a deixara, e o pai de Madeleine não teve a coragem de brigar por ela.

Madeleine tirou a aliança do dedo ao ouvir o telefone tocando a distância. E então Finola apareceu na porta.

— É um telefonema da polícia, sra. Agatha.

Por um breve momento, as duas ficaram sem ação, sabendo que poderia ser a notícia que esperavam há tanto tempo. A aliança escorregou da mão de Madeleine e, quando se abaixou para pegá-la, quebrou o silêncio:

— Vou atender, tia.

CAPÍTULO

10

Minutos depois de a família ter sido avisada, o relatório oficial foi redigido.

O Instituto Médico Legal, junto com a Polícia do Estado de Rhode Island e o Departamento de Polícia de Newport, acabam de divulgar a seguinte informação:

A ossada encontrada em Shepherd's Point, em Newport, Rhode Island, na semana passada, foi identificada por meio de comparação da arcada dentária, de um sistema de superposição digital de imagens faciais e cranianas, dados antropológicos e pessoais como sendo de Charlotte Wagstaff Sloane, uma mulher branca, nascida em Newport, Rhode Island. A sra. Sloane tinha vinte e oito anos de idade quando desapareceu, há quatorze anos.

A sra. Sloane foi vítima de um homicídio doloso. Nenhuma outra informação será divulgada. A investigação segue em andamento.

CAPÍTULO

11

O *Lobo do Mar* era o orgulho e a alegria de Gordon Cox e uma ótima maneira de impressionar as mulheres. Batizara seu barco em homenagem ao pai, que não chegou a conhecer. Logo após casar-se com a mãe de Gordon em 1944, seu pai foi chamado pela Marinha e, alguns meses depois, perdeu-se no mar com outros vinte e sete homens a bordo do *Lobo do Mar* norte-americano, um dos submarinos dos Estados Unidos na Segunda Guerra Mundial.

O cabelo grisalho de Gordon e a vela branca e ondulante do *Lobo do Mar* esvoaçavam na brisa da manhã na curva onde a baía de Narragansett encontrava-se com o porto de Newport em Shepherd´s Point. O professor Cox apontou para a decadente mansão vitoriana no topo da montanha para a moça que era tanto sua aluna quanto sua bem mais jovem companhia. — Ali está, Judy. Shepherd´s Point vista por um outro ângulo.

A bela e ruiva estudante ajustou a aba de seu boné para proteger a pele clara dos fortes raios de sol. — É bem mais bonita vista de longe — ela disse, apertando os olhos para enxergar. — Vê-la de perto com os outros alunos ontem foi meio triste. Deve ter sido bonita algum dia, mas é deprimente ver seu atual estado. Espero que alguém com malas de dinheiro a compre e reforme.

— É isso mesmo que seria necessário. Malas de dinheiro — Gordon disse. — Malas e mais malas de dinheiro.

— Você acha que Agatha Wagstaff vai vendê-la? — Judy perguntou, procurando por seu protetor solar dentro de sua bolsa de lona.

— Duvido. Agatha está determinada a deixar a casa para sua sobrinha — Gordon respondeu. — Mas não ficarei surpreso se Madeleine Sloane vender Shepherd's Point quando a herdar. Mesmo que pudesse mantê-lo, não acredito que ela terá muito interesse em ficar com o lugar, principalmente se os ossos encontrados no túnel forem de sua mãe.

Os olhos de Judy analisaram a extensão de areia. — Onde está o túnel? Não o vejo.

Gordon fez as manobras necessárias para posicionar o *Lobo do Mar* na direção da abertura na terra na beira da água, uma direção que ele tinha tomado muitas vezes antes. Quando avistou sua entrada, encheu-se de esperança. Talvez encontrar o corpo de Charlotte transformasse o projeto de preservação do túnel em algo ainda mais importante. Afinal de contas, ele pensou, se o interesse dos norte-americanos na Ferrovia Subterrânea não os fizesse querer entrar, a fascinação deles com um crime da "alta sociedade" certamente faria.

CAPÍTULO 12

Faltavam poucos minutos até a chegada à Estação Kingston e Grace estava apreensiva. Aquilo era uma novidade para ela e para Lucy.

— Certo, querida. Agora lembre-se: fique sentada aqui e não converse com ninguém.

— Eu sei, mamãe. — Lucy suspirou entediada. — Não sou um bebê, sabia?

— É o meu bebê e vou falar de novo: não fale com estranhos.

— Não vou falar, mãe.

Grace olhou com carinho as sardas sobre o nariz de Lucy e seus longos cílios que combinavam com os grandes olhos castanhos. O aparelho de seus dentes seria tirado no ano seguinte e o corpo de Lucy começava a se desenvolver. Seu bebê estava crescendo.

O tempo tinha passado tão rápido, mas ao mesmo tempo Grace não conseguia se lembrar de como era sua vida antes do nascimento da menina. Um terço de sua vida já havia se completado com Lucy no centro de suas atenções. É claro que seu objetivo era criar uma filha independente, mas era difícil permitir-lhe mais liberdades, mesmo que gradualmente, e difícil imaginar como sua vida seria sem a garota.

Pelo menos ela ainda tinha sete anos antes que Lucy fosse para a faculdade. Sete anos era bastante tempo. Mas se Frank ganhasse a briga pela custódia, se sua filha fosse viver com ele, Grace não teria esse tempo. Visitas nos finais de semana e algumas semanas nas férias de verão ou nos feriados de final de ano não seriam o bastante. Com as costas da mão Grace enxugou as lágrimas que se formavam no canto de seus olhos.

— Ah, mamãe. Não chore. Vou ficar bem.

— Sei que vai, querida. Eu sei. — Grace beijou a cabeça de sua filha, sentindo o doce e familiar perfume de seu xampu. — Estou sendo ridícula.

O trem estava parando. Grace tirou sua mala do compartimento acima dos assentos.

— Está com o dinheiro que lhe dei? E o celular? E sabe o número do telefone do papai, não é?

Lucy assentiu, contente. Há tempos ela pedia um celular. A mãe estava emprestando o dela para a viagem. Pelo menos era um começo. — Sim, mamãe. Estão aqui.

— Talvez você possa comprar uma lembrancinha para seu avô?

— Sim. O papai disse que vamos visitar uns pontos turísticos enquanto eu estiver por lá. Vou comprar uma coisa legal para o vovô.

— Isso mesmo.

O trem parou. Estava na hora de descer.

— Certo, Luce. Divirta-se. O papai estará esperando você na estação.

— Não se preocupe, mãe. Estou bem.

— Sei que está, filha. Tchau, querida. Amo você.

— Também te amo, mamãe. — Lucy saiu de seu assento e deu um abraço forte na mãe.

Ela ainda era uma criança, Grace pensou enquanto pisava na plataforma de madeira diante da estação de trem. Lucy ainda era sua menininha, e Frank não poderia tirá-la dela.

Mas será que deveria dar a Frank esse motivo para que ele o usasse contra ela? Deveria correr atrás de seu sonho, indo em busca de sua carreira em um momento como o atual?

Ao entrar em um táxi, Grace percebeu que estava em uma das encruzilhadas da vida. Poderia abrir mão do estágio, escolher uma profissão que lhe tomasse menos tempo, que fosse mais previsível. Algo que Frank não pudesse contestar. Ou então poderia seguir em frente, não permitindo que Frank ditasse como seria sua vida profissional.

Assim que o veículo chegou à entrada da Newport Bridge, Grace sabia o que tinha de fazer. Olhou para os belos barcos ancorados na baía de Narragansett, certa de que tinha de seguir adiante, que precisava manter-se fiel a seus desejos. Pois, afinal, era esse o exemplo que queria passar para sua filha.

CAPÍTULO

13

O táxi fez o semicírculo na entrada do Hotel Viking. Os hóspedes tomavam sol nas cadeiras de balanço brancas de madeira na varanda que ficava na parte da frente da grande construção de tijolos aparentes de estilo colonial. Grace descobrira em sua pesquisa que o clássico hotel havia sido construído nos anos 1920 para receber alguns dos hóspedes dos donos das mansões, que vinham de outras cidades. Grace imaginou as pessoas abastadas chegando para sua estada em Newport. Sorriu ao ver as petúnias rosa e lilases, os hibiscos cor de mostarda e as alegres margaridas balançando-se nos vasos das janelas e canteiros.

O lobby era graciosamente sóbrio, com candelabros e peças de madeira originais. Havia uma bela caixa de correspondência de latão ao lado dos elevadores. Grace dirigiu-se diretamente à recepção para fazer seu check-in.

A recepcionista uniformizada que ali estava puxou uma folha de papel do escaninho correspondente ao quarto de Grace. — Há um recado aqui, sra. Callahan.

Grace leu a mensagem e ficou um pouco frustrada ao perceber que não poderia subir ao seu quarto para se refrescar. B. J. queria que ela fosse diretamente à sala onde as pessoas do jornal estavam trabalhando. — Como faço para chegar ao Salão de Festas Bellevue? — ela perguntou.

— É a primeira à esquerda — mostrou a recepcionista.

— Obrigada — Grace respondeu e pegou sua mala para levar consigo.

— Sra. Callahan, um de nossos funcionários terá o prazer de levar sua bagagem até seu quarto, se preferir.

— Seria ótimo. Obrigada.

Grace ficou surpresa ao entrar no salão de festas. O opulento espaço reservado para reuniões de negócios, festas da sociedade e de casamento havia sido transformado na base operacional da equipe do *KEY to America*. Grandes mesas haviam sido trazidas para acomodar os computadores, telefones, a ilha de edição, os aparelhos de fax e as copiadoras. Em uma das paredes, técnicos lidavam com metros e metros de cabos elétricos, ajustando-os para a transmissão para Nova York e, em questão de milésimos de segundo, para as outras partes dos Estados Unidos. Grace avistou B. J. em uma grande mesa no fundo da sala. Ao mesmo tempo, ele também a viu. — Venha aqui — ele disse, fazendo um gesto para que ela se aproximasse.

Grace olhou para as bandejas de sanduíches, biscoitos e frutas.

— Que bom que você chegou. Se não estivesse aqui logo, eu teria que sair sem você — B. J. disse. — Achei que gostaria de vir comigo. Vou ver se consigo fazer algumas filmagens em Shepherd´s Point... E, se tivermos sorte, pode ser que alguém fale conosco. Pegue alguma coisa para comer no carro.

Grace embrulhou um sanduíche de atum em um guardanapo, pegou uma garrafa d´água e seguiu B. J. para fora do hotel.

— Recebemos a informação de que os exames de arcada dentária da ossada encontrada no velho túnel de escravos são de Charlotte Sloane — B. J. disse olhando para trás enquanto dirigia-se até seu carro.

— Essa notícia não me surpreende — Grace respondeu.

CAPÍTULO 14

Zoe Quigley observou Grace sair do salão de festas com aquele produtor alto, branco e bonitão. As pessoas o chamavam de B. J. Se Zoe gostasse de apostas, poderia apostar que B. J. estava interessado em outras coisas, além da inteligência de Grace Callahan.

Não viajei quatrocentos e oitenta quilômetros e abri mão de minhas férias de verão para isso.

Nenhum dos produtores do *KTA* tinha dado a Zoe qualquer tarefa interessante. Tirar cópias de papéis e atender ao telefone era tudo que ela tinha feito no Centro de Transmissão em Nova York. Até aquele momento, parecia que as coisas em Newport não seriam muito diferentes.

Daqui a pouco vão pedir para que eu lhes sirva cafezinhos.

Jogando para trás suas longas tranças, Zoe estava determinada. Não permitiria que aquilo a afetasse. Conseguiria o emprego na KEY News. Quando voltasse para a Inglaterra, usaria a conquista como um meio de encontrar um outro emprego. Essa vitória nos Estados Unidos, juntamente com o documentário que ela mesma estava filmando, sozinha, abriria as portas para ela na BBC.

Essa época em Rhode Island tinha sido fortuita. A herança negra era forte e complicada. Havia muito a mostrar a respeito dos malefícios decorrentes do comércio de escravos norte-americano. Zoe pretendia, em seu tempo livre, pegar sua câmera e documentar a luta dos negros na tão famosa terra da liberdade, dando destaque a uma negra em especial. Uma escrava chamada Mariah.

Sabia que não seria nada fácil dar conta das duas tarefas, mas também sabia que conseguiria. Zoe orgulhava-se de ser uma pessoa realista e acreditava que, nos Estados Unidos, um negro geralmente precisava se esforçar mais.

Ainda estava lutando para aceitar esse fato. Na Inglaterra, a cor da pele não era tão importante. As pessoas eram julgadas por sua classe e não por sua raça. Quando alguém abria a boca para falar, certas idéias eram formadas. Um linguajar correto, mostrando que a pessoa vinha de uma boa classe social e que recebera educação, abria portas. Talvez, de certo modo, isso também fosse um tipo de discriminação. Mas o linguajar podia ser mudado. Já a cor da pele, não.

CAPÍTULO 15

Deus do céu, as pessoas realmente viviam assim? Grace estava encantada com a majestade das obras de arte arquitetônicas pelas quais eles passaram na Bellevue Avenue. Era quase inacreditável ver todas aquelas mansões, uma diferente da outra, cada uma delas planejada e construída com extrema atenção aos menores detalhes. Aquilo não podia ser os Estados Unidos. Era como passar por uma alameda cheia de palácios europeus. Grécia antiga, Roma imperial, Itália renascentista e França monárquica estavam todas representadas na arquitetura das mansões que se localizavam naquela área de requintadas propriedades conservadas. Mais uma vez, Grace tentou imaginar como viviam as pessoas abastadas durante os Anos Dourados, de 1890 a 1914, quando as carruagens e a criadagem passavam pela Bellevue Avenue.

É claro que era preciso manter um quadro de funcionários que incluísse empregados, carpinteiros, jardineiros, agricultores, faxineiras, mordomos, cozinheiros, passadeiras, cavalariços, cocheiros e serviçais para manter o bom funcionamento do lugar. Mas ganhando milhões e milhões de dólares em estradas de ferro, óleo, carvão, tabaco, navios, bancos e imóveis, sem ter que pagar taxas para o governo, era possível contratar qualquer ajuda que se fizesse necessária. As pessoas deviam viver uma bela vida.

Mas os tempos haviam mudado, assim como o valor da mão-de-obra e as leis de impostos. Até mesmo muitas das famílias ricas tinham percebido que não poderiam mais manter aqueles lugares. Doar suas propriedades para a

Sociedade de Preservação de Newport era a solução. Agora a Sociedade de Preservação tomava conta das belas residências, abrindo-as ao público para que fossem realizadas visitas com guias turísticos e alugando-as para eventos sociais.

Grace ficou sabendo por meio de sua pesquisa que o fluxo de turistas durante o ano todo tinha salvado Newport. As fortunas da cidade tinham acabado com o caos das duas Grandes Guerras. Uma mesmice militar tomou conta da cidade depois que o Atlantic Fleet da Marinha norte-americana estabeleceu-se ali. A área do centro ficou cheia de bares e lojas que atendiam às necessidades dos homens a serviço do país. Sem nenhuma indústria, exceto pela manufatura de torpedos em Goat Island, algo nada glamouroso, foi apenas nos anos 1960 que Newport voltou a receber atenção com o início dos atualmente famosos festivais de jazz, conhecidos no mundo todo, e das visitas de Jackie e John Kennedy nos verões. Na década seguinte, a frota naval partiu da baía de Narragansett. E então Newport recapturou seu futuro em seu passado... no turismo.

B. J. entrou na Ocean Avenue, passando pelas cabanas da Discoteca Bailey´s Beach, assim como as belas e mais novas casas que se sobressaíam no estreito de Rhode Island. Ao passar mais vagarosamente em frente ao Shepherd´s Point, estava claro que a Sociedade de Preservação não cuidava da propriedade de Agatha Wagstaff. Na parte mais alta de uma montanha, a mansão parecia um cenário tirado de um velho filme gótico. Escura, fechada e cercada por heras e glicínias sem poda.

Uma pessoa vestida com calça verde-escura, uma camiseta de manga longa e um chapéu de palha com abas largas cortava, com uma espécie de foice, a grama seca e alta perto dos portões.

— Desista, amigo. Não está fazendo uma grande diferença — B. J. disse em voz baixa enquanto virava o carro em direção à entrada da propriedade, desligando o motor e saindo. Grace o seguiu.

— Com licença — B. J. disse, aproximando-se do homem. — Somos da KEY News.

Quando o homem baixou sua foice, Grace pôde ver que se tratava de um homem de idade mais avançada. Ou pelo menos parecia. Era possível ver seu cabelo branco por baixo do chapéu. Seu rosto bronzeado tinha rugas e marcas de expressão que diziam que ele tinha passado muitos anos de sua vida trabalhando sob o sol. Sua expressão não era nada amigável.

— Gostaríamos de tirar algumas fotos da casa e também de saber se há alguém aqui no momento que esteja disposto a conversar conosco — B. J. prosseguiu.

O homem segurou com mais força a foice, e por um momento Grace temeu que ele pudesse atacá-los. Instintivamente, afastou-se ao sentir o cheiro de álcool que emanava do homem.

— Este é um país livre, ou pelo menos é o que dizem — o homem respondeu. — Mas esta é uma propriedade privada. Tirem suas fotos da estrada, mas não entrarão nas terras da sra. Wagstaff.

— Será que *você* gostaria de conversar conosco? — B. J. tentou de novo.

— Duvido. Mas sobre o quê? — o velho rosnou.

Ele sabe muito bem sobre o quê, Grace pensou.

— Sobre Charlotte Wagstaff Sloane — B. J. respondeu. — Você ficou sabendo que os restos mortais encontrados no túnel foram identificados esta manhã como sendo realmente dela?

Os ombros do homem se contraíram. Seu tom de voz mudou quando disse: — Não, ainda não tinha conhecimento disso.

Eu estava enganada, Grace percebeu. Aquele senhor estava claramente assustado. Era horrível dar más notícias a alguém ao mesmo tempo em que se realizava um trabalho jornalístico. Ela pensou rapidamente nas pobres famílias que ficaram sabendo que seus filhos e filhas na guerra tinham morrido assistindo ao noticiário da TV, antes que o capelão do Exército fosse à porta deles para avisá-los.

— Desculpe-me, sr...? Qual seu nome?

— Dugan. Terence Dugan.

— E o senhor trabalha para a sra. Wagstaff, sr. Dugan? — B. J. perguntou.

— Sou o jardineiro aqui há quarenta e dois anos. Lembro quando a sra. Charlotte nasceu. Ela era um bebê adorável. — Seus olhos se encheram de lágrimas.

Grace observou B. J. enquanto ele continuava a conversa:

— Bem, sentimos muito, sr. Dugan. Percebo que o senhor gostava da sra. Charlotte.

O velho homem baixou sua foice e tirou um lenço amarelado do bolso de trás da calça. Secou as lágrimas dos olhos e o suor sobre a sobrancelha.

— A sra. Agatha vai ficar muito mal com essa informação. Foi ela quem criou a sra. Charlotte, vocês sabem. A mãe delas não ficou bem após o nascimento da sra. Charlotte e faleceu poucas semanas depois. Todos diziam que ela estava muito velha para ter outro filho. A sra. Agatha já tinha vinte anos quando a sra. Charlotte nasceu. Dá para imaginar? — Terence não esperou por uma resposta para sua pergunta. — O sr. Charles faleceu dois anos depois. Então, sem pai nem mãe, a sra. Agatha dedicou sua vida à criação da irmã.

— Deve ter sido uma grande tortura para a sra. Agatha passar todos esses anos sem saber o que tinha acontecido com a sra. Charlotte — B. J. continuou.

— Isso não é nem metade da história. Ela teve que viver todos esses anos acreditando que o miserável Oliver Sloane provavelmente foi quem matou sua irmã.

— Já chega, Terence! — Uma voz feminina gritou do outro lado do portão. — Se sabe o que é melhor para si, pare com esses comentários agora mesmo.

Madeleine Sloane foi à frente enquanto os três sumiam pelo caminho de grama alta até a casa de boneca. B. J. levava sua câmera e sua bolsa de equipamentos enquanto Grace carregava o tripé.

— Não posso permitir que isso continue nem mais um minuto — Madeleine disse com uma forte determinação em sua voz. — Está na hora de esclarecer esse assunto, deixar tudo às claras e ver o que acontece.

— Por que não conversamos com você primeiro, Madeleine? — B. J. sugeriu, empolgado com a oportunidade de conversar com a filha de Charlotte Wagstaff Sloane e sabendo que era mais importante conseguir a entrevista exclusiva do que filmar o túnel e a fundação da propriedade. Não queria que Madeleine tivesse tempo de mudar de idéia em relação à sua decisão de conversar com eles.

— Tudo bem — ela disse. — Onde querem fazer a entrevista?

B. J. procurou ao redor o local que tivesse a melhor iluminação. O sol de verão estava a pino e sua luz atrapalharia Madeleine se gravassem ali. Um grande carvalho ao lado da casa de boneca oferecia um pouco de sombra. O sol estava tão forte que mesmo debaixo da árvore eles teriam luz suficiente.

Enquanto B. J. montava o tripé e a câmera e ligava os cabos ao microfone, Grace ficou ao lado de Madeleine, esperando.

— Sinto muito pela sua mãe — Grace disse.

— Obrigada.

No desconfortável silêncio que se seguiu, Grace olhou para baixo e percebeu a pequena e escura tatuagem no pé de Madeleine, que usava uma sandália. Percebendo que Grace olhava para o desenho, Madeleine colocou o pé direito para a frente e, apontando para ele, disse:

— Duvido que minha mãe teria aprovado esta tatuagem, mas na verdade eu a fiz por causa dela. Queria ter uma lembrança dela. Não me lembro de muita coisa, pois tinha só seis anos quando ela desapareceu, mas consigo lembrar que ela dizia: "Comece tudo com o pé direito, Madeleine." Por isso tatuei este anjo em meu pé direito para me lembrar dela. Ela sempre me dizia que eu era o anjo dela.

— Que história bonita — Grace disse sorrindo, mas pesarosa. — Minha mãe me dizia a mesma coisa.

Madeleine olhou para Grace e perguntou: — Sua mãe também já faleceu?

— Sim. Ela morreu há seis anos. — *Mas pelo menos ela acompanhou meu crescimento*, Grace pensou. *Pelo menos ela estava por perto quando me formei no colégio, no dia de meu casamento e quando Lucy nasceu. Pelo menos eu a tive por perto em todos esses acontecimentos.* Apesar de ainda sentir a falta de sua mãe todos os dias, de sentir vontade de conversar com ela e contar o que estava acontecendo em sua vida, de encontrar conforto diante dessa situação com Frank e do problema da briga pela custódia, Grace considerava-se uma pessoa de sorte por ter tido sua mãe por perto pelo tempo que ela vivera. A idéia de crescer sem mãe era triste demais. Mas aquela era a situação vivida pela jovem que estava a seu lado naquele momento.

— Sinto muito também. — Madeleine disse, procurando algo que mostrasse o nome da mulher com quem conversava. — Desculpe-me, não consegui ver seu nome.

— Grace. Grace Callahan.

— E o que você faz na KEY News mesmo?

— Na verdade sou estagiária.

Madeleine olhou para ela desconfiada.

— Eu sei — Grace disse. — Sou muito velha para ser uma estagiária. É uma longa história. Espero ser efetivada após este estágio. Mas estou competindo com outros estagiários. Todos eles querem a vaga de assistente de produção também.

B. J. tinha terminado de arrumar sua câmera. Ele segurou o pequeno microfone na direção de Madeleine. — Se você ficar aqui, vou te fazer algumas perguntas por trás da câmera. Grace, fique ao meu lado, e srta. Sloane, se puder olhar para Grace ao responder, será ótimo. Será melhor se não olhar direto para a câmera.

— Pode me chamar de Madeleine. — Ela prendeu o microfone em sua roupa e, aceitando a sugestão de B. J., passou o fio por baixo de sua camiseta. Grace posicionou-se ao lado de B. J.

— Tudo pronto? — ele perguntou.

Madeleine assentiu.

— Certo. — B. J. focalizou a imagem em miniatura de Madeleine Sloane no pequeno monitor preso em cima da câmera. Seu cabelo curto e loiro esvoaçava-se com a brisa que soprava da baía. Ela estava apertando suas mãos delicadas, posicionadas em frente ao seu corpo magro. A opulenta árvore estava atrás dela.

— Para começar, Madeleine, como e quando você recebeu a notícia de que os restos mortais de sua mãe haviam sido identificados?

Madeleine pigarreou. — Eu estava aqui, fazendo uma visita a minha tia Agatha, quando recebemos a ligação. Foi um pouco antes de eu encontrá-los no portão.

— Como reagiu à notícia?

Madeleine mostrou-se contrariada ao ouvir a pergunta. Grace sempre detestava quando os repórteres colocavam o microfone na cara das vítimas e perguntavam como estavam se sentindo em relação a uma tragédia. *Como achavam que elas se sentiam, pelo amor de Deus?* Tristes, péssimas, transtornadas, arrasadas. Porém, de alguma forma, assim como Madeleine fazia agora, os enlutados sempre conseguiam responder.

— Honestamente? Honestamente, fiquei aliviada. Passei os últimos quatorze anos me perguntando o que poderia ter acontecido com minha mãe. Nunca tive a certeza de se ela estava morta ou viva. A incerteza era horrível. Agora, pelo menos, sei ao certo que ela morreu. Talvez isso melhore as coisas.

B. J. mudou de assunto: — A polícia lhe contou como estão indo as investigações?

— Não. E não perguntei — a jovem respondeu rispidamente.

— Você parece irritada.

— Você também não estaria se sua mãe estivesse enterrada em um túnel e a polícia local nunca a tivesse encontrado? — Ela não esperou uma resposta para sua pergunta: — Por causa da incompetência da polícia, meu pai foi injustamente acusado todos esses anos. Tem vivido um inferno, com todas as pessoas cochichando coisas sobre ele, dizendo que ele matou minha mãe.

— Com todo o respeito, Madeleine, mas o fato de sua mãe ter sido encontrada no túnel não prova que seu pai não a matou.

— Bem, eu sei que ele não a matou. Sempre soube que ele não poderia tê-la machucado. Ele a amava muito. Se a polícia tivesse encontrado o corpo de minha mãe antes, talvez tivessem mais pistas que pudessem investigar para descobrir o verdadeiro assassino. Mas digo uma coisa: meu pai não matou minha mãe. Tenho certeza disso.

B. J. afastou a cabeça da câmera e olhou para as duas, primeiro para Grace e depois para Madeleine.

— Quem você acha que matou sua mãe, Madeleine?

A jovem hesitou. Sentiu como se a resposta estivesse na ponta de sua língua. Era frustrante não ser capaz de dizer o nome do assassino de sua mãe. Mas não conseguia. Ainda não.

— É tudo que tenho para dizer por enquanto — respondeu com firmeza. — Agora tirem suas fotos se quiserem, rapidamente, e saiam. Se minha tia Agatha os vir aqui, ficará muito brava.

— Compreendemos — B. J. disse, desligando sua câmera. — Podemos ficar mais dez ou quinze minutos?

— Tudo bem, mas não mais do que isso — Madeleine disse. — Preciso ir para casa para ficar com meu pai.

CAPÍTULO

16

Os noticiários do rádio anunciavam o resultado do exame. Para a última pessoa que tinha visto Charlotte com vida, não era nenhuma surpresa que tal dia chegaria. Poderia ter vindo a qualquer momento. Mas a esperança era de que sempre viesse mais tarde, depois que todo mundo estivesse morto. Exatamente como Charlotte.

Desenterrar seus ossos significava desenterrar os detalhes sórdidos que tinham causado sua morte. Isso não poderia acontecer. Era preocupante o fato de o lenço ter ficado no bolso de seu vestido, exatamente onde Charlotte o colocara após pegá-lo emprestado para secar suas lágrimas. Mas pelo menos a fotografia não havia aparecido.

No calor do momento, a foto que fez com que Charlotte se descontrolasse aquela noite tinha sido jogada sobre seu corpo caído no túnel dos escravos. Quando teve tempo para pensar com clareza e perceber que a arma do crime também tinha sido deixada ali, teve que voltar em outra noite até a casa de boneca. A pá de ferro da lareira foi limpa e enterrada no túnel junto com o corpo. Mas a foto havia desaparecido.

Alguém a havia pegado antes.

O pânico sentido deu lugar a um certo alívio quando a carteira do homem foi encontrada ao lado do sofá-cama na casa de boneca. Enquanto a carteira tolamente esquecida servisse como chantagem, incriminando seu inocente dono, havia uma certa confiança de que a foto nunca apareceria.

Quatorze anos atrás, uma carta havia sido enviada, avisando o transgressor de que a carteira poderia ser usada como prova para incriminá-lo. O inocente tinha sido muito estúpido ou medroso para perceber que a foto poderia revelar ainda mais o assassino de Charlotte.

Haviam chegado a um impasse. O assassino que tinha a carteira. O transgressor, dono da carteira, que tinha a foto. Os dois tinham ficado calados, sem querer confusão. Era essencial que as coisas continuassem daquele jeito.

Em um tribunal, aquela fotografia poderia levar diretamente ao assassino de Charlotte.

CAPÍTULO

17

O paisagista podia cuidar daquilo, mas Elsa preferia fazer sozinha. Gostava de atrair as aves canoras com comida e, às vezes, faisões-de-coleira no quintal. Estava colocando sementes no comedouro para seus queridos pássaros quando ouviu o telefone. Apressando-se pelo gramado bem aparado até o quintal de piso frio, ela pegou o telefone sem fio da mesa de ferro forjado próxima ao divã.

— Alô? — atendeu, um pouco ofegante.

— Elsa, aqui é Oliver.

Seu coração bateu com mais pressa, como acontecia há anos ao ouvir a voz dele. Havia passado grande parte de sua vida adulta apaixonada por Oliver Sloane.

— Tenho notícias, Elsa. A ossada era mesmo de Charlotte. O exame da arcada dentária confirmou as suspeitas.

— Oh, sinto muito, Oliver, meu querido. Sei que isso tem sido um pesadelo sem-fim para você e para Madeleine, para todos nós, na verdade. Mas pelo menos agora sabemos, Oliver. Não saber o que tinha acontecido com Charlotte era o pior.

— Isso e ver todas as pessoas da cidade acreditando que eu a matei.

Elsa pôde perceber a depressão e o cinismo em seu tom de voz contido. Sofria por saber que ele tivera de suportar uma grande aflição.

— Eu nunca pensei, Oliver, nem sequer por um minuto, que você tinha alguma coisa a ver com o sumiço de Charlotte. Sempre acreditei em sua inocência com meu coração e minha alma. Você sabe disso.

— Bem, você é a única pessoa, Elsa. Você e Madeleine. A melhor amiga de Charlotte e a filha dela foram as únicas que ficaram do meu lado. Todas as outras pessoas de Newport têm me tratado como um criminoso.

— As coisas vão mudar agora, Oliver.

— Por quê? Por que vão mudar agora, Elsa? Eles só encontraram um corpo, ou os restos de um. Não encontraram o assassino.

Elsa sabia que ele tinha razão. Que horror era tudo isso. E nunca terminaria para Oliver, a menos que descobrissem quem havia matado Charlotte.

Elsa amava Oliver com uma intensidade que só aumentou durante os anos em que o vira sofrer, querendo ajudá-lo, mas incapaz de fazer qualquer coisa. Conforme o tempo desde o desaparecimento de Charlotte passava, Elsa esperava que Oliver esquecesse a esposa ou que pelo menos se afastasse emocionalmente dela e que eles pudessem ficar juntos como um casal. Mas ele se remoía de culpa por não ter dado muita atenção a Charlotte nos meses antes de seu sumiço e por causa da briga que os dois tiveram na última noite em que se viram. Oliver confessara tudo a Elsa diversas vezes, em conversas regadas a uísque, nos últimos quatorze anos.

— Se ao menos eu tivesse sido mais discreto — repetia agora. — O que eu estava pensando? Acreditava realmente que Charlotte não descobriria que eu era infiel? Como fui idiota. Daria qualquer coisa para voltar atrás.

Elsa tentou consolá-lo, tentou ser paciente. — Acabou, meu querido. Você precisa seguir em frente. Grande parte de sua vida foi consumida por isso. Tem que viver o que resta dela. Ainda há muitos anos pela frente... para você, para nós.

— Por favor, Elsa. Não comece com tudo isso agora. Você mais do que qualquer pessoa sabe como tenho rezado para que Charlotte volte para mim. Foi um milagre ela já ter sido minha. Se Agatha não tivesse intervindo, ela nunca teria sido minha. Nunca te enganei, Elsa. Posso ter falhado no caminho, mas meu coração sempre pertenceu a Charlotte, de verdade.

— Mas a Charlotte não vai voltar, Oliver. Podemos ficar juntos agora. Podemos nos casar. Você é, oficialmente, viúvo. — Assim que as palavras saíram de sua boca, Elsa se arrependeu de tê-las dito. Oliver podia ter passado quatorze anos sem uma esposa, mas agora não era a hora de atormentá-lo com a idéia de um outro casamento. A questão era que Elsa queria muito ser a sra.

Oliver Sloane. Apesar de nenhuma outra mulher de meia-idade na cidade desejar tal honra, Elsa Gravell deixara para trás a perspectiva de ter outro marido ou seus próprios filhos, acreditando, sem sombra de dúvidas, que sua felicidade estava ligada a Oliver Sloane.

— Acabei de ter a certeza de que minha esposa está morta, Elsa. Respeite meu luto — Oliver disse sem pestanejar.

Elsa ouviu o telefone ficar mudo e xingou a si mesma. Agora era pouco provável que Oliver a acompanhasse à festa dos Vickers à noite, e sabia que não deveria perguntar. Mas estava determinada que ele fosse com ela, como o combinado, ao Ball Bleu, no Elms, na quarta-feira. Elsa estava organizando o evento este ano e queria que Oliver estivesse com ela, apesar da identificação do corpo de Charlotte. Na verdade, ele tinha de ir *por causa disso* — pela memória de Charlotte —, assim como vinha fazendo todos os anos desde que ela desaparecera. Charlotte e Elsa tinham organizado o primeiro evento para angariar fundos para a Pássaros em Extinção de Rhode Island quatorze anos antes. Era gratificante ver como o evento de arrecadação tinha crescido, e Oliver tinha ido todos os anos, tornando como sua a causa de sua esposa, ignorando os cochichos e os olhares frios.

No entanto, não deveria pressioná-lo. Não deveria perturbá-lo, principalmente agora, quando havia uma chance de finalmente ficarem juntos como homem e mulher. Sim, ela fora a melhor amiga de Charlotte na infância e adolescência — Charlotte, popular e extrovertida; Elsa, mais quieta e estudiosa. Fora madrinha de seu casamento, e era também a madrinha de Madeleine. Dividiam um grande amor por pássaros e viajavam para lugares distantes, passando horas e horas juntas, esperando avistar espécies raras. Mas sua ligação com Charlotte tinha terminado havia muitos anos. Era Oliver quem ela amava, e Elsa estava decidida a tê-lo, por mais que demorasse.

CAPÍTULO 18

Grace e B. J. voltaram para o salão de festas do Hotel Viking e dirigiram-se à mesa da redação. Dominick O´Donnell, o produtor sênior do *KTA*, olhou para ele por cima de seus óculos de leitura enquanto B. J. contava o que tinham encontrado em Shepherd´s Point. Dominick escutou e esperou para dar sua opinião.

— A entrevista com Madeleine Sloane pode ser algo exclusivo, mas é preciso mais do que isso para chamar a atenção do país. Pode ser uma história local importante, mas precisamos de mais se quisermos atrair o público. Continuem no caso e vejamos o que mais acontece.

B. J. decidiu brigar por sua transmissão: — Mas, Dom, com a identificação dos restos mortais de Charlotte Sloane e o vídeo do velho túnel de escravos, acho que temos o suficiente para uma bela matéria.

Dominick olhou para a tela do computador sobre sua mesa. — Olha, Beej, você tem que trazer material para as reportagens de todos os dias desta semana, e ainda não vi coisa alguma. Como elas estão indo?

— Não se preocupe, Dom. Elas estão sob controle.

— Bem, se puder terminá-las e ainda tiver tempo para aparecer com alguma coisa interessante do caso Sloane, tudo bem. Mas estou te dizendo, B. J., precisamos de mais. Precisa pegar a reação de outras pessoas que conheciam Charlotte Sloane. O marido dela é a primeira pessoa que me vem à mente. Converse com outros habitantes da cidade que a conheciam, que se lembram de quando ela sumiu. E, é claro, você pode falar com a polícia também.

B. J. sabia quando era hora de esperar. — Tá legal, Dom, voltamos a conversar com você quando tivermos mais coisas.

Após um rápido telefonema para Massachusetts, para se certificar de que Lucy havia chegado em segurança, Grace pôde perceber que os outros estagiários a encaravam enquanto estava ao lado de B. J. na mesa da redação. Estava dividida pela satisfação de B. J. estar, tão generosamente, levando-a com ele enquanto trabalhava e preocupada por estar causando revolta em seus colegas. Essa competição para a vaga na empresa não era boa. Todos os estagiários ficariam ressentidos quando um deles fizesse qualquer coisa que o colocasse em destaque, achando que estavam perdendo a chance de conseguir o emprego.

Mas a preocupação de Grace em relação aos sentimentos de um dos estagiários dissipou-se quando Joss Vickers aproximou-se da mesa e fez seu anúncio:

— Meus pais vão fazer um *clambake** na praia hoje à noite, e toda a equipe do *KTA* está convidada.

— Sério? Deve ser divertido — Dominick disse. — Nunca fui em uma festa na praia.

— Eu também não — B. J. disse. — Estarei lá.

Não, Grace pensou ao observar os outros produtores anotando o endereço dos Vickers. Não precisava se preocupar com os sentimentos de Joss. A garota sabia competir muito bem.

* *Clambake*: tipo de churrasco de peixes e frutos do mar. (N.T.)

CAPÍTULO

19

Depois do dia que tivera, ir à festa dos Vickers era a última coisa que queria. Com o caso de Charlotte Sloane pegando fogo outra vez, o detetive Al Manzorella estava agitado e nervoso.

Al soltou um suspiro enquanto trocava de camisa. Agora, tinham um corpo. Há quatorze anos Al tinha certeza de que Charlotte estava morta, mas apenas naquele dia o fato tinha sido provado. Entretanto, não havia provas suficientes que ligassem o assassinato de Charlotte ao seu miserável marido ou a qualquer outra pessoa. Além da pá da lareira, a outra evidência era o diário dela, como o brinco e o lenço de seda que tinham sido colocados no bolso de seu vestido. Como ou por que Charlotte havia ido para Shepherd´s Point em vez de sua casa em Seaview, onde vivia com o marido, depois de deixar o clube na noite de seu desaparecimento era um mistério para todo mundo.

— Está pronto, querido? — Os olhos de Seanna brilhavam quando ela saiu do quarto, usando seu vestido novo. Sua esposa estava empolgada com o convite que recebera para a festa de praia organizada por aquela "família rica que vinha para a cidade no verão". Seanna havia conhecido Vanessa Vickers quando esta fora à loja de antiguidades na qual Seanna trabalhava em meio período. Começaram a conversar, e Vanessa, depois de gastar uma fortuna na loja, elegantemente convidou Seanna e o marido para a festa.

— Estou quase pronto — ele respondeu.

Al não queria decepcionar a esposa. Seanna não tinha uma vida muito glamourosa, e ele sentia muito por isso. Ela merecia mais do que ele poderia oferecer a ela. Nunca reclamava das várias horas que ele passava trabalhando ou do salário que nunca permitia que os dois fizessem uma bela viagem ou comprassem uma casa maior.

— Quer ir com o seu carro ou com o meu? — ela perguntou.

— Vamos com o seu — ele disse, passando um pente em seu cabelo preto e grosso. Talvez a festa na praia fosse divertida, apesar de duvidar que seria. Mas, talvez, não fosse tão ruim. Nunca se sabia que tipo de informação poderia se encontrar em uma reunião como aquela.

CAPÍTULO

20

O processo começara logo cedo, quando Mickey pediu aos seus funcionários que fossem buscar fuco fresco, um tipo de alga marinha verde-escura com bolhas cheias de água salgada. As bolhas são essenciais para a preparação do *clambake* tradicional, oferecendo o vapor para o cozimento.

A fogueira foi feita com cuidado, com camadas alternadas de lenha e pedras. O fogo esquentaria as pedras a temperaturas altíssimas e, uma vez que fosse apagado, deixaria para trás cinzas e pedras escaldantes. O carvão e as pedras seriam cobertos com o fuco úmido, as bolhas explodiriam com o calor, soltando a água salgada que cozinharia e daria o tempero ao prato.

Tudo isso era feito horas antes da chegada do primeiro convidado. Mickey Hager era detalhista nos preparativos e sentia muito orgulho de seu trabalho de mestre-cuca. Como responsável pelo *clambake*, certificava-se de que o tradicional modo de preparação passado pelos nativos americanos aos primeiros colonizadores ingleses três séculos antes fosse executado com perfeição. Mickey era tão bom no que fazia que seu negócio, o Seasons Clambakes, já estava contratado para festas, casamentos, reuniões escolares e de empresas o outono todo, e contava com vários compromissos agendados para a primavera e o verão seguintes. Na praia, em uma residência ou em um dos belos cenários de Newport, o Seasons Clambakes era sinônimo de um evento de sucesso, e os clientes não se importavam em pagar bem por seus serviços.

Os Vickers eram clientes costumeiros, e Mickey conhecia bem a casa deles. Uma antiga e restaurada casa de carruagens que já abrigara os veículos de uma das famílias ricas de Newport havia sido transformada em uma residência com todo o conforto possível. Apesar de a casa dos Vickers não ter toda a pompa das mansões da Bellevue Avenue, tinha muitos atrativos que aquelas não tinham. Ar-condicionado, antena parabólica e um sofisticado refrigerador Sub-Zero com cubos de gelo que saíam de sua porta ao apertar de um botão, que deixavam a vida no século XXI muito mais confortável do que a dos Anos Dourados.

Mickey trabalhava com rapidez, acomodando camadas de lagostas, mariscos, mexilhões e milho dentro de cestas de metal no fuco, arrumando tudo para garantir cozimento e sabor perfeitos. Ele e seu assistente cobriram a área com lona, tentando capturar o máximo de calor.

Mickey deu um passo para trás e observou seu trabalho com satisfação. Sim, os negócios estavam indo muito bem no momento, e ele sabia que tinha de ficar no controle de tudo. Tinha batalhado muito para chegar onde estava e de jeito nenhum voltaria a trabalhar como garçom no clube.

— Olá, Mickey.

Ele virou-se na direção do chamado. Era aquela beleza da Joss Vickers. Estava vestida com uma camiseta preta e justa e shorts brancos que o clube provavelmente não veria como trajes adequados. Tinha longas pernas bronzeadas. *Nossa, ela é uma gata.*

Também gostava de jogar charme, e Mickey já presenciara suas investidas em garotos adolescentes, assim como nos amigos mais velhos de seus pais. Flertava com qualquer um. Joss era poderosa e divertia-se vendo aonde isso poderia chegar.

Sempre que Mickey a encontrava, lembrava-se da primeira vez em que a vira. Foi no aniversário de seis anos de Madeleine Sloane, e a festa aconteceu na área da piscina do clube. Por mais espantoso que pudesse parecer, já na infância Joss tinha sua sexualidade desenvolvida. A menina estava vestida com um maiô com estampa de oncinha, suas pernas já eram bem delineadas e firmes, e tinha um olhar sugestivo. Enquanto servia-lhe limonada e bolo de chocolate, Mickey sentia vergonha de si mesmo, um cara de dezoito anos tendo aquele tipo de pensamento com uma criança. Agora, sentiu-se enrubescer com aquelas lembranças.

— Oi — respondeu, tomando o cuidado de não chamá-la pelo nome. Afinal, ele estava trabalhando para ela. Não se sentia bem a chamando de Joss, mas, ao mesmo tempo, também não a chamaria de senhorita Vickers. Mickey secou sua testa, aliviado, pois o calor da fogueira era uma boa desculpa para o rosto corado.

— Parece que tudo está pronto — Joss disse, olhando todos os alimentos arrumados nas cestas.

— Sim. Está tudo sob controle. Será uma festa e tanto.

Joss sorriu, semicerrando os olhos. — Que ótimo, Mickey, porque me interessa que todos se divirtam hoje. Além de nossos amigos de Newport, muitas pessoas da KEY News estarão aqui e quero impressioná-los.

CAPÍTULO

21

A mala estava aberta em cima da cama de casal no quarto do hotel. Grace procurava em seu conteúdo, já com a péssima impressão de que não tinha trazido as roupas certas. Ou, para ser mais exata, não tinha as roupas certas para trazer.

Precisava prestar mais atenção a suas roupas agora que estava começando a entrar no mercado de trabalho. Percebera que os funcionários do Centro de Transmissão da KEY News em Nova York não se vestiam necessariamente com formalidade, mas a maioria usava roupas modernas. Ali, em Newport, os produtores, redatores e diretores pareciam todos adotar o estilo Ralph Lauren, e usavam calças cáqui, blusas ou camisetas brancas e suéteres sobre os ombros ou amarrados na cintura. Grace também notara algumas jaquetas jeans penduradas nas costas das cadeiras na área de trabalho improvisada no salão de festas.

Havia trazido várias calças de linho, que tirou de sua mala. Estavam muito amassadas. Deu uma olhada dentro do guarda-roupa. Por sorte, havia uma tábua de passar, mas não encontrou um ferro.

Não tinha certeza se calças de linho eram apropriadas para um *clambake* e gostaria de ter tempo de procurar por uma loja Gap onde pudesse comprar umas calças cáqui, mas B. J. oferecera uma carona e ela teria de encontrá-lo na recepção do hotel dentro de vinte minutos. Grace foi até o criado-mudo e ligou para o serviço de quarto para pedir um ferro de passar roupas.

— Izzie, antes de você ir embora, pode levar um ferro de passar ao quarto 201?

Tinha outra escolha? Não era um pedido, mas sim uma ordem da supervisora, e Izzie sabia que a mulher estava atenta a qualquer sinal de má vontade.

— Claro, Eileen. Agora mesmo.

Enquanto esperava pelo elevador de serviço, Izzie levantou o braço direito para o lado, usando o ferro a vapor como haltere. Repetiu o movimento, para cima e para baixo, para cima e para baixo. Tentava readquirir a força de seu braço. Desde a operação, estava cada vez mais difícil realizar seu trabalho fisicamente desgastante. Arrumar camas, esvaziar cestos de lixo, limpar vasos sanitários e esfregar banheiras não eram os serviços mais agradáveis mesmo para alguém saudável. E depois da mastectomia a qual fora submetida, fazer tais tarefas era quase impossível. Izzie não sabia ao certo até quando agüentaria. Ia exausta para casa todos os dias e desabava na cama assim que chegava.

Quando saiu do elevador no segundo andar, começou a sentir tontura. Conversou consigo mesma como vinha fazendo desde que Padraic morrera. *Você consegue, Izzie. Você consegue.*

Parou diante da porta do quarto e bateu.

— Só um minuto — alguém gritou lá dentro.

Mas, quando a porta foi aberta, Izzie já tinha caído no chão.

— Meu Deus do céu, você está bem? — Grace abaixou-se para ajudar a camareira. — Espere só um pouco. Vou chamar ajuda.

— Não, por favor, não faça isso — a mulher disse com rapidez.

— Bem, o que posso fazer para ajudar? Quer um copo d´água?

Segurando-se no batente da porta, a frágil mulher lutou para ficar em pé, ao mesmo tempo em que olhava para os dois lados do corredor. — Não quero que ninguém me veja assim. Posso entrar só um minuto?

Grace não costumava permitir a entrada de desconhecidos em seu quarto, mas havia alguma coisa na expressão preocupada da mulher que a fez levá-la para dentro, ajudando-a a sentar-se no sofá do quarto. Enquanto a camareira ajeitava-se, Grace foi ao banheiro e voltou com um copo d´água. — Aqui está. Tome um pouco.

A camareira obedeceu e, enquanto bebia a água, Grace notou seu cabelo curto, ralo e grisalho. Viu que seus cabelos haviam caído e estavam crescendo outra vez. Pareciam com o cabelo de sua mãe após o tratamento de quimioterapia.

— Sou Grace Callahan.

— Izzie O´Malley — respondeu, com a voz baixa.

— Por favor, Izzie. Deixe-me ligar para a recepção. Eles mandarão alguém aqui para te ajudar.

— Não, muito obrigada, senhora. Não é uma boa idéia. Não quero que pensem que não sou capaz de executar meu serviço.

Grace assentiu, mostrando compreensão. — Está bem, mas talvez eu possa pedir para que algum amigo ou parente seu venha buscá-la.

Izzie balançou a cabeça. — Não, vou ficar bem, se puder ficar sentada só mais um minuto aqui. — Olhou para as calças de linho sobre a cama. — Continue o que estava fazendo. Vou sair daqui a pouco.

Grace olhou para o radiorrelógio no criado-mudo. B. J. provavelmente estava lá embaixo à sua espera. Ligou o ferro de passar na tomada.

— Você está aqui com o pessoal da KEY News de Nova York? — Izzie perguntou, vendo o logotipo na bolsa de Grace sobre a mesa.

— Sim.

— Deve ser interessante.

— Espero que sim. É meu primeiro trabalho externo e estou tentando mostrar meu trabalho. Por isso, estou um pouco apreensiva. — Grace não achou necessário explicar a história toda do estágio, mas sabia que Izzie entendia como era tentar mostrar serviço a seu empregador. — Tem muita coisa em jogo. Quero causar uma boa impressão a meus superiores.

Enquanto Grace passava sua calça, Izzie levantou-se do sofá.

— Já estou me sentindo bem.

— Tem certeza? Quer que eu e meu amigo a levemos para casa?

— Não, senhora. Já foi muito gentil. Muito obrigada.

Enquanto andava em direção ao elevador, Izzie sentiu-se melhor. Ainda existiam boas pessoas no mundo, e Grace Callahan era uma delas. Esperava que a moça se desse bem em seu emprego.

Quando chegou a seu pequeno apartamento, já tinha tomado uma decisão. Se resolvesse contar o que sabia, contaria tudo a Grace.

Uma mão lava a outra.

CAPÍTULO

22

O dia ainda estava claro e o sol do verão estava a duas horas de se pôr. Longas mesas montadas com cavaletes e cobertas com toalhas em xadrez vermelho e branco e decoradas com arcos de balões azuis e vermelhos mostravam que os Vickers estavam preparados para receber mais de cem convidados. As mesas estavam dispostas no centro do espaçoso pátio. Uma grande tenda branca protegia a pista de dança colocada diante dos cinco componentes da banda que afinavam os instrumentos do outro lado de onde faziam o *clambake*. Nos cantos da propriedade, várias tendas haviam sido montadas com entretenimentos. Um pintor de rostos, um malabarista, uma cigana e até mesmo um rapaz que fazia tatuagens de hena.

— Uau! — exclamou B. J. ao entrar com Grace na festa. — Que barato!

— Você ainda não viu nada. Precisa ir a uma festa em minha casa — Grace respondeu. — Vou te convidar da próxima vez. Meu pai prepara um cachorro-quente divino com salsichas que ele assa em um pequeno *hibachi*.

B. J. sorriu e seus olhos castanhos brilharam de empolgação. — Venha, vamos beber alguma coisa.

Grace não reconheceu a maioria das pessoas que eles encontraram a caminho do bar. — Todas essas pessoas aqui não são da KEY News, não é? — ela perguntou.

B. J. balançou a cabeça negativamente. — Não. Nunca vi a maior parte delas antes. Joss me disse que os pais dela organizaram a festa para os amigos deles e sugeriram que ela convidasse o pessoal do *KTA*.

Deve ser bem legal, Grace pensou, enquanto tomava um gole de sua cerveja gelada e observava o lugar. *Era* bem bacana ter dinheiro suficiente para acrescentar quarenta ou cinqüenta pessoas em sua lista de convidados e não se preocupar com os custos.

— Grace, não quero que você ache que eu só penso em trabalho e nunca me divirto, mas seria interessante conversar com as pessoas hoje à noite e ver se encontramos alguém que nos ajude com a história da Charlotte Sloane. Sabe, aquilo que Dominick disse que precisamos. Pessoas que estavam em Newport naquela época que a conheciam...

— Você trouxe sua câmera?

— Sim, está no porta-malas. Mas não estava pensando em filmar nada. Pensei em pegar umas informações e, talvez, conseguir fazer com que essas pessoas aceitem ser filmadas se precisarmos, depois.

Grace concordou, tentando parecer feliz com a decisão de B. J. Mas a verdade é que ficaria mais feliz se pudesse relaxar. Tivera um longo dia, a começar com a viagem de trem, depois com a dor no coração por deixar Lucy ir ao encontro do pai e da nova madrasta. Grace ainda não tinha tido tempo de respirar desde sua chegada a Newport, e a idéia de relaxar naquela festa tinha sido muito bem-vinda. Mas não diria aquilo para B. J.

— Claro. Ótimo.

— Vamos nos separar? — ele sugeriu. — Assim, poderemos conversar com mais pessoas.

Grace tomou outro gole da cerveja. O que poderia dizer? *Não? Quero ficar com você? Não me sinto muito segura para andar por aí sozinha? Estava achando que poderíamos ficar juntos hoje à noite?*

— Tudo bem — respondeu, sem entusiasmo.

Grace passeou pelo pátio, parando para ver o malabarista controlar todas as suas bolinhas coloridas. Enquanto o observava, um homem calvo e distinto aproximou-se e parou ao seu lado. Apesar de estar vestido de modo casual, tinha escolhido bem suas roupas. Calça branca com pregas bem marcadas, uma camisa azul sem gola, com as mangas cuidadosamente dobradas até os cotovelos, e mocassins marrons, sem meias.

— Você é amiga dos Vickers ou uma das pessoas da equipe da TV? — O elegante homem pareceu desdenhar ao se referir ao grupo da KEY News.

— Bem, acho que as duas coisas — Grace respondeu. — Estou com a equipe da KEY News. Estou fazendo um estágio na empresa com Joss Vickers.

Grace percebeu que o homem a analisava e estava imaginando que ela parecia velha demais para ser uma estagiária. Decidiu dar-lhe a informação antes que perguntasse:

— Comecei a estudar tarde. Estou terminando a faculdade agora.

— Entendo.

Ela decidiu ignorar a petulância no tom de voz do homem. Não chegaria a lugar algum se irritando com qualquer coisa.

— Meu nome é Grace Callahan. — Passou seu copo para a mão esquerda e estendeu a direita na direção dele.

— Kyle Seaton.

Grace lembrou-se de ter visto aquele nome em muitas manchetes naquela semana.

— Ah, sim, o senhor é o artista que trabalha com *scrimshaw*, não é?

Kyle assentiu, feliz por ser reconhecido. Imediatamente tirou um cartão de visitas de seu bolso e o entregou a ela, dizendo: — Faço *scrimshaw*, vendo e coleciono.

— Posso lhe garantir que nunca conheci nenhuma outra pessoa em sua área de trabalho — ela respondeu, pegando o cartão. — Muito interessante. Pesquisei um pouco sobre o assunto para as matérias do jornal desta semana.

— Ah, sim. O *KEY to America* vem a Newport e entrevista os artistas da região — Kyle disse com um certo sarcasmo. — Já estou me perguntando se vou me arrepender de ter decidido deixá-los entrar em minha loja.

— Por quê?

— Porque sempre fui conhecido como o artista de *scrimshaw* de colecionadores nas últimas duas décadas, e não quero manchar minha reputação sendo um artista das massas agora.

— Então por que concordou? — Grace perguntou com real interesse.

Kyle deu de ombros. — Vaidade boba, eu acho. O que a televisão tem que faz com que pessoas antes consideradas normais se exponham desse jeito?

Grace não sabia o que responder, mas já tinha se perguntado a mesma coisa ao ver pessoas revelando informações muito pessoais e fazendo coisas muito embaraçosas para aparecer na TV. Lipoaspirações, cirurgias estéticas corporais e faciais para o público ficar assistindo. Promessas de amor e devoção eternos respondidas com recusas humilhantes nos programas de namoro para os telespectadores darem risada. Comer insetos e vermes em testes de resistência feitos para as pessoas sentirem nojo e repulsa. Mas os produtores de televisão não pareciam ter muito trabalho para encontrar sujeitos dispostos a fazer qualquer coisa por seus quinze minutos de fama.

Ela decidiu trocar de assunto e falar sobre algo menos desagradável, com receio de acabar fazendo Kyle desistir de seu acordo com o *KTA*. — Você é morador de Newport há quanto tempo?

— Nasci em Newport e passei minha vida inteira aqui — ele declarou. — Sou um *legítimo* cidadão de Newport.

— Compreendo — Grace disse. — Então você estava aqui quando Charlotte Sloane desapareceu.

A expressão de Kyle ficou ainda mais séria. — Sim, estava. Na verdade, eu e Charlotte nos conhecemos ainda crianças. Nossas famílias eram vizinhas em Bailey´s Beach.

Boa fonte de informações.

— Tem alguma teoria, então, a respeito do que aconteceu com ela? — Grace perguntou.

— Não, não tenho. Apesar de que você já deve ter ouvido que as pessoas da cidade acham que o marido dela teve alguma coisa a ver com o caso. O coitado do Oliver. Mas digo uma coisa sobre ele: era um ótimo colecionador de *scrimshaw*. Sempre foi um bom cliente. Assim como Charlotte, antes de desaparecer. Ela sempre comprava alguma peça para dar de presente nos aniversários de Oliver e de casamento. Mas, depois do ocorrido, e com todo o falatório, pedi para que Oliver não fosse mais à minha loja.

— Sei que Charlotte desapareceu no dia do aniversário de casamento deles — Grace disse.

— Sim, acho que tem razão, apesar de a festa daquela noite não ter sido para comemorar a data, mas sim para arrecadar fundos para os pássaros em extinção com os quais Charlotte e Elsa Gravell se preocupavam tanto. Eu estava lá. Disseram que Charlotte foi embora sozinha, em prantos, mas não vi.

— Por que acha que ela foi embora assim?

Kyle lançou-lhe um olhar gélido. — Isso já não é da minha conta. — Deixando claramente subentendido que *Isso também não é da sua conta, sra. Callahan.*

— Ei, Grace, venha aqui — alguém chamou rapidamente, com um sotaque carregado.

Sam Watkins, o estagiário de Oklahoma, acenou para Grace, fazendo um sinal para que ela se juntasse aos outros estagiários que estavam reunidos na tenda de tatuagens de hena. Joss e Zoe Quigley, a estudante que viera da Inglaterra para participar do estágio da KEY News, observavam enquanto uma águia era desenhada no peito liso de Sam.

— Isso é bem patriota, você não acha, Grace? — ele perguntou, enquanto abaixava a cabeça em um esforço para ver a tatuagem. — O Rusty está fazendo um excelente trabalho.

— Estamos ficando sem claridade. Quero terminar este aqui antes do pôr-do-sol. Fique parado — instruiu o tatuador, enquanto apertava uma bisnaga parecida com a de pasta de dente e tirava dela uma tinta marrom, dando um retoque final na águia com sua escova. — Agora espere até que ela seque e pode se vestir. — O tatuador jogou o corpo para trás para admirar sua criação.

— Quanto tempo ela vai durar? — Zoe perguntou, admirada.

— Até uma semana — Rusty respondeu. — Depende de quanto você esfregar ou de quanto sabonete usar.

Tatuagens de hena legais, indolores e temporárias. Nada de ter um desenho para o resto da vida no corpo. Grace pensou na tatuagem de anjo de Madeleine e na dor que a garota deve ter sentido para fazê-la, com o desejo legítimo de homenagear sua falecida mãe com um símbolo que ela veria todos os dias e para o resto de sua vida. A vontade de Grace estava aumentando, mas não tinha coragem de fazer uma. Mas ali estava uma oportunidade de tentar sem sentir medo de arrepender-se.

— Você tem tempo de fazer uma em mim? — perguntou.

Rusty olhou para seu relógio e para o céu, que estava escurecendo. *Por que não?* Estava sendo pago por hora.

— Claro, se nos apressarmos. O que você quer que eu faça?

— Você consegue fazer uma folha de hera?

— Claro, sem problemas. Onde vai fazê-la?

— No meu pé.

Rusty não se impressionou. Não era, nem de longe, o pior lugar onde uma pessoa já havia pedido para ser tatuada.

Grace começou a tirar a sandália.

— Não precisa tirá-la — Rusty disse. — Vou fazê-la acima da fivela, para que você possa ficar calçada enquanto ela estiver secando.

Grace ficou observando os traços de hena sendo feitos em seu pé direito. Mas o encanto da arte já tinha acabado para Sam, Joss e Zoe, que se dirigiram para o bar.

— Na verdade, a sua tatuagem vai durar um pouco mais que a do seu amigo — Rusty foi dizendo enquanto trabalhava. — A pele das mãos e dos pés é mais porosa, e a hena pega melhor.

— Estou começando a querer fazer uma tatuagem de verdade — Grace disse.

— Posso fazê-la para você. É o que faço como trabalho de verdade. Isto aqui é só um bico, para ganhar um dinheiro extra. Vá até minha loja na Broadway e posso fazer o que você quiser. Mas preciso te alertar que vai doer muito se decidir tatuar seu pé. A agulha vai ficar bem perto de seus ossos.

Grace abaixou-se para ver o resultado final.

— Por que escolheu fazer uma folha de hera? — Rusty perguntou, fechando a bisnaga de hena.

— Minha mãe se chamava Hera.

— Que engraçado. Outra garota fez uma tatuagem comigo em homenagem à mãe dela, há pouco tempo.

— Madeleine Sloane? — Grace quis saber.

— Sim, por acaso era ela mesma. — Rusty lançou um olhar de surpresa para Grace. — Você conhece Madeleine?

— Eu a conheci hoje. Vi a tatuagem. Foi o que me inspirou.

— Que coisa mais triste a história da mãe dela, não é? — Rusty jogou o tubo de hena dentro da caixa de pintura.

— Sim. Muito triste.

— Fiquei meio surpreso ao vê-la aqui hoje à noite, depois de ter ouvido as notícias no rádio — ele disse.

Grace olhou ao redor. — Ela está aqui?

— Sim, eu a vi com uma mulher mais velha vestindo uma camisa com estampa de pássaros. Cheguei a pensar que aqueles pássaros dariam ótimas tatuagens.

Depois que Grace foi embora, Rusty juntou as suas coisas, feliz por estar livre daquelas pessoas cheias de pompa. Não se sentia muito confortável naquele mundo. Toda aquela extravagância e frescura não lhe agradavam. Nunca lhe agradaram.

Mesmo no passado, quando era um marinheiro de vinte e um anos na base naval, sentia-se desconfortável com sua função de motorista do almirante. Preferiria ser um dos outros caras, em vez de ser o motorista dos ricos com seu uniforme branco.

O marinheiro Alberto S. Teixeira, apelidado de Rusty por causa de seu cabelo grosso e ruivo, vira grandes salões de festas e lugares elegantes nas várias ocasiões em que levou o almirante a seus eventos em Newport, mas nunca conseguiu sentir-se bem nos ambientes chiques. Sentia-se muito melhor em um bar simples, tomando umas cervejas, do que em uma festa requintada como aquela, apesar de que achava que os Vickers consideravam aquilo uma festa informal.

Estas pessoas têm muitos compromissos, Rusty pensou. Ele tinha apenas poucas ambições e preferia ficar sozinho. *Viva e deixe viver.*

Até aquele momento era o que tinha conseguido fazer. Quando deu baixa na Marinha, foi trabalhar com o dono do lugar onde ele e seus amigos tinham feito suas tatuagens.

O dono do lugar tinha se dado bem com os caras da Marinha, e o salão de tatuagem não tinha nenhuma frescura. Mas Rusty percebeu que, com muita freqüência, um civil curioso entrava na loja para fazer uma tatuagem em algum lugar discreto. No ombro, na parte mais alta da coxa, na região lombar. Às vezes eram adolescentes, que mentiam dizendo que eram maior de idade, mas cada vez mais os clientes eram mulheres de classe média querendo apimentar um pouco as coisas em seus relacionamentos.

Rusty fazia seu trabalho, e a propaganda boca a boca aumentou. Tornou-se o tatuador preferido dos clientes. Quando o dono do local decidiu pegar suas coisas e partir para a Flórida, Rusty conseguiu um empréstimo e comprou a Broadway Tattoos. Tudo foi bem por um tempo. Mas, quando a procura por tatuagens aumentou, o mesmo ocorreu com a concorrência. Antes, o estabelecimento de Rusty era o único do gênero; agora, no entanto, havia outros três que prestavam o mesmo serviço. "Salões de arte corporal" era como se intitulavam, oferecendo tratamentos faciais, corporais e também massagens — e tudo isso em um local muito mais requintado que o de Rusty. As dondocas da região agora colocavam seus pés de unhas bem-feitas nos estabelecimentos dos concorrentes.

Essa foi uma das razões pelas quais Rusty ficou tão contente ao receber Madeleine Sloane no mês anterior. Apesar de não tê-la reconhecido até ler seu nome no recibo do cartão de crédito que ela usou para pagá-lo, percebeu, assim que ela entrou, que a garota pertencia à porção fina da população.

Rusty caprichou no desenho do anjo, explicando de antemão que doeria muito e se desculpando profundamente por isso. Enquanto ele estava concentrado no trabalho, curvado sobre seu pé, Madeleine explicou por que escolhera aquela tatuagem. Para homenagear a mãe. Rusty presumira que sua mãe tinha simplesmente morrido, se é que a morte poderia ser simples. Só quando viu o sobrenome de Madeleine no cartão de crédito foi que ele compreendeu.

Sloane.

Aquela era a filha de Charlotte Sloane, a menininha, agora crescida, sobre a qual Charlotte falara na noite em que Rusty lhe deu uma carona, na noite em que ele estava esperando pelo almirante do lado de fora do clube, na noite em que Charlotte saiu de lá chorando, na noite em que ela desapareceu.

Rusty sentiu vontade de contar aquilo a Madeleine naquele dia, mas não conseguia falar sobre aquele assunto, mesmo agora. Assim como nunca tinha contado à polícia que dera uma carona a Charlotte a Shepherd´s Point aquela noite. Assim como não havia contado a seu chefe, voltando para o clube antes que o almirante percebesse sua ausência.

Era melhor guardar tudo aquilo para si.

CAPÍTULO

23

Após várias horas de preparação, Mickey pegou seu sino. As badaladas sinalizavam o início do *clambake*. Grace juntou-se aos outros presentes, esperando para degustar o prato enquanto Mickey lhes dava uma breve explicação sobre o processo de cozimento. Então as camadas de lona foram descobertas e exclamações de surpresa foram ouvidas da platéia. O vapor subiu das grelhas e encheu o ar com o delicioso aroma da comida.

A mesa do banquete foi coberta por travessas fumegantes de lagostas, bacalhau, moluscos, mexilhões, milho na espiga, lingüiças, cebolas, batatas e pão. Grace entrou na fila e esperou até sua vez de se servir. Depois procurou por um lugar nas mesas localizadas no centro do pátio.

Havia alguns assentos vagos perto de um grupo de pessoas da equipe do *KTA*, e ela decidiu ir naquela direção. No meio do caminho, ouviu alguém chamá-la. Ao virar-se para procurar, encontrou Madeleine Sloane.

— Grace, oi! Venha conosco.

Grace lembrou de sua tatuagem, que ainda estava secando, e, de repente, ficou preocupada. Esperava que Madeleine não visse a folha de hera e pensasse que Grace estava tentando copiar sua idéia. Mas já estava bem escuro, as mesas estavam iluminadas por velas e Madeleine não olhou para baixo enquanto Grace se aproximava.

— Olá, Madeleine. Não esperava encontrá-la aqui hoje.

Madeleine deu de ombros. — Não vi razão para ficar em casa. Tentei convencer meu pai a vir, mas foi em vão.

Madeleine apresentou Grace à mulher que estava sentada a seu lado.

— Elsa, esta é Grace Callahan, a estagiária da KEY News sobre quem lhe contei. Grace, esta é minha madrinha, Elsa Gravell.

Equilibrando o prato na palma da mão esquerda, Grace curvou-se para apertar a mão da mulher. À luz das velas, conseguiu ver os pássaros que Rusty comentara ter visto na camisa de Elsa.

— Madeleine ficou muito impressionada com você hoje, Grace — Elsa disse, apertando a mão de Grace sem muita firmeza. — Ela me disse que você é muito educada e sensível.

— Bem diferente dos tubarões que andam rondando nossos mares há anos — Madeleine acrescentou.

Grace sorriu. — Esperem mais para dizer. Ainda sou nova nisso.

— Espero que nunca fique como eles — Madeleine disse. — Mas a televisão é o lugar onde as coisas acontecem, não é? Veja nosso professor Cox, aqui. — Madeleine fez um gesto para mostrar o homem sentado do outro lado da mesa. — Até mesmo meu estimado professor de história quer aparecer na televisão.

Grace olhou para o homem. Pelo que pôde ver naquela fraca luz, tinha um bonito rosto, com um nariz bem delineado e olhos escuros. De modo estranho, seu cabelo grisalho o deixava com uma aparência mais jovem, mas provavelmente tinha uns cinqüenta anos.

— Professor *Gordon* Cox? — Grace perguntou.

— Sim, sou eu mesmo. — O homem começou a se levantar.

— Por favor, não se levante — Grace disse. — É que reconheci seu nome. Enviei-lhe um fax ontem, de Nova York.

— Ah, sim. Eu o recebi, obrigado.

— De nada.

— O professor Cox é o melhor da Salve Regina — Madeleine disse. — Apesar de estar me perturbando para que eu convença minha tia Agatha a liberar o reinício dos trabalhos no túnel de Shepherd´s Point.

— Obrigado, querida, mas não concordo com a parte de "melhor da Salve Regina" — disse, claramente satisfeito.

— Bem, mas eu acho. Ele faz a história tomar vida outra vez, diferente daqueles professores que só ficam falando, sem parar, até você sentir vontade de gritar. Vocês têm sorte por tê-lo ajudando-os no jornal esta semana, Grace.

— Estou certa disso — Grace respondeu.

Havia um assento livre ao lado de Madeleine, mas, como ninguém a convidou para sentar-se, Grace pediu licença e foi em direção ao grupo da KEY News.

A lagosta estava deliciosa, e o milho fresco e doce, mas Grace não os saboreou como normalmente faria.

Será que Joss estava jogando charme para cima de B. J. descaradamente?

Grace tentou fingir que não estava percebendo, mas era difícil ignorar as piscadinhas, a maneira mais prolongada de dizer as palavras e as mãos de unhas bem-feitas que sempre tocavam os braços de B. J. Grace ficou um pouco decepcionada com o rapaz, pois achava que ele estava dando muita atenção a Joss.

Grace estava limpando as mãos com um dos lencinhos umedecidos distribuídos a todos nas mesas quando Linus Nazareth aproximou-se do grupo. — Estão todos se divertindo? — ele perguntou.

Obteve, como resposta, uma resposta afirmativa dada em uníssono.

— Acho que deveríamos oferecer uma salva de palmas a Joss, vocês não concordam?

Os funcionários começaram a gritar e a bater palmas, muito mais animados devido ao álcool que haviam consumido.

— É um prazer para mim e para minha família recebê-los, sr. Nazareth — Joss respondeu, levantando-se de sua cadeira e beijando, impulsivamente, o rosto de Linus. Todas as outras garotas da mesa ficaram boquiabertas ao vê-lo dando um forte abraço na estagiária. O produtor tinha uma grande fama de mulherengo, mas ninguém podia, sequer por um momento, imaginar aquele senhor cinqüentão envolvido com uma garota no mínimo trinta anos mais jovem.

Grace olhou para Beth Terry, a gerente da equipe. Parecia bastante perturbada com a cena. Grace já tinha ouvido falarem sobre a devoção de Beth a seu chefe. Dava pena ver a tristeza no rosto arredondado da moça, e Grace pensou que não queria ser pega com a mesma expressão se por acaso visse Joss e B. J. cheios de intimidade outra vez.

Agiria como se não se importasse. Mesmo que estivesse morrendo por dentro.

Grace pediu licença para se retirar, parou para parabenizar o cozinheiro pelo suntuoso banquete e foi em direção à casa. Esperou que o lavabo fosse desocupado para poder usá-lo. A hena já tinha secado e ela encostou um lenço de papel sobre a tatuagem. Rusty tinha feito um belo trabalho desenhando a folha de hera. Ao sair do banheiro, encontrou Madeleine no corredor.

— Outra vez nos encontramos. Você está me seguindo, é?

Grace pôde sentir o cheiro de álcool no hálito de Madeleine.

— Acho que você está me seguindo, porque cheguei primeiro — ela disse.

Madeleine riu. — Ah, é mesmo, tem razão. — Olhou para baixo e viu a tatuagem de folha de hera no pé de Grace. — Você tem uma tatuagem. — Não soou como uma acusação, apenas como uma observação.

— Mais ou menos. É de hena. Espero que não se importe.

— Por que eu me importaria?

Grace sorriu, meio sem graça. — Pensei que você pudesse pensar que eu estava copiando sua idéia. E, na verdade, acho que estava mesmo.

— A imitação é o elogio mais sincero — Madeleine respondeu, nem um pouco incomodada. — Espere-me sair do banheiro e poderá me contar a respeito disso.

Quando saíram outra vez, a banda estava tocando e a pista de dança estava lotada de convidados dançando um dos maiores sucessos dos Rolling Stones.

Grace e Madeleine observaram surpresas quando Sam Watkins tirou o microfone do vocalista e começou a cantar "Brown Sugar". Atrapalhava-se em algumas palavras, mas sem dúvida era um grande fã dos Rolling Stones. Os músicos não titubearam nem um minuto sequer enquanto o novo vocalista fazia sua imitação de Mick Jagger:

Gold coast slave ship bound for cotton fields,
Sold in a market down in New Orleans.
Scarred old slaver knows he´s doin´ alright.
Hear him whip the women just around midnight.

— Nossa! Ele está bêbado! — Grace comentou quando olhou ao redor e viu Zoe fazendo caretas ao ouvir o que o colega cantava.

— E eu também — Madeleine disse, passando os dedos por seu cabelo curto, tentando limpar sua mente. — Vamos tentar encontrar um lugar mais calmo.

— Aqui fora será impossível — Grace disse, olhando ao redor. — Vamos voltar para dentro da casa?

— Vamos.

Não havia ninguém na sala de estar. Elas se sentaram no sofá macio, e Grace levantou o pé.

— O que achou?

— Achei bonita — Madeleine respondeu enquanto analisava o desenho. — Por que uma folha de hera?

— Minha mãe se chamava Hera.

— Legal. — Madeleine recostou-se no sofá, apoiando a cabeça na almofada, e olhou para cima. — Menina, bebi demais.

— Dá para entender — Grace disse. — Depois do dia que você teve.

— Na verdade foram dias, semanas, meses, anos. Todos muito tristes. — Ela suspirou. — Mas talvez eles melhorem agora. Pelo menos posso ter esperança.

— Demora muito tempo para superar a morte de uma mãe. Nem sei se um dia conseguimos. — A voz de Grace estava melancólica.

Madeleine ergueu a cabeça e olhou para ela. — Ainda pensa na sua?

— O tempo todo.

— Quando ela faleceu? Acho que você me disse, mas esqueci.

— Seis anos atrás. Mas eu tive sorte, eu a tive por perto até virar adulta. Quando olho para minha filha, não consigo imaginá-la sem uma mãe.

Madeleine assentiu, percebendo que Grace estava se referindo à perda que marcara sua própria infância. — Meu pai tem feito o melhor que pode todos esses anos, criando-me com amor e carinho mesmo com toda a cidade o condenando. E minha tia Agatha tem me dado toda a afeição possível, levando-se em consideração seu estado debilitado. Eu os amo muito por tudo que passaram. Mas todos esses anos eu tenho sonhado com minha mãe.

— Sonhos bons? — Grace quis saber.

— Às vezes são bons, mas na maioria das vezes são ruins — Madeleine respondeu.

Grace não queria forçar a situação. Deixou que a jovem decidisse se queria continuar falando.

— Tem um sonho que é muito constante. Acontece sempre a mesma coisa. E não sei qual parte é realidade e qual parte é sonho. Tem a ver com a última noite em que estive com ela, a noite em que minha tia Agatha estava tomando conta de mim enquanto meus pais estavam na festa. Sei que essa parte é real, pois me lembro de ter acordado aquela noite em Shepherd´s Point e visto minha mãe escrevendo em seu diário. Eu a observei tirar sua aliança e passar seu creme favorito nas mãos. No sonho, acontece o mesmo. Vejo minha mãe escrevendo em seu diário, sentada à escrivaninha em seu antigo quarto, na casa da tia Agatha. Ela parece uma princesa, com seu cabelo preso em um coque e vestindo um belo vestido dourado. Quando me vê, pára de escrever, me leva de volta para a cama e me cobre. Olho para seu rosto e percebo que ela está sem um de seus brincos, e digo isso. Ela tira o brinco da orelha e o coloca no bolso de seu vestido. Então o telefone toca e ela vai atendê-lo.

— E quem é ao telefone?

— Não sei. Mas saio da cama e vou novamente atrás dela, em seu quarto. Ela me vê e coloca um dedo sobre seus lábios, fazendo um sinal para que eu fique quieta. E eu a escuto dizer: "Vou te encontrar no portão." Então desliga o telefone e me diz para voltar para a cama.

— E você volta?

— No sonho, sempre voltava. E foi o que contei à polícia naquela época. Que minha mãe deve ter saído de carro com seja lá quem ela tenha encontrado no portão. Mas, desde que os ossos foram encontrados no túnel, meus sonhos mudaram. O de ontem à noite pareceu tão real que acordei suando frio.

— Por quê? — Grace não conseguiu se conter dessa vez.

— Porque sonhei que seguia minha mãe até o portão.

— E?

— E não sei. — Madeleine balançou a cabeça, esforçando-se para lembrar. — Havia faróis no sonho, e minha mãe estava em pé diante deles, esperando a pessoa sair do carro.

— E quem era? Você viu quem saiu do carro?

— Não. Foi aí que acordei.

Elas ficaram sentadas sem dizer nada por alguns momentos, até que Grace quebrou o silêncio: — Não sei muito sobre isso, mas você era muito pequena quando sua mãe desapareceu. Talvez tenha visto coisas naquela noite que ficaram escondidas dentro de você todo esse tempo. Talvez seu subconsciente esteja preparado para revelá-las.

— Acha que é possível que eu tenha visto o assassino de minha mãe?

— Tudo é possível.

— Sei que tudo é possível. Mas você acha que o vi?

— Não sei, Madeleine. Não faço idéia.

— O que devo fazer? — Olhou com insistência nos olhos da estagiária. — O que *você* faria?

Grace percebeu a angústia no rosto da jovem e esforçou-se para dizer a coisa certa. — Bem, acho que esperaria para ver se mais coisas apareceriam em meus sonhos, ou talvez fizesse hipnose para tentar descobrir alguma coisa. Não posso te dizer o que fazer, Madeleine. Não sou especialista nesse assunto.

— Ah, sim, é verdade. Você é Grace Callahan, da televisão. — Madeleine disse, de maneira rude, mudando seu comportamento de repente. — Como pude me esquecer? Como sou estúpida, contando essas coisas para você.

— Madeleine, por favor, não diga isso.

— Agora você vai sair daqui e contar aos seus amigos o que eu te disse, não é?

Grace estava dividida, querendo fazer exatamente aquilo — ou pelo menos contar a B. J. o que tinha ouvido — e querendo honrar a confiança de uma jovem a quem ela sentia-se ligada por uma mesma dor. Seria traição contar a todos o que Madeleine tinha afirmado em um momento de vulnerabilidade. Tecnicamente, Grace não havia afirmado que a conversa entre as duas seria mantida em segredo, mas, moralmente, sentiu-se na obrigação de honrar aquela confidência.

— Não, Madeleine. Não vou dizer nada a ninguém. Prometo.

— Eu ficaria muito grata, Grace. — Ela pareceu ficar um pouco mais relaxada.

O silêncio que se fez foi desagradável.

— Quer ir lá fora? — Grace perguntou. — A queima de fogos já vai começar.

Elas se levantaram do sofá ao mesmo tempo em que a pessoa que estava escutando a conversa do corredor se escondeu.

CAPÍTULO

24

A sobremesa era tortinha de morango e sundae, mas o *grand finale* da festa seriam os fogos de artifício, gentilmente cedidos pela cidade de Newport. A chuva na noite do Quatro de Julho, sucedido por um final de semana chuvoso, tinha adiado o show pirotécnico para aquela noite.

Os convidados, que receberam lanternas de seus zelosos anfitriões, andaram pela Narragansett Avenue duas longas quadras até o Cliff Walk. Alguns cantavam, empolgados, "Yankee Doodle Dandy", com um patriotismo fervoroso motivado pelo álcool. Eles se reuniram no topo do penhasco, à beira do oceano, e esperaram pela queima de fogos que seria realizada da água da Easton´s Beach à esquerda deles. Uma longa, íngreme e perigosa escadaria ia do Cliff Walk até a arrebentação.

Grace estava perto do professor Cox. — Este é o Forty Steps — ele explicou, percebendo que ela tentava olhar para baixo. — Os empregados de todas as mansões aqui não tinham outro lugar onde pudessem se reunir na única noite de folga que tinham por semana. Vinham para cá para se encontrar. É claro que, naquela época, a escada era de madeira. Agora é de pedra.

— Interessante — Grace disse, imaginando os empregados dançando sob o luar lá em cima ou descansando nos degraus com suas garrafas de cerveja. Talvez até mergulhassem nas águas gélidas do Atlântico. Mas Grace duvidou que aquilo acontecesse. Pelo menos não com as mulheres. Era uma época muito conservadora e a reputação de qualquer moça ficaria irremediavelmente maculada com uma ousadia daquela.

O primeiro rojão irrompeu o ar daquela noite de verão e a multidão gritou. Foguetes invadiam o céu, explodindo e transformando-se em enormes cataratas de prata e ouro, seguidas por brilhos vermelhos, brancos e azuis. Sem parar, as explosões tomavam conta do céu, deixando boquiabertos os mortais que assistiam ao espetáculo.

Grace olhou para o local onde antes estava o professor Cox, mas ele já não estava mais lá.

Mas, no lugar dele, alguns metros mais longe, Grace viu Madeleine Sloane secando uma lágrima em seu rosto. Não sabia se devia ir até ela, e, antes que pudesse se decidir, viu Madeleine dar as costas para o oceano escuro e os fogos de artifício e desaparecer na multidão.

CAPÍTULO

25

Madeleine acabaria descobrindo. Se conseguisse lembrar um pouco mais, se mais outras coisas lhe ocorressem, possivelmente seria capaz de saber o que acontecera.

Era uma possibilidade que tinha de ser eliminada.

Por mais triste que fosse, não havia opção. Realmente não havia outra saída. Aquilo precisava ser resolvido naquele momento, antes que ela resolvesse contar para mais alguém. Madeleine já tinha dito demais para aquela Grace Callahan.

Os fogos de artifício terminaram. Os convidados estavam se dirigindo à casa dos Vickers para mais um drinque antes de irem embora. Em meio ao tumulto, não era difícil de as pessoas se separarem de suas companhias.

Onde estava Madeleine?

Seus olhos procuravam na multidão, atentos enquanto os convidados voltavam para a Narragansett Avenue. As últimas pessoas passaram e não havia sinal de Madeleine. Será que ela tinha voltado para a casa antes de todos?

Uma última olhada em direção ao Cliff Walk revelou a solitária figura sentada no banco de ferro no topo do Forty Steps. O barulho do mar encobriu qualquer barulho que o assassino pudesse fazer ao se aproximar.

CAPÍTULO

26

Sam Watkins ajoelhou-se sob um frondoso olmo, vomitando. Tinha bebido demais. Tantas cervejas e frutos do mar eram uma combinação terrível.

Olhou ao redor rapidamente, torcendo para que ninguém o tivesse visto naquela situação deplorável. Aquilo não ajudaria em nada em sua luta para conquistar sua efetivação na KEY News. Todos pensariam que ele era só mais um rapaz inconseqüente — que não levava sua carreira a sério. Gemeu quando a náusea o venceu pela segunda vez.

Por fim, conseguiu levantar-se. Sam apoiou-se na árvore por um momento e logo se sentiu mais firme, saindo de trás do olmo e dando uns passos em direção à estrada. Ao longe, conseguiu ver as costas dos últimos convidados da festa voltando para a casa dos Vickers. Ótimo. Não fora visto.

Sam virou-se para olhar na direção do mar, só para se certificar de que não havia ninguém atrás dele. Não queria ser surpreendido.

Foi quando viu o que podia jurar ter sido uma ilusão de bêbado. Com as pernas bambas, Sam instintivamente tentou mover-se para ajudar. Mas a visão na beira do penhasco e o álcool o impediram. Caiu para trás, mais uma vez sob o olmo, enquanto o grito de uma mulher era abafado por uma onda que se quebrava.

DOMINGO
18 de JULHO

CAPÍTULO

27

Grace teve um sono agitado e periodicamente acordava para conferir, no radiorrelógio, as horas e o passar da noite. Levantou-se várias vezes para beber água, fuçar no termostato do ar-condicionado e ouvir novamente a mensagem: "Oi, mãe. Sou eu, Lucy. Adivinhe. O papai, a Jan e eu vamos para Newport! O papai sabia em qual hotel você estava e reservou um quarto para nós aí. Não é legal? Podemos sair juntos. Bom, liga pra mim aqui na casa do papai. Amo você."

Já estava muito tarde para retornar a ligação quando ela voltou ao hotel, o que era bom. Grace não queria discutir com Frank ao telefone, dizendo-lhe que suas intenções eram completamente inadequadas. Ele se faria de desentendido e inocente.

A intuição de Grace lhe dizia que seu ex-marido estava armando algum plano, apesar de não saber o que poderia ser. Talvez ele estivesse querendo desconcentrá-la, deixá-la mais nervosa do que ela já estava naquele seu primeiro trabalho fora da cidade. Ele certamente queria que ela fracassasse. Ou talvez Frank estivesse interessado em encontrar coisas que pudesse usar contra ela no tribunal. Ele a observaria, fazendo anotações mentais, se não escritas, das muitas horas que ela passaria trabalhando ali para ter provas contra ela quando chegasse o momento certo.

Será que estava sendo paranóica? Pensou nisso enquanto ajeitava seu travesseiro. Não. Era assim que Frank Callahan agia. Quando queria alguma coisa, usava toda a sua energia e recursos para conseguir realizar seu objetivo.

Mas Lucy não era alguma coisa. Ela era tudo.

CAPÍTULO

28

As calças folgadas de algodão e a blusa de mangas compridas que ela tirou do gancho atrás da porta de seu guarda-roupa eram as mesmas roupas que tinha vestido nas duas manhãs anteriores, mas Elsa não se importou com esse fato. Não estava saindo para impressionar ninguém àquela hora do dia. Na verdade, sabia, por experiência, que não haveria muitas pessoas na rua para impressionar. Estaria de volta para casa, de banho tomado e vestida com trajes mais socialmente aceitáveis antes que a maioria dos moradores ou visitantes em férias da cidade tivesse sequer saído da cama.

Elsa soltou um gemido enquanto abaixava-se para amarrar os cadarços de seus tênis de solado de borracha. Sentia-se mais velha naquela manhã. Uma pessoa de quarenta e dois anos não deveria se sentir enferrujada depois de uma noite de sono. Chegou à conclusão de que se sentia daquele jeito por ter dormido na posição fetal na qual se vira quando acordou. Não tivera um sono relaxante e seus músculos estavam retesados.

Desceu a longa e bem desenhada escadaria e pegou o binóculo e o telefone celular que estavam sobre a grande mesa de tampo de mármore no fino vestíbulo. Olhando pela ampla e clara janela de vidro, Elsa decidiu não preparar sua habitual xícara de chá. O dia estava ficando mais ensolarado e ela precisava se apressar. Poderia beber seu chá mais tarde. Talvez assasse os bolinhos de uva-passa para levar à casa de Oliver, para que juntos pudessem tomar chá.

Elsa ouviu o som das pedrinhas do chão sob seus pés quando começou sua caminhada. Como esperava, quando chegou à estrada, não viu ninguém. Apenas o barulho do mar e o piar ocasional de seus amigos de penas.

No final da Ruggles Avenue, chegou a uma das várias entradas para o Cliff Walk. Elsa não precisou de seu binóculo para identificar a conhecida gaivota-tridáctila sobrevoando o mar. Ela sabia que aqueles pássaros faziam seus ninhos na beira do penhasco. Às gaivotas juntaram-se maçaricos de bico direito e tarambolas, todos eles comuns à região costeira de Rhode Island. Entretanto, ela sempre estava atenta a riscos iminentes que os pássaros nativos poderiam sofrer. O mergulhão, o tartaranhão-azulado, a suindara, o abetouro-americano e o maçarico-do-campo. Essas cinco espécies corriam risco de extinção em Rhode Island. Tal fato deixava Elsa muito incomodada e ela tinha como missão salvá-las. Organizar o evento anual de arrecadação de fundos — este ano no Elms — era sua maneira de ajudar a causa.

Andando em direção ao norte, Elsa procurou pelo papa-figo que vira no dia anterior na cerca viva que circunda o jardim da mansão The Breakers. Era macho, de um marrom-escuro bem definido e bico pequeno e pontudo. O papa-figo não era comum naquela região e não corria risco de extinção, mas Elsa percebeu, enquanto analisava as cercas vivas, que ele não quisera aparecer naquele dia.

Será que tinha visto o pássaro ontem mesmo? Tanta coisa tinha acontecido desde então. A identificação do corpo de Charlotte, o pesar de Oliver intensificado outra vez. Ela gostaria que Oliver tivesse ido com ela à festa dos Vickers, queria que os dois fossem vistos como um casal. Mas talvez fosse melhor que ele não tivesse ido. Pareceria bastante inadequado o fato de ele estar em uma festa a noite passada. Seria criticado.

Entretanto, as pessoas compreendiam melhor a presença de Madeleine. A pobre garota tinha enfrentado coisas demais. Todos concordavam que ela não tinha feito nada de errado, e as pessoas apoiavam a decisão da jovem de ter aceito o convite para estar em um ambiente festivo, celebrando a vida.

Os primeiros raios do sol já brilhavam acima da linha do horizonte. Elsa continuou andando pelo Cliff Walk, passando pela mansão The Breakers. Não viu nada de diferente, mas observou com encanto as aves que cruzavam o céu.

Dirigiu-se até o banco no final da Narragansett Avenue, onde costumava sentar-se, descansar e meditar um pouco antes de voltar para casa. Sentou-se, sentindo o frio do metal através de sua calça fina. Observou as guimbas de cigarro e latas de cerveja vazias largadas pelas pessoas que haviam assistido à queima de fogos na noite anterior. Um corredor que fazia seus exercícios matinais acenou enquanto passava por ela.

Elsa levantou-se e se espreguiçou, respirando profundamente o ar fresco da manhã. O mar estava especialmente glorioso aquele dia, ela pensou enquanto aproximava-se dele. Estava bem diante do primeiro degrau da escadaria do Forty Steps, com o corpo de Madeleine todo retorcido lá embaixo.

CAPÍTULO

29

O oficial Tommy James saiu do Dunkin' Donuts com dois donuts e um copo descartável de café fervente. Estava dentro do carro da polícia, ansioso para tomar seu café-da-manhã, quando uma chamada veio pelo rádio. Colocou o café no porta-copos e partiu com o carro. Ao entrar na Broadway, não se deu ao trabalho de ligar a sirene. Não havia nenhum trânsito no domingo de manhã.

Ao acelerar na Narragansett Avenue, Tommy passou pela residência dos Vickers e sentiu uma pontada de frustração. Ficara magoado pelo fato de Joss não tê-lo convidado para sua festa. Tomara conhecimento do evento por meio de um dos rapazes da delegacia. Parecia que todos tinham se divertido muito. A polícia tivera de aparecer diversas vezes, depois que os vizinhos ligaram reclamando do barulho.

Joss devia tê-lo convidado. Principalmente depois que ele tinha se arriscado e tirado uma cópia daquele diário para ela. O que ela estava pensando? Será que só queria usá-lo?

No fundo, sabia que sim. Mas não conseguia esquecê-la.

Tommy subiu na calçada no final da rua e parou, saindo rapidamente. O perfume de um enorme arbusto de madressilvas no canto da estrada tomou conta de seu olfato. Era engraçado como conseguia perceber algo naquele momento.

O pequeno grupo de corredores que havia se reunido no topo do Forty Steps deu um passo para o lado quando o oficial James se aproximou. Uma mulher de meia-idade, com um binóculo no seu pescoço, o segurou pelo braço. Estava aos prantos enquanto apontava para baixo.

— Fui eu quem ligou. Sou Elsa Gravell, e aquela é minha afilhada, Madeleine Sloane.

Tommy desceu os degraus de pedra correndo, parando diante do corpo machucado que estava caído à beira do mar. A cabeça estava torcida em um ângulo grotesco. Os olhos castanhos, arregalados, destacavam-se no rosto imóvel. Aplicou os procedimentos de praxe, procurando a pulsação da garota em seu pescoço. Como esperava, não encontrou nenhum sinal de vida.

Madeleine Sloane. Tommy pensou no nome.

Joss vai querer saber disso.

CAPÍTULO

30

Sam foi acordado com a sensação de ter alguma coisa andando por seu rosto. Espantou o inseto e abriu os olhos, com dificuldade, por causa da luz da manhã, e fez uma careta ao perceber o gosto horrível em sua boca. Deitado de costas, olhou para cima e viu as folhas de uma frondosa árvore, e tocou o chão, sentindo a grama orvalhada que tinha sido sua cama.

Santo Deus, tinha dormido ali a noite inteira. Ou melhor, desmaiado.

Sentou-se, sua cabeça latejando enquanto começou a relembrar o que havia acontecido. A festa. A cerveja. A queima de fogos. O vômito. A visão horripilante na beira do penhasco.

Talvez esta última tivesse sido apenas sua imaginação, uma visão causada por sua embriaguez. Se estivesse tendo alucinações, teria que parar de beber, por mais difícil que pudesse ser. Mas, se a cena que vira fosse realmente verdade, teria muito mais dificuldade para lidar com ela.

Levantando-se, Sam passou as mãos na perna para tirar a grama que estava grudada em sua calça e tentou alisar sua camisa amarrotada. Tentou continuar firme quando saiu de trás do gigante olmo e olhou na direção do mar.

O carro de polícia. A multidão. A ambulância chegando.

Não. Não tinha sido uma alucinação. Tudo tinha realmente acontecido.

CAPÍTULO

31

O som alto do telefone tocando quebrou o silêncio do quarto de hotel.

— Alô?

— Oi, Grace. Sou eu, B. J. Te acordei?

— Quem me dera — Grace respondeu. — Estou há horas acordada na cama, sem conseguir pregar os olhos.

— Bem, vista alguma coisa e me encontre na frente do hotel agora mesmo. Madeleine Sloane foi encontrada morta.

Grace sentou-se na cama.

— Ah, meu Deus — disse.

— Conversaremos sobre isso no carro. Agora, se apresse.

Grace vestiu uma calça jeans e uma camiseta marrom. Enquanto escovava os dentes, seu coração acelerou-se. Como aquilo poderia ter acontecido? Tinha visto Madeleine há pouco durante a queima de fogos. Grace pensara que a jovem estava chorando por causa de sua mãe. Ela identificava-se com isso. As duas haviam perdido suas mães, suas fortalezas. Grace penteou o cabelo para trás em um rabo-de-cavalo e o prendeu com um elástico de cabelo, calçou seus tênis e saiu correndo pela porta. Até mesmo os segundos que esperou pelo elevador pareceram tempo demais. Encontrou as escadas. Enquanto suas pernas levavam-na, percebeu que estava tendo sua primeira experiência. Era assim que as coisas funcionavam na cobertura de uma notícia importante.

Mas aquele não era um caso envolvendo pessoas desconhecidas ou uma situação onde seria fácil manter uma distância emocional. Grace conhecera

Madeleine, mesmo que por pouco tempo, e tinha gostado dela. O fato de Madeleine estar morta fez com que Grace sentisse náuseas.

B. J. estava no banco do motorista. Quando entrou no carro, Grace viu que ele estava com sua câmera no banco traseiro, pronta para ser levada quando eles chegassem ao local.

— O que você sabe? — ela perguntou enquanto prendia seu cinto de segurança.

— Apenas que o corpo de Madeleine foi encontrado hoje de manhã, exatamente no local onde assistimos aos fogos de artifício ontem à noite.

— Meu Deus, eu conversei com ela na festa — Grace disse.

O trajeto entre o Hotel Viking até Narragansett pela Bellevue Avenue foi curto. B. J. pisou no acelerador e eles chegaram lá em menos de três minutos. Enquanto B. J. estacionava o carro atrás da ambulância e dos carros da polícia, Grace perguntou: — Como você ficou sabendo disso?

B. J. desligou o veículo. — A redação recebeu duas ligações. Uma de Joss e outra de Sam. Os estagiários deste ano estão sendo de grande valia.

CAPÍTULO 32

O sol da manhã brilhava lá fora, mas Agatha chorava na escuridão de seu quarto bagunçado. Pilhas de jornais e revistas antigos, caixas de roupas velhas e latas de biscoitos vazias estavam espalhadas pelo chão. Três gatos estavam deitados enrolados no carpete batido, observando, sem se importarem, sua dona soluçando na cama com os lençóis desarrumados.

Ela tinha atraído essa desgraça. Nunca deveria ter dado ouvidos a Gordon Cox. Não deveria ter permitido a entrada no túnel. Ele deveria ter sido tratado como o sagrado túmulo no qual havia se transformado. Não deveria ter sido perturbado.

Com toda a força de seu ser ela sabia que, se nunca tivessem encontrado Charlotte, Madeleine ainda estaria viva.

Agora, sua amada sobrinha estava morta.

Agatha enxugou o rosto na fronha desgastada de cetim e a lucidez repentinamente voltou à sua mente confusa. Deveria ter vendido aquela casa anos antes, como Charlotte a aconselhara. Se tivesse feito isso, o novo dono teria de lidar com os malditos conservacionistas e a obsessão deles com o túnel dos escravos. Se tivesse vendido a propriedade como Charlotte queria, elas estariam há muito tempo longe daquele lugar e Charlotte não estaria sepultada todos aqueles intermináveis anos a apenas alguns hectares de distância de onde Agatha encontrava-se agora. Se Agatha tivesse vendido Shepherd´s Point, Madeleine estaria viva.

Nenhuma dessas dores insuportáveis existiria.

Era tudo sua culpa.

Agatha não atendeu às batidas na porta.

— Sou eu, Finola, sra. Agatha.

Nenhuma resposta.

A governanta entrou na casa, surpreendendo-se com a bagunça que Agatha não permitia que ela limpasse. Era duro de ver, mesmo com sua visão prejudicada. Finola tinha vivido em Shepherd's Point em seus dias de glória, quando o mogno brilhava, a prata reluzia e o cristal cintilava. Os vários funcionários trabalhavam incessantemente, certificando-se de que os carpetes orientais e as exuberantes cortinas estivessem limpos, as peças de latão do banheiro estivessem brilhantes, assim como os lustres de cerâmica. As portas de vidro dos armários da cozinha e as panelas de cobre reluzentes da copa, e o fino aparelho de jantar de porcelana. Shepherd's Point fora um lugar requintado, abrindo suas portas com freqüência aos convidados de suas festas e eventos chiques.

Tudo isso havia mudado anos antes, quando a última mina de prata foi completamente fechada. Os funcionários agora eram apenas ela e Terence — e a casa e suas dependências denunciavam isso. Os dois estavam envelhecendo e não conseguiam, de maneira alguma, executar o trabalho que uma dúzia de empregados fazia antes. Finola fazia as compras, preparava as refeições e fazia o que podia para manter as coisas em seus lugares. Mas até mesmo isso era difícil, já que a sra. Agatha não queria que nada fosse mexido.

Por lealdade, continuava trabalhando ali, porque só Deus sabia que não era por causa do dinheiro. O salário de Finola continuava inalterado desde o desaparecimento da sra. Charlotte, e, mesmo aquela quantia não vinha religiosamente a cada quinzena. Mas mesmo assim Finola tinha um quarto onde podia dormir e comida e, verdade seja dita, não sentia vontade de procurar trabalho em outra residência. Por mais excêntrica que a sra. Agatha fosse, ao menos já a conhecia, e Finola sabia que conseguiria manter seu emprego em Shepherd´s Point.

— Trouxe para a senhora uma boa xícara de chá quente, sra. Agatha.

A frágil sombra sobre a cama não se moveu.

— Vamos lá, vai fazê-la sentir-se melhor.

— Nada vai fazer com que eu me sinta melhor, Finola. Nada. Madeleine morreu.

Finola não soube o que responder. Sabia que sua patroa estava certa.

CAPÍTULO

33

Caminhões-satélite de diversas emissoras encheram a Narragansett Avenue. Afiliadas da WJAR, WPRI, WLNE, NBC, CBS e ABC em Providence enviaram seus repórteres para cobrir o sensacional caso. Aquela seria a manchete principal dos noticiários locais daquela noite. Tinha todos os elementos. Uma jovem encontrada morta após a identificação dos restos mortais de sua mãe, que passara anos desaparecida. Um corpo encontrado aos pés de um penhasco próximo às mansões de alta sociedade de Newport. Um crime recente envolto no mistério de um desaparecimento de quatorze anos.

Grace observou os caminhões-satélite das emissoras. Até aquele momento, a KEY News era a única emissora presente. — Por que as outras emissoras não estão por aqui? — perguntou a B. J.

— Tivemos sorte — ele respondeu, desligando sua filmadora. — Aconteceu de estarmos nas redondezas. As outras emissoras conseguirão suas imagens com outras afiliadas. O que me faz lembrar que precisamos ver se conseguimos entrar em contato com um canal local e conseguir imagens do que eles fizeram da história de Charlotte Sloane na época.

— Tudo bem. Vou procurar por aqui — Grace disse, lembrando-se da conversa da noite passada. — E quero te dizer, B. J., que conheci uma pessoa ontem à noite na festa que conheceu Charlotte Sloane desde que eles eram crianças. É o nosso artista de *scrimshaw*, Kyle Seaton. Mas não sei se vamos conseguir convencê-lo a falar sobre Charlotte diante da câmera.

— Por que não?

Grace fez uma careta. — Só uma impressão minha. Não sei muito bem como descrevê-lo. Acho que podemos dizer que ele é um tipo bem conservador. Muito distinto.

— Esnobe? — B. J. perguntou.

— Acho que podemos dizer isso.

— Bem, vamos ser simpáticos quando formos fazer a matéria do seu trabalho de *scrimshaw* e ver se conseguimos convencê-lo a cooperar nas histórias das Sloane.

Grace notou que só havia uma pessoa negra no mar de brancos no Cliff Walk. Era Zoe Quigley, que estava tirando fotos do oceano Atlântico com sua câmera.

Grace achava que ela chamava a atenção por causa de sua idade, mas tentou imaginar como se sentia uma pessoa sendo a única negra em uma situação como aquela. Para falar a verdade, em qualquer situação.

Zoe tinha vindo da Inglaterra para fazer o estágio, portanto a jovem era bastante corajosa. Talvez fosse tão segura de si que sequer parasse para pensar que fazia parte de uma minoria. Mas Grace duvidava disso. Zoe devia ter consciência desse fato.

Como se tivesse percebido que Grace a observava, Zoe virou-se e acenou. Grace caminhou até ela. — Estou indo conversar com as outras afiliadas e ver se podemos encontrar alguma imagem do arquivo deles a respeito do desaparecimento de Charlotte Sloane. Quer me acompanhar?

Zoe pareceu analisar sua proposta. — Muito obrigada mesmo, mas estou trabalhando em outra coisa. — Zoe não deu detalhes do que estava fazendo, e Grace, instintivamente, não perguntou. Não queria entrar em uma competição.

— Ah, tudo bem. Até mais tarde, lá no hotel.

— Brilhante — Zoe disse. — Então, até mais, Grace.

CAPÍTULO 34

Passando pelas fabulosas propriedades, Zoe sentiu-se feliz por ter calçado seus tênis. Era uma distância considerável para ir a pé do Cliff Walk até o hotel. Mas, dali, a Sinagoga Touro era muito perto. Ela juntou-se ao grupo que se reunia na frente da bem arquitetada construção e esperou que o *tour* de domingo à tarde tivesse início. O docente saiu para dar as boas-vindas aos visitantes. Vendo que Zoe trazia uma câmera fotográfica, disse: — Pedimos para que vocês não tirem fotos durante a visitação. — Zoe guardou a máquina em sua bolsa.

— Boa-tarde, senhoras e senhores. Nesta calma rua de Newport, um princípio triunfou. Durante mais de dois séculos, a pequena sinagoga aqui edificada tem testemunhado que os homens podem procurar por verdades perenes a seu modo, sem impedimentos do governo. George Washington visitou esta sinagoga duas vezes, e todos os anos celebramos o aniversário de sua carta garantindo aos judeus a mesma liberdade religiosa da qual gozavam todos os outros norte-americanos. Permitam-me ler para vocês um trecho da famosa carta de Washington à congregação fundadora da sinagoga.

Zoe ouviu enquanto o docente lia as palavras do primeiro presidente com toda a solenidade que o rapaz conseguia demonstrar.

— Todos possuem igual liberdade de pensamento e imunidades de cidadania. Agora não falamos mais de intolerância, como se fosse a indulgência dada por um grupo de pessoas para que outros possam exercer um direito natural. — O docente olhou para todos por um momento, para certificar-se de que prestavam atenção às famosas palavras de Washington. — Felizmente, o governo dos Estados Unidos da América não dá mais sanção à intolerância e nenhum apoio à perseguição.

O grupo seguiu o guia para dentro da sinagoga fria.

— Este é o mais antigo templo judeu de adoração nos Estados Unidos — disse o docente. — Como vocês perceberão, a maravilhosa câmara abriga uma galeria sustentada por doze colunas iônicas, representando as doze tribos de Israel. Os cinco enormes candelabros de latão que vocês vêem no teto foram presentes de membros da congregação.

O docente apontou para o lado esquerdo do santuário. — A Arca Sagrada guarda os rolos do Torá. O nosso Torá é o mais velho do país. E, sobre a Arca, está uma representação dos Dez Mandamentos em hebraico.

O grupo olhou para cima enquanto o guia continuava.

— A mesa de leitura erguida no meio da sala é a bimá principal. Dali o Torá é lido ou o solista da sinagoga sobe para entoar o cântico. Observem o alçapão misterioso sob a bimá, que leva ao porão de chão batido. Dizem que a sala aqui embaixo foi usada como uma parada da Ferrovia Subterrânea para esconder escravos fugidios.

Enquanto o grupo avançava, Zoe ficou para trás. Pegou sua câmera proibida da bolsa e focalizou o alçapão.

CAPÍTULO

35

Apesar de, em um final de semana de verão, a cidade contar mais de cento e vinte e cinco mil pessoas, Newport ainda era, sob vários aspectos, uma cidade pequena. Antes que a notícia fosse divulgada pelos canais de televisão locais ou no jornal *The Newport Daily News*, a população toda já estaria sabendo da morte de Madeleine Sloane.

Na cozinha do Seasons Clambakes, um dos fornecedores de lagostas tinha ouvido um dos pescadores dizer que tinha recebido a notícia de um amigo seu que trabalhava na equipe de paramédicos da ambulância. A ambulância tinha servido como um carro fúnebre, levando o corpo de Madeleine diretamente para o médico-legista.

Mickey tentou não pensar na morte de Madeleine, nem na dor que sentia nas costas, e concentrou-se no trabalho que estava fazendo. Ainda havia muito para ser preparado para a grande festa de casamento na qual ele trabalharia naquela tarde, na Eisenhower House, em Fort Adams. A imponente mansão, que já havia sido a Casa Branca de verão do presidente Dwight Eisenhower, tinha um enorme gramado e oferecia vistas colossais do porto de Newport e da baía de Narragansett. As tendas no jardim haviam sido montadas no dia anterior, mas as toalhas de linho não tinham sido entregues, conforme o combinado. As louças, os copos e a prataria não poderiam ser arrumados até que as toalhas de linho chegassem.

Sentia aquela familiar dor de estômago, que era sua companheira quando ele estava nervoso, o que significava dizer que constantemente sentia tal dor. Culpou o fato de ter seu próprio negócio. Era uma das conseqüências. Mas, no fundo, ele sabia que ela era causada também por outro motivo.

As dores de estômago tiveram início quando ele tinha só dezoito anos e Charlotte Sloane o pegou roubando dinheiro do clube.

CAPÍTULO

36

— Nova York quer uma reportagem sobre Madeleine Sloane para o *Sunday Evening Headlines*. Já que você tem a entrevista com ela, pensei em te dar prioridade. Quer produzi-la?

B. J. segurava o telefone celular em sua orelha e fazia os cálculos mentais necessários para responder à pergunta do produtor sênior. Claro, seria ótimo fazer sua primeira matéria para o *Evening Headlines*, mas ainda precisava terminar de editar sua reportagem sobre a história da família Vanderbilt, já agendada para a edição da manhã seguinte. Mas, ainda assim, deixar passar a oportunidade de produzir para o *Evening Headlines* não era uma decisão muito boa para o rumo de sua carreira.

— Conte comigo, Dom — B. J. respondeu, sabendo que aquela seria uma longa noite. Faria a reportagem para o *Evening Headlines* primeiro, e depois terminaria a do *KTA*.

— Constance não vai chegar antes das quatro horas — Dominick O´Donnell disse. — Você vai precisar se programar para escrever a matéria para ela, e pode filmá-la depois que ela chegar.

Jesus, B. J. disse para si mesmo. *Mais alguma coisa?*

— Vou fazer a edição também? — perguntou, com receio de receber uma resposta afirmativa.

— Espero que não, mas vamos ter que esperar para ver o que acontece.

B. J. fechou seu celular e procurou por Grace no meio da multidão. Localizou-a conversando com uma mulher de cabelo preto perto do caminhão-satélite do WPRI. *Meu Deus, Grace é uma gata,* ele pensou, olhando para a primeira mulher que havia realmente chamado sua atenção desde Meryl. Aquele rápido romance tinha terminado de modo tão doloroso que ele havia se protegido, evitando envolver-se mais seriamente com outra pessoa. Talvez estivesse na hora de sair do casulo.

Andou em direção a Grace, com a mente voltada para sua preocupação mais urgente, revisar o conteúdo de sua matéria. Tudo bem, ele tinha a entrevista com Madeleine Sloane — aquilo era material exclusivo e merecia destaque. Tinha as imagens do corpo coberto sendo levado escadaria acima e colocado dentro da ambulância. E tinha registrado os comentários de algumas pessoas que observavam no penhasco. Mas precisaria dar espaço para a estranha reviravolta no desaparecimento e no reconhecimento dos restos mortais da mãe de Madeleine no dia anterior. Poderia usar o vídeo de Shepherd´s Point e do túnel dos escravos para servir de pano de fundo para sua narração, mas ainda precisava de fotos de quatorze anos antes. Torceu para que Grace estivesse se dando bem.

— Oh, B. J. Olá — Grace disse quando ele se aproximou. — Esta é Pam Watts. Pam é âncora do WPRI em Providence.

B. J. estendeu a mão para a repórter, percebendo imediatamente seus olhos escuros e gentis e seu sorriso vitorioso.

— Pam cobriu a história do desaparecimento de Charlotte Sloane quatorze anos atrás. Ela tem a filmagem do evento de arrecadação de fundos no clube na noite em que Charlotte desapareceu, junto com um pouco de pesquisa que foi feita depois — Grace continuou. — E ela acha que o estúdio permitirá que compremos a fita do arquivo.

— Maravilha — B. J. disse em voz baixa. Seria capaz de dar um beijo em Pam Watts e em Grace. Mas não era a primeira vez que sentia vontade de beijar sua nova estagiária.

CAPÍTULO

37

Zoe desabou em sua cama, exausta pelo calor do verão norte-americano. Sem preocupar-se em desamarrar seus cadarços, tirou os tênis, insatisfeita. Se quisesse que seu documentário ficasse bom, precisaria de muito mais que trinta segundos de filmagem de um alçapão em uma sinagoga.

Sabia o que queria filmar, mas estava começando a pensar que seria mais difícil do que imaginara. Ela queria recriar, na medida do possível, o percurso feito por uma escrava até a liberdade. Sua pesquisa tinha um assunto interessante, uma escrava chamada Mariah que se escondeu no porão de carga perto da caldeira de um navio vindo de Norfolk, Virgínia, para Newport. A viagem foi praticamente insuportável por causa do calor e da poeira na sala sem ventilação, mas, de alguma maneira, Mariah e outros dez escravos tinham sobrevivido. Auxiliada por um valente capitão, Mariah e os outros fugitivos foram deixados no mar, na entrada do túnel em Shepherd´s Point. De lá, Mariah foi para a Sinagoga Touro e depois para a Igreja Bethel A.M.E. em Providence, em seu caminho para a liberdade no Canadá.

Não ouse desanimar, Zoe disse a si mesma enquanto assistia novamente ao vídeo do alçapão da sinagoga na pequena tela de sua câmera filmadora. *Você não tem o direito de fraquejar. Pense no que Mariah teve de enfrentar.*

Produzir um documentário ou conseguir o emprego na KEY News não devia ser nada perto daquilo.

CAPÍTULO

38

Grace estava boquiaberta ao observar Constance Young no Cliff Walk, o azul-claro do oceano Atlântico em contraste com o cabelo loiro da repórter. Constance vestia uma calça branca e uma blusa listrada de azul e branco, no estilo marinheiro, roubando a cena. Será que ela era uma estrela nata ou será que o seu trabalho automaticamente a transformava em uma estrela? Grace decidiu que se tratava da primeira opção. Havia outros repórteres do jornal da manhã que, apesar de serem bons, não ficavam tão bem representados no vídeo como Constance Young.

B. J. entregou a Constance uma cópia do roteiro que ele escrevera rapidamente e destacara com um marcador de texto as partes em que ela estaria sendo filmada. Ela apareceria no meio da matéria, após a explicação dos acontecimentos conhecidos até então a respeito da morte de Madeleine e os trechos de sua entrevista, indo, em seguida, para a história do desaparecimento de sua mãe. A repórter o leu algumas vezes, fez um sinal para mostrar que estava pronta para começar e desceu o Forty Steps.

Colocando a câmera sobre seu ombro, B. J. ficou no topo da escadaria e gritou: — Gravando.

Constance começou a subir vagarosamente os degraus em direção à câmera. — Será que a morte de Madeleine Sloane foi causada por um acidente, suicídio ou assassinato? A polícia tenta descobrir, mas esta não é a primeira vez que a família Sloane é associada a um mistério nesta cidade litorânea.

— Pronto — B. J. disse. — Conseguimos logo de primeira.

— Acho que deveríamos fazer mais uma — Constance disse. — O vento fez com que meu cabelo cobrisse o rosto.

B. J. não tinha percebido, mas não contradiria Constance. Concordaria com o que ela quisesse fazer. Constance desceu os degraus de novo e voltou a subi-los, executando mais uma vez, com perfeição, seu trabalho.

Ele gostava de imaginar como seria a vida do dono de um daqueles feudos. Nunca se cansava do jogo, apesar de, recentemente, sentindo dores em seu joelho, Gordon não gostar tanto de seus costumeiros passeios nas tardes de domingo pelo Cliff Walk tanto quanto já tinha gostado outrora. Naquele dia, na verdade, tivera de se forçar a sair. Ficar dentro de casa, lamentando-se, não o levaria a lugar algum.

Enquanto o professor estava parado, observando a equipe da KEY News fazer seu trabalho, sabia que precisava arejar sua mente. Além dos trabalhos que precisava corrigir e de uma importante palestra que daria na tarde do dia seguinte, ainda tinha que estar no estúdio do *KEY to America* às seis da manhã, com várias informações históricas para oferecer aos telespectadores, das sete às nove. Precisava ir para a cama cedo naquela noite. O exercício e o ar salgado talvez o ajudassem a dormir.

Gordon duvidava que tal combinação fosse suficiente.

Assim como passara muitas noites em claro desde o desaparecimento de Charlotte, sabia que passaria muitas mais depois da morte de Madeleine. Apesar de a garota tê-lo ajudado a convencer Agatha a permitir a abertura do túnel, não estava entusiasmada com a continuação do projeto. Depois da descoberta de que o cadáver de sua mãe descansara ali por quatorze anos, Madeleine não gostava mais da idéia de turistas passando pelo túnel. Gordon percebera na festa dos Vickers que Madeleine seria um grande empecilho em sua luta para fazer a restauração do túnel.

Um grande empecilho. Se ela não tivesse morrido.

Grace o viu primeiro.

— B. J. — ela sussurrou —, aquele é o professor Cox. Estava conversando com Madeleine na festa ontem à noite. Quer ver se ele quer dizer alguma coisa?

O produtor olhou na direção que Grace indicava e rapidamente checou a hora em seu relógio.

— Boa idéia, Grace. Mas não temos tempo agora. Temos de voltar ao hotel e editar esta matéria. Podemos falar com o professor amanhã, se precisarmos dele.

CAPÍTULO 39

Tommy desligou o telefone e olhava para ele, melancólico, quando o detetive Manzorella entrou na sala da delegacia. Percebendo a expressão do recruta, o detetive sabia que podia muito bem adivinhar o motivo. A obsessão de Tommy James com Joss Vickers não era segredo para ninguém.

— Deixe-me adivinhar — o detetive disse. — A filha dos Vickers te deu outro fora.

— Não consigo entender — Tommy disse, batendo o punho na mesa. — Faço tudo que posso para agradá-la, mas ela sempre inventa desculpas, diz que está muito ocupada para me ver.

Manzorella pôs a mão no ombro do rapaz, sentindo pena dele. O garoto não compreendia. Joss Vickers nunca terminaria com um policial de Newport. Não era assim que as coisas funcionavam. Com raras exceções, as pessoas ricas casavam com indivíduos da mesma condição financeira que elas.

— Pare de perder seu tempo, Tommy — Manzorella disse. — Há muitas outras garotas por aí. Muitas meninas da cidade ficariam loucas para sair com você, cara.

— Mas eu não quero nenhuma delas. Quero Joss. Não consigo esquecer o verão que passamos juntos. — Os olhos de Tommy se encheram de lágrimas, e Manzorella desviou o olhar.

— Muitos de nós passamos verões maravilhosos com belas garotas que nunca esqueceremos, Tommy. Mas isso não quer dizer que acabamos sempre nos casando com elas e sendo felizes para sempre. Caras como nós não ficam com as mulheres ricas. Elas podem até ter um casinho conosco, mas não serão nossas esposas.

Tommy olhou com interesse para o detetive. — O senhor teve alguém em sua vida como Joss?

— Sim, há muito tempo. Eu era salva-vidas em Bailey´s Beach, praia freqüentada pela família dela. Foi um período mágico. Muita música e luares.

— Então o senhor me entende — Tommy disse.

— Sim, entendo, rapaz. Mas, quando o verão terminou, o namoro também acabou. As coisas são assim. Vá por mim, Tommy. Você precisa esquecer Joss Vickers. Não vai chegar a lugar algum com uma garota como ela.

CAPÍTULO 40

Grace tinha certeza de que Joss lançara um olhar de inveja quando ela entrou no salão de festas com B. J. e Constance Young. Sam, no entanto, não estava em condições de sentir inveja da proximidade que Grace estava estabelecendo com as pessoas influentes. Seu rosto denunciava que estava de ressaca, seus olhos estavam vermelhos e ele carregava consigo uma garrafa grande de água. Zoe não estava ali.

B. J. sentou-se com o editor que Dominick havia designado para ele, e Grace caminhou até seus colegas. — Olá, pessoal.

A falta de entusiasmo em suas respostas foi explícita.

— Vocês se deram muito bem hoje de manhã, por terem ligado para contar sobre Madeleine Sloane — Grace disse, tentando ser simpática e gentil. — Como ficaram sabendo?

— Eu tenho um amigo que trabalha na polícia de Newport. Foi ele quem me contou — Joss respondeu, demonstrando indiferença. — Mas o que ganhei com isso? B. J. só quer saber de você. Você é a queridinha dele. Está conseguindo fazer muito mais do que qualquer um de nós, e estou cansada disso. — Joss virou as costas para Grace e afastou-se.

Após uma breve pausa, Grace olhou para Sam.

— Eu estava lá hoje cedo e a vi — Sam respondeu. — Que coisa horrível.

— Oh — Grace disse, surpresa com a coincidência e tentando agir como se os comentários rudes de Joss não a tivessem incomodado. — Você estava correndo? É por isso que estava no Cliff Walk, Sam?

— Não, não estava correndo. Só estava lá.

Sam sentiria pena de Grace se ela não estivesse sendo uma concorrente tão forte. Joss estava realmente destratando-a, apesar de Grace não ter feito nada de errado. Ela não tinha culpa se B. J. gostava dela.

Ao observar Grace atravessando o salão e puxando uma cadeira para se sentar perto do produtor na ilha de edição, Sam pensou que seria muito bom se houvesse uma produtora na equipe que gostasse dele. Não se importaria em agradá-la se isso o ajudasse a alcançar seu objetivo. Mas não via ninguém aberta a essa possibilidade. Teria de fazer alguma outra coisa que o destacasse dos outros estagiários.

Assim que ligara para a redação do telejornal, Sam saiu do lugar onde Madeleine estava, antes que a polícia tivesse tempo de vê-lo e interrogá-lo. Mas tinha visto o ocorrido na noite passada. Aquilo o transformava em uma testemunha ocular do assassinato.

Abriu outra garrafa d'água, enquanto pensava que poderia usar seu testemunho para seu próprio benefício. Suas informações dariam a ele o emprego de produtor assistente que tanto desejava. Poderia derrotar os outros estagiários.

CAPÍTULO

41

Tal mãe, tal filha. Primeiro, Charlotte; agora, Madeleine.

Um assassinato seguido do outro, o segundo causado pelo primeiro.

Todo mundo procuraria a ligação entre os dois. Era tão essencial agora como fora há quatorze anos que a foto não aparecesse.

Outra carta fazia-se necessária. Estava na hora de escrevê-la agora e enviá-la pelo correio na segunda-feira de manhã. A caneta, na mão esquerda para disfarçar a caligrafia, deslizou pela folha branca de papel, acrescentando duas linhas no final para reforçar a ameaça.

Ainda tenho a carteira que vocês esqueceram na casa de boneca na noite em que Charlotte Sloane morreu. Se entregar a foto à polícia, surgirei com a carteira. Em quem você acha que a polícia vai acreditar? Em mim ou em você?

CAPÍTULO

42

Seria Lucy na entrada do salão?

Grace forçou a vista, seu coração acelerou-se. Sim. *Era* Lucy, e lá estavam Frank e Jan logo atrás dela, olhando para o salão de festas.

Grace sentiu vontade de enfiar-se debaixo da mesa e esconder-se, mas sabia que não adiantaria. Precisava ser adulta e enfrentar aquela situação de frente.

— Com licença, B. J. Volto logo.

Lucy localizou a mãe e chamou por ela. As pessoas no salão viraram-se em direção àquela voz de menina e viram mãe e filha se abraçando. Grace sentiu seu rosto corar.

— Olá, Frank. Olá, Jan — ela disse sobre a cabeça de Lucy, repentinamente lembrando-se de seu rosto sem maquiagem e da camiseta velha que vestia. Frank estava muito bonito, bem-vestido e em forma, com seus braços musculosos e bronzeados sob as mangas de sua camisa pólo. Apesar da repulsa que lhe causava atualmente, Grace tinha de admitir que Frank era um belo homem. Lucy não tinha herdado seus penetrantes olhos azuis, mas Grace ficava feliz em ver que a filha tinha o mesmo nariz afilado e o sorriso fascinante do pai.

— Como está minha Lucy? — sussurrou enquanto voltava a abraçar a menina.

A esposa de Frank parecia ter acabado de sair da vitrine de uma loja de roupas elegantes, vestida com uma calça cáqui bem passada e uma suéter verde-bandeira de algodão amarrada em seus ombros. O cabelo loiro quase branco de Jan estava preso para trás com uma fita preta de gorgorão, combinando com o preto da pulseira de seu relógio Movado e suas sandálias de couro italiano. Grace notou as unhas dos pés da nova esposa de Frank pintadas no estilo "francesinha". Combinavam com as unhas dos dedos da mão, que trazia um maravilhoso solitário de diamante. Muito bem apresentável, muito elegante, muito bem cuidada, muito diferente de Grace.

— Fizemos nosso check-in há pouco e viemos ver se podemos levá-la para jantar — Frank disse. Lucy abriu um largo sorriso.

Isso mesmo, Frank, Grace pensou. *Faça o papel do cara legal na frente de Lucy. Está tentando acabar comigo, mas vai fazer o papel do pai bacana que leva todo mundo para jantar.*

— Puxa! Muito obrigada, mas não sei quando vou terminar o que estou fazendo aqui. Não quero atrapalhar os planos de vocês.

— Podemos esperar. — Grace percebeu a satisfação na voz de Frank.

— É, mãe. A gente espera.

Grace estava sem saída. Apesar de querer ficar com a filha e detestar desapontá-la, a última coisa que queria era passar a noite sentada em uma mesa de restaurante de frente para Frank e sua esposa, mantendo uma conversa civilizada. Queria estrangular Frank, e não confraternizar com ele. Mas, se usasse o trabalho como desculpa para não ir, daria ainda mais força ao argumento de Frank de que sua carreira a tornaria ausente para Lucy.

— Tudo bem. Acho que estarei livre às sete.

— Ótimo. O recepcionista me disse que há um restaurante italiano muito bom, não muito distante. Vamos combinar às sete e meia no Sardella´s?

— Provavelmente precisaremos fazer reserva — Grace disse, torcendo para que ele não encontrasse nenhuma mesa disponível.

— Vou falar com o recepcionista e arrumar tudo. — Frank deu uma piscadela enquanto fazia o gesto de esfregar seus dedos polegar e indicador. Irritante ao extremo.

CAPÍTULO 43

B. J. sentia-se bastante satisfeito enquanto transmitia a matéria editada sobre a morte de Madeleine Sloane para Nova York, meia hora antes do início do *Evening Headlines*. Estava pensando na boa impressão que causaria aos grandões da empresa quando Sam aproximou-se.

— Preciso conversar com você — o estagiário disse.

— Tudo bem. Espere dois minutinhos. Estou quase terminando isto aqui.

B. J. esperou na linha até receber um "ok" do estúdio do Centro de Transmissão em Nova York. Quando desligou, virou-se para Sam. — O que foi?

— Acho que tenho uma coisa que pode ajudar na edição do jornal de amanhã.

O produtor olhou com curiosidade para Sam.

— Eu estava no Cliff Walk ontem à noite. Vi o que aconteceu com Madeleine Sloane.

— Meu Deus, cara — disse, segurando o braço de Sam. — O que você viu?

O estagiário pareceu desconfortável. — Não acho que deva dizer ainda.

— Como assim?

— Bom, pensei que poderia aparecer ao vivo amanhã cedo, e só então contar o que sei.

A idéia automaticamente levantou as suspeitas de B. J. O que aquele garoto estava armando? Mas seria o máximo dos máximos ter uma entrevista exclusiva com uma testemunha ocular logo no primeiro dia deles em Newport.

— Sabe de uma coisa, Sam? Acho que precisamos conversar a respeito disso com Nazareth.

Enquanto procuravam o produtor-executivo do *KTA*, o estagiário teve que conter o sorriso de satisfação. Estava acontecendo exatamente o que ele queria.

— Você contou alguma coisa à polícia? — Linus quis saber.

— Não.

O produtor-executivo não estava incomodado. Na verdade, estava contente.

— Bem, então me conte. O que você viu?

— Com todo o respeito, senhor, mas insisto em dizer que quero contar tudo pela primeira vez no ar, amanhã.

Linus tinha que dar crédito ao garoto. Ele estava manipulando a situação para se dar bem. Só por aquela atitude de coragem e esperteza, quando o estágio chegasse ao fim, Sam receberia o voto de Linus para ocupar a vaga de assistente de produção. E o seu voto era o único que valia.

O produtor-executivo ficou curioso para saber com antecedência o que o rapaz ia dizer, mas ficar sem saber não era motivo para não aceitar a proposta. Afinal, como é que alguém poderia saber, com certeza, o que uma pessoa diria em uma transmissão ao vivo? Em mais de três décadas nos negócios, Linus conseguia se lembrar de mais de uma ocasião na qual tinha sido pego de surpresa com o que um sujeito dissera no ar. As pré-entrevistas, realizadas com antecedência nos programas ao vivo, geralmente davam uma idéia do que seria discutido. Mas não havia absolutamente nenhuma garantia de que o entrevistado não falaria sobre outra coisa completamente diferente. Isso era o que deixava as transmissões ao vivo interessantes.

Se Sam tinha visto o que acontecera a Madeleine Sloane, Linus queria que ele contasse com exclusividade ao *KTA*. Sam queria a vaga de produtor assistente. Linus não achava que o garoto os prejudicaria ao vivo.

Após tomar sua decisão, Linus pegou o telefone e ligou para Nova York.

— Mude a chamada de divulgação após o *Evening Headlines* hoje à noite, e logo — ele mandou. — Deve ser assim: "Ao vivo e com exclusividade ao *KEY to America* de amanhã... A testemunha ocular da morte da filha de família abastada de Newport conta o que viu."

— Qual vídeo devemos usar? — o produtor de divulgação praticamente gritou do outro lado da linha, em Nova York.

— Pegue algumas cenas da matéria da Constance, na qual o corpo está sendo levado escadaria acima, e vou te mandar uma tomada da testemunha daqui a pouco — Linus disse enquanto virava-se para B. J. para dizer: — Pegue a câmera, faça uma filmagem de Sam e mande o vídeo para Nova York. *Já*.

CAPÍTULO

44

Após assistir às notícias a respeito da morte de Madeleine no telejornal local, era hora de mudar para o *KEY*. A reportagem de Constance Young fora realizada no local do crime. Era ruim ver as imagens do corpo de Madeleine dentro de um saco. Era ainda pior ver as cenas de todos aqueles anos antes — ver só uma rápida imagem de uma versão mais jovem do rosto do assassino de Charlotte. O mesmo rosto, pouco mudado pelo tempo, que o encarava no espelho do banheiro todas as manhãs. O antigo vídeo mostrava o clube, com os homens vestindo seus smokings e as mulheres em seus vestidos de verão. Azuis, vermelhos, brancos, amarelos e verdes se misturavam, mas Charlotte, vestindo um tomara-que-caia de lamê dourado, se destacava. Havia fotos dos policiais investigando na vizinhança rica próxima à casa de Oliver e de Shepherd´s Point, e cartazes com o rosto sorridente de Charlotte sendo colados em postes e em vitrines de lojas por toda Newport.

Aquela tinha sido uma época aterrorizante e a lembrança do receio constante de que a verdade fosse descoberta voltou com toda a força. Quando a reportagem terminou, o assassino de Charlotte e Madeleine continuou olhando para a televisão, sem prestar atenção às outras matérias.

A ciência forense estava mais avançada que nunca. Se aquela fotografia aparecesse, não seria muito difícil descobrir tudo.

Talvez fosse o momento de sair da cidade, de se esconder.

Mas onde? Tinha vivido muito tempo ali, construído uma vida. Começar do zero em outro lugar podia não ser a solução. Quando as coisas começassem a ser reveladas, realisticamente falando, não haveria como fugir. Tudo que podia fazer era esperar. Tentar agir como se nada estivesse acontecendo, e esperar que continuassem fracassando em suas tentativas de encontrar o assassino, como acontecera quatorze anos antes. Muitos crimes ainda ficavam sem solução.

Sentindo-se um pouco melhor, o assassino pegou o controle remoto e estava prestes a mudar de canal quando a voz grave fez a chamada:

"Ao vivo e com exclusividade ao *KEY to America* de amanhã... A testemunha ocular da morte da filha de família abastada de Newport conta o que viu."

O corpo dentro do saco no Cliff Walk. O rosto de um jovem.

O garoto bêbado da festa tinha visto tudo?

CAPÍTULO

45

Grace não deveria estar surpresa. Uma mesa estava à espera deles precisamente às sete e meia no Sardella´s. Os quatro foram levados a uma saleta confortável no canto do restaurante. Enquanto se sentavam, Grace já estava pensando no que queria beber.

— Vocês gostaram do hotel? — ela perguntou, procurando assunto. — É bem legal, não acham?

— Você devia ver nossos quartos, mamãe — Lucy respondeu com entusiasmo. — Estamos em uma suíte. E tem banheira.

— Que ótimo, querida. — Grace forçou um sorriso, amaldiçoando as banheiras. O quarto onde estava era bom, mas o banheiro era minúsculo e ela mal conseguia se virar no boxe do chuveiro. Mas o que isso importava? Ela quase não ficava no quarto. Na verdade, não se importava nem um pouco em não ter uma banheira. O que incomodava mesmo Grace era pensar que Frank podia dar a Lucy coisas muito mais glamourosas e chiques do que ela podia.

A garçonete chegou e disse quais eram as especialidades da noite.

— O que você vai pedir, Grace? — Frank perguntou quando a garçonete saiu para buscar as bebidas.

— A berinjela à parmegiana parece ser uma boa pedida.

— Lucy?

— Penne com molho de vodca.

Frank franziu a testa.

— O álcool evapora quando é fervido, Frank. Não há problema algum em Lucy comer o molho de vodca.

— É, papai. A mamãe faz esse molho para mim e para o vovô, às vezes.

Observando a expressão de Frank, Grace ficou se perguntando se aquilo também seria usado contra ela. Até que achou tal pensamento ridículo. Não podia ficar paranóica, pensando em como Frank interpretaria cada detalhe.

Grace perguntou a Jan: — O que você vai pedir?

A loira sorriu docemente. — Vou deixar que Frank escolha por mim.

Então era assim que as coisas eram entre eles, Grace pensou. Antes Jan do que ela.

CAPÍTULO

46

Grades de ferro forjado de dois metros e meio apoiadas entre pilares de calcário sobre um muro de mais de um metro de altura transformavam a mansão The Breakers em uma verdadeira fortaleza. O caminhão-satélite da emissora adentrou os enormes e trabalhados portões pretos de ferro. Scott Huffman não precisava se preocupar se o veículo passaria com folga pela entrada. Com nove metros de altura, o portão era ornamentado com volutas e arabescos incorporando os símbolos dos frutos e folhas de carvalho dos Vanderbilt.

Uma espécie de guarita, a casa que ficava logo à esquerda, depois dos portões, fora deixada aberta em um acordo com a Sociedade de Preservação, para que fosse um local onde o motorista pudesse descansar e, se necessário, pernoitar. Com seus equipamentos ultra-sofisticados, o caminhão-satélite da emissora não podia ser deixado sozinho até o amanhecer, quando a equipe do *KEY to America* chegaria para fazer o programa da The Breakers.

Aquela seria uma longa noite. Scott tinha se preparado, enchendo uma caixa térmica com sanduíches, latas de refrigerante e pegando um lençol e um travesseiro do hotel. Checou sua lista, certificando-se de que estava com tudo que precisava dentro do veículo, para que não houvesse nenhum problema de manhã.

— Que droga! — Scott exclamou quando percebeu que alguns cabos estavam faltando.

CAPÍTULO

47

Sam não pensava em voltar atrás. Na verdade, tinha certeza de que estava fazendo a coisa certa, tomando uma atitude inteligente. Estava contente pelo bem que estava fazendo ao *KEY to America* e a si mesmo. Linus Nazareth tinha passado na redação quando estava saindo para jantar para cumprimentá-lo. O cara o adorava, Sam pensou, satisfeito. O emprego de assistente de produtor no final do estágio certamente seria dele.

Sam sabia que devia ir para a cama. Queria estar com uma boa aparência em sua primeira aparição em rede nacional. Estava prestes a ir embora quando um dos telefones tocou.

— Aqui é Scott Huffman, estou na The Breakers. Acho que vamos precisar de mais cabo amarelo. Alguém daí pode trazê-lo aqui?

— Onde eles estão? — Sam perguntou, pensando que nunca era demais ganhar uns pontos extras com o pessoal.

— Em uma das caixas encostadas na parede no fundo do salão.

— Está bem. Vou levá-los agora mesmo.

Sam desligou o telefone, encontrou os cabos e informou-se onde poderia alugar um carro para ir até a mansão The Breakers.

CAPÍTULO

48

A cadeira de balanço ia para a frente e para trás, silenciosamente, nas sombras da varanda do hotel; o tempo estava se encerrando. Mas os jovens gostavam de sair para festas quando estavam em uma cidade como Newport, e fazia sentido esperar ali para ver se o garoto que falava mais do que devia sairia.

E se saísse? O que aconteceria? Como ele seria eliminado?

Não havia tempo para planejar, assim como não houvera com Madeleine na noite anterior ou com Charlotte quatorze anos antes. Precisava ser feito por instinto com o que estivesse à mão.

CAPÍTULO

49

Grace não estava com a menor vontade de prolongar o café. O jantar já fora interminável.

— Estávamos pensando em ir até Bowen´s Wharf um pouco, para olhar vitrines, ver os barcos — Frank disse, pousando sua xícara de café no pires.

— Parece divertido — Grace respondeu, educadamente.

— Quer ir conosco, mãe?

Grace sorriu para sua filha e esticou o braço para afagar-lhe os cabelos.

— Obrigada, Luce, mas preciso voltar. Preciso acordar cedo amanhã — Grace disse, agradecendo a Deus por ter uma desculpa para se afastar de Frank e de sua esposa. Tinha visto, durante o jantar inteiro, o ex-marido abraçar Jan e segurar sua mão. Já era o bastante. Grace não pôde deixar de se perguntar se ele sempre agia daquele jeito com Jan ou se estava sendo tão carinhoso apenas para mostrar para sua ex-esposa como eles eram "supremamente felizes". Pais perfeitos para cuidarem de Lucy.

Eram apenas alguns quarteirões até o hotel, e Grace aproveitou a chance de caminhar à noite e arejar a mente. Precisava parar de pensar na briga pela custódia da filha. Havia muito pouco, ou nada, que ela pudesse fazer a respeito enquanto estivesse em Newport. Quando voltasse para casa, marcaria um horário com seu advogado. Naquela semana precisava se concentrar na única coisa que podia controlar no momento — seu desempenho na equipe do *KTA*, com o objetivo de conseguir o emprego.

Mas tudo era relativo, não era? Claro, Grace não conseguia sequer pensar em perder Lucy e, obviamente, queria o emprego; mas, diante do que acontecera a Madeleine, sentiu-se culpada por ficar tão absorta em suas próprias preocupações. Seus problemas pareciam tão pequenos perto daquilo.

Dois dias atrás, Grace nunca tinha ouvido o nome de Madeleine Sloane. Mas, apesar disso, a morte da garota, logo depois da conversa que as duas tiveram na sala de estar da casa dos Vickers, mexera com ela. Madeleine estava tentando entender seus sonhos, estava procurando em sua memória alguma coisa que pudesse revelar quem era o assassino de sua mãe. Será que ela tinha descoberto algo no espaço de tempo entre a conversa que tiveram e o momento em que morreu? Será que aquilo tinha causado sua morte?

Quando chegou à entrada do hotel, Grace estava pensando em ir à polícia com os detalhes da conversa que tivera com Madeleine. Mas, ao encontrar Sam saindo do local, esqueceu a idéia por um momento.

— Aonde você vai? — ela perguntou, semicerrando os olhos por causa da claridade vinda do hotel.

— Preciso levar este cabo até o caminhão-satélite que está na mansão The Breakers — Sam disse, segurando um rolo de fio amarelo.

CAPÍTULO 50

A espera valera a pena.

Ali estava ele, conversando com a tal da Grace Callahan. Quando ela se despediu e entrou no hotel, Sam entregou um papel ao manobrista.

Saiu da cadeira de balanço, passou bem atrás do rapaz enquanto ele esperava distraidamente na entrada do hotel e foi direto ao carro que estava estacionado do outro lado da rua. Apertou o volante com as mãos, olhou pela janela do passageiro enquanto Sam entrava no carro que trouxeram até ele. Entrou na Bellevue Avenue, seguindo em direção às mansões. Fez uma rápida meia-volta com o carro, podendo assim seguir o estagiário.

Aonde aquele garoto que falava demais estaria indo?

Passou a Biblioteca Redwood, o Tennis Hall of Fame, o shopping center, a The Elms. Independentemente de onde estivesse indo, não haveria problemas. Todos os lugares eram conhecidos. O importante era que ele ficasse sozinho.

Desacelerou, como se estivesse procurando pelas placas das ruas. Entrou à esquerda, na Narragansett, depois à direita, na Ochre Point, entrando no estacionamento do lado oposto da The Breakers.

O veículo que vinha atrás continuou na avenida, passando a propriedade e entrando na rua seguinte. Os faróis estavam apagados quando estacionou próximo à calçada.

No porta-malas, havia uma chave de roda.

Sam entregou o cabo ao motorista da emissora. — Era isto que você queria?

— Sim, isso mesmo. Obrigado, garoto.

Sam virou-se para ir embora.

— Devia ter te perguntado, mas nem pensei nisso — Scott disse. — Estou com uma terrível dor de cabeça. Você não tem uma aspirina aí?

— Não, sinto muito. — Sam respondeu. — Mas quer que eu saia para comprar?

O motorista pensou na longa noite que estava por vir. Seria bom fazer um intervalo. O garoto parecia de confiança. Não precisaria fazer nada de importante. Só tomar conta do carro.

— Na verdade, queria comprar outras coisas. Você se importa de esperar aqui e ficar de olho em tudo para mim?

— Por mim, tudo bem — Sam respondeu hesitante, querendo voltar para o hotel e dormir. — Você não vai demorar muito, não é? Estou apertado.

— Pode se aliviar nas moitas, amigo. Ou aquela casinha está aberta. Pode ir ali.

CAPÍTULO 51

Os policiais do turno da noite chegaram ao Hotel Viking. Foram diretamente ao salão de festas e exigiram falar com o produtor-executivo do *KEY to America*. Beth Terry estava na mesa de operações.

— Pode me dizer sobre o que se trata? — ela questionou.

— Sobre a entrevista que vocês agendaram com a suposta testemunha da morte de Madeleine Sloane — disse o policial. — Queremos saber mais a respeito.

— Entendo. Bem, o sr. Nazareth saiu para jantar — Beth disse. — Mas posso tentar entrar em contato com ele, ligando para seu celular. — Não era nada inteligente querer enganar a polícia, ela pensou. Não haveria como saber se a KEY News precisaria da proteção da polícia nos próximos dias. Ela fez a ligação enquanto o policial aguardava.

— Linus, é a Beth. Sinto muito por interromper seu jantar — mentiu. Na verdade, estava muito contente por tirar a atenção de Linus de Lauren Adams, a apresentadora de Estilo de Vida do *KTA* com quem ele provavelmente estava tendo um caso.

— O que foi?

— A polícia de Newport está aqui. Querem falar com você a respeito da entrevista que faremos amanhã cedo sobre o assassinato de Madeleine Sloane.

— Eles não sabem quem será o entrevistado, não é? — Linus perguntou na mesa à luz de velas do Clarke Cook House.

Beth olhou para os policiais. — Acho que não — respondeu.

— O Sam está por aí? — Linus perguntou, pegando a mão de sua companhia e dando-lhe uma piscadela.

— Acabou de ir embora — Beth respondeu, sorrindo para os homens diante dela.

— Ótimo. Não quero que uns policiaizinhos de nada estraguem nossos planos. Já enfrentei a polícia federal. Posso muito bem enfrentar a polícia de Newport. Eles podem conversar com Sam o quanto quiserem *depois* do jornal amanhã.

CAPÍTULO

52

Ele levantou a tampa do vaso sanitário e fez o que precisava fazer. Ao apertar a descarga, Sam teve a impressão de ter ouvido um barulho do lado de fora, mas, quando saiu do banheiro, não viu ninguém.

Ficou parado na porta da casa do porteiro, olhando o veículo da emissora lá fora, torcendo para que o motorista voltasse logo. Precisava pensar no que diria na entrevista da manhã seguinte. O melhor a fazer seria mostrar-se natural e eloqüente, e contar exatamente o que tinha visto e ouvido, evitando dizer que estava bêbado e passando mal atrás da árvore.

A resistência da garota ao ser atacada e o grito agudo. *Coitada da Madeleine Sloane.*

Sam suspirou profundamente e fechou os olhos ao lembrar-se da cena outra vez. Não tinha visto o rosto do agressor, mas pelo menos podia dar uma descrição geral de sua estatura e vestimentas. Já era alguma coisa. Talvez não tanto quanto Linus Nazareth estivesse esperando, mas Sam não quisera revelar tais informações antes. Era melhor deixar que Linus pensasse que ele tinha algo muito valioso para contar. Algo que compensasse ser entrevistado em rede nacional. Mas, ainda assim, o fato de ele ter presenciado um assassinato já era uma notícia interessante.

Percebendo um movimento atrás de si, Sam virou-se e finalmente viu o rosto do assassino de Madeleine um segundo antes de ser golpeado na cabeça com a chave de roda.

CAPÍTULO

53

Ela vestira seu short branco e sua camiseta branca da KEY News para ficar mais visível à noite. Com suas tranças negras e compridas resvalando em seu pescoço, Zoe correu ao longo da Bellevue Avenue, refazendo o caminho percorrido aquela tarde, quando se separou da agitação da imprensa no Forty Steps para realizar a tarefa imposta por ela mesma na Sinagoga Touro. Sentia-se bem enquanto passava pelas mansões, que eram bem iluminadas pelas lâmpadas a gás.

Zoe admirava-se ao passar pelos exemplos evidentes de riqueza. Riqueza construída à custa de trabalhadores pobres, negros e brancos. Mas os brancos eram, em sua maioria, imigrantes que escolheram vir para os Estados Unidos para tentar uma vida melhor. Os negros, no entanto, eram capturados como animais, presos e obrigados a deixar suas terras. Uma vez ali, a cor de suas peles determinava seus tristes destinos. Rhode Island podia ser o primeiro estado norte-americano a abolir a escravatura, e a Guerra Civil dos Estados Unidos podia tê-los libertado, mas, quando aquelas mansões foram construídas, as pessoas de cor ainda não eram consideradas cidadãs legítimas.

Zoe passou direto pelo cruzamento com a Narragansett Avenue, sem a menor vontade de seguir para o Forty Steps, o local da tragédia que vitimara Madeleine Sloane no final do quarteirão. Quatro cruzamentos depois, ela viu a placa da Victoria Avenue. Por impulso, virou à esquerda, para explorar a rua cujo nome a fazia se lembrar da Inglaterra.

Seus tênis pisavam o chão de macadame da rua silenciosa. Não havia muita coisa para se ver. A iluminação era bem mais fraca do que na Bellevue.

Na metade do quarteirão, Zoe estava prestes a voltar quando ouviu o barulho. Parecia que alguém estava fechando a capota de um carro.

Os faróis se acenderam, cegando-a. O carro arrancou e os pneus cantaram, partindo em direção a ela. Zoe saiu correndo do caminho, foi para a grama no canto da rua e virou-se para ver o motorista que estava com tanta pressa. O veículo passou correndo e foi impossível ter uma visão de seu interior. Mas a placa estava iluminada e Zoe conseguiu ler as três primeiras letras antes que o carro virasse à esquerda e sumisse de seu campo de visão.

S-E-A.

O motorista tivera muito mais sorte. Ao acender os faróis, o assassino tinha visto claramente todas as letras do sobrenome estampado sobre o logotipo da KEY News na camiseta de Zoe.

CAPÍTULO

54

Dentro da sacola de papel marrom havia um frasco de aspirinas e três latas de cerveja gelada. Aquilo seria o suficiente para que ele passasse a noite.

Scott abriu a porta do caminhão-satélite da emissora e ficou surpreso ao não encontrar o garoto lá dentro. A surpresa transformou-se em raiva quando entrou na guarita. Estava vazia.

— Aquele filho de uma puta — Scott disse. O rapaz tinha ido embora e deixado o veículo sozinho. Se alguma coisa tivesse acontecido àquele veículo, aquele idiota irresponsável estaria perdido. Voltou a sair e checou se tudo estava certo com os equipamentos.

Felizmente tudo parecia estar em ordem.

SEGUNDA-FEIRA

19 de JULHO

CAPÍTULO

55

Uma enorme tenda branca foi montada no jardim da mansão The Breakers para abrigar os apresentadores do *KTA* e seus convidados, mas não precisou ser usada. Assim que os primeiros raios apareceram na linha do oceano, ficou claro que não choveria. O clima para a primeira edição do *KEY to America* na cidade litorânea seria perfeito. Constance Young e Harry Granger poderiam conduzir o programa ao ar livre.

Constance e Harry chegaram cedo, da mesma maneira que faziam no Centro de Transmissão em Nova York, tendo tempo de ler as manchetes dos principais jornais, as anotações de última hora e as perguntas preparadas para as entrevistas agendadas. Estavam com os funcionários da KEY News, andando de um lado a outro da área, cada um executando as tarefas editoriais e de produção que precisavam ser feitas para conseguirem colocar o jornal no ar. Quando a música de abertura começasse a tocar e Constance e Harry dessem as boas-vindas aos norte-americanos e a Newport, tudo estaria perfeito, graças às várias horas de trabalho da equipe, desconhecidas pelos telespectadores, para a produção de um programa que durava apenas duas horas.

Grace observou a correria com empolgação. Aqueles eram os preparativos para uma transmissão *ao vivo*. Planos profissionalmente bem pensados e preparados. Mas mesmo assim os funcionários do *KTA* sabiam que o inesperado poderia acontecer a qualquer momento enquanto milhões de pessoas assistiam.

Esse era um dos motivos para explicar por que Constance e Harry recebiam salários muito bons. Se alguma coisa desse errado ao vivo, os apresentadores tinham que saber agir com graça, calma e capacidade de improvisação. Não era fácil, mas eles faziam parecer que era. Na maioria das vezes, os telespectadores sequer percebiam que alguma coisa tinha acontecido.

O programa estava pronto para começar em quarenta e cinco minutos, mas o convidado que daria a entrevista exclusiva não tinha aparecido. Várias ligações para o quarto do hotel de Sam foram feitas, porém em vão.

O produtor-executivo gritava de um lado a outro do jardim, para quem quisesse ouvir: — Cadê ele? Onde está ele? O estagiário, Sam Watkins!

Sentindo que podia ajudar de alguma forma, Grace aproximou-se de Linus um pouco nervosa e disse: — Sam saiu da redação ontem à noite para trazer um cabo para o veículo de transmissão e me disse que voltaria logo para dormir.

— Então, por favor, cheque com o operador do veículo. — O rosto de Linus estava ficando vermelho. — Veja se ele sabe de alguma coisa.

Grace seguiu os metros de fios que levavam até o veículo de transmissão. A resposta do operador não foi muito favorável a Sam:

— Sim, o cara trouxe o cabo e foi a última vez que o vi. Não me surpreende que não tenha aparecido hoje como tinha combinado. Se quer saber, ele não é confiável. Sam disse que ficaria cuidando do veículo para mim ontem à noite, porque precisei sair rapidamente, mas, quando voltei, ele não estava em lugar nenhum.

— Pelo amor de Deus, será que alguém pode ir até o hotel e tentar encontrá-lo? — Linus gritava enquanto pisava com força na grama. — Vou matar aquele maldito garoto.

O produtor-executivo olhava para todos os lados. Quem não precisava fazer nada enquanto o tempo passava, até o início do programa? Seus olhos voltaram a cair sobre Grace. — Você. Ele é seu colega. Tente encontrá-lo.

Ninguém atendia.

Grace bateu na porta e chamou pelo nome de Sam, sabendo que estava fazendo barulho suficiente para acordar os hóspedes que ainda tentavam dormir nos outros quartos do corredor. Sam não estaria dormindo com toda a barulheira, não é?

Estava prestes a procurar pelo telefone do serviço de quarto para pedir que alguém viesse abrir a porta quando viu o carrinho da camareira passando. Izzie O'Malley era quem o empurrava.

— Ah, Izzie. Você se lembra de mim? Do quarto 201? — Grace mal esperou Izzie balançar a cabeça, sinalizando uma resposta afirmativa. — Estou com um problema que precisa ser solucionado com urgência. Preciso ver se um de nossos estagiários está no quarto dele. Ele precisa estar no programa daqui a pouco. Você poderia abrir a porta para mim?

A camareira hesitou um pouco antes de pegar a chave mestra em seu bolso. *E daí?* Não trabalharia ali por muito tempo. E quem ficaria sabendo? Sim, Grace a ajudara; agora ela ajudaria Grace.

Izzie inseriu o cartão na fechadura, esperando pela luz verde. Juntas, as duas mulheres entraram no quarto silencioso.

Os lençóis estavam intactos.

CAPÍTULO

56

Alguém percebeu que o carro que Sam alugara na noite anterior ocupava uma vaga no estacionamento para turistas da mansão The Breakers. Os funcionários começaram a especular a respeito. Talvez Sam realmente não tivesse nada a dizer, talvez realmente não tivesse visto nada e tudo não passara de um ato de ousadia temporária. Talvez tivesse ficado com medo de ser pego mentindo, ou talvez estivesse com medo de que, dizendo o que tinha visto, pudesse colocar sua vida em risco.

Grace voltou para a The Breakers no momento exato de ouvir Linus berrando:

— Não estou nem aí para qual possa ser o problema desse garoto. Esse tal de Sam Watkins está dispensado. — Linus batia uma mão em punho na palma da outra. — Ninguém me faz de idiota — urrou. — Prometemos uma entrevista exclusiva e é melhor que arranjemos algo interessante. Quero que todos pensem em alguma coisa. E rápido.

Grace aproximou-se.

— Com licença, sr. Nazareth.

O produtor-executivo virou-se para olhar para ela, com os olhos fulminantes de raiva. Grace viu uma veia pulsando sob a pele debaixo de sua têmpora direita.

— O que foi? — respondeu com grosseria.

Ela respirou profundamente e disse de uma vez, rezando para que Linus não descartasse sua sugestão como uma idéia ridícula: — O professor Cox, nosso consultor, conhecia Madeleine Sloane e a mãe dela. Na verdade, ele estava conversando com Madeleine na festa dos Vickers. Pode não ser uma testemunha de sua morte, mas esteve com ela naquela noite.

Grace quase conseguiu ver os neurônios do produtor em ação enquanto ele analisava a idéia.

— A testemunha ocular da morte da filha de família abastada de Newport conta o que viu — Linus disse como se falasse consigo mesmo. — Não é muito apropriado, não é?

Sentindo-se repreendida, Grace mordeu o lábio inferior.

— Mas é a única coisa que nos resta — ele continuou. — E é melhor do que qualquer coisa sugerida até agora. Vamos fazer isso, então.

Grace sentiu uma onda de satisfação. Confiante, perguntou: — Não precisamos primeiro ver se o professor Cox está disposto a falar sobre Madeleine?

Um sorriso sarcástico abriu-se no rosto de Linus. — Ah, ele vai falar, sem problemas. Gordon Cox está na nossa lista de contratados da semana.

CAPÍTULO

57

As imagens feitas do helicóptero foram o vídeo de abertura do programa, uma vista aérea das mansões do Cliff Walk.

— Bom-dia — a voz cheia de energia de Constance Young deu as boas-vindas aos telespectadores. — Hoje é segunda-feira, 19 de julho, e este é o *KEY to America*, transmitido a vocês esta manhã de Newport, Rhode Island.

A música de abertura do *KTA* começou, as letras apareceram na tela e o diretor mudou para a primeira câmera, mostrando Constance e Harry em pé no gramado da The Breakers, com o oceano Atlântico refletindo o sol da manhã atrás deles.

— Ao longo desta semana, faremos a transmissão do programa desta gloriosa cidade à beira-mar, dividindo com vocês a beleza e a história desta notável localidade. — Constance parecia ignorar o fato de a brisa do mar estar bagunçando seu cabelo cuidadosamente penteado. — Estamos aqui na mansão The Breakers, a construção de setenta quartos que Cornelius Vanderbilt II construiu para as férias de verão de sua família.

A câmera mostrou a fachada da casa de estilo renascentista à beira-mar. Quatro andares de calcário, com pilares entalhados a mão, varandas e várias chaminés.

— Mas, primeiro, Harry apresentará as notícias da manhã.

CAPÍTULO

58

Estava cedo. Nenhum dos outros hóspedes havia saído de seus quartos, então Izzie podia fazer sua limpeza sem pressa. O hóspede daquele quarto tinha ido embora do hotel, o que significava que tudo precisava ser completamente limpo.

Ligou a televisão, deixando o volume alto o suficiente para que pudesse ouvir enquanto trocava os lençóis da cama de casal. Izzie soltou um gemido enquanto colocava as peças limpas. Seu braço estava doendo muito aquela manhã. Precisava descansar um pouco.

Quanto tempo mais ela agüentaria aquela vida? No dia anterior, de manhã, tinha apenas ido à missa e passado a maior parte do dia dormindo, sem se preocupar em ligar a TV ou abrir o jornal. Depois de ter descansado tanto, ainda se sentia exausta.

Sentando-se na cadeira perto da mesa, Izzie assistiu com satisfação à vista aérea do Cliff Walk, pensando em todas as vezes que ela e Padraic haviam passeado ali, de mãos dadas. Era uma das coisas que eles mais gostavam de fazer, principalmente nos últimos meses, com a doença dele em estágio avançado. Um passatempo tão calmo e revigorante, totalmente gratuito. O preço ideal para o orçamento eternamente apertado que eles tinham.

Sentou-se na beira da cama e assistiu a mais um pouco, mas, quando a imagem aérea de Newport foi interrompida para a apresentação das notícias, Izzie forçou-se a ficar em pé. Não queria ouvir sobre guerra no Iraque ou pessoas se explodindo em Israel. Sentia pena das pessoas daqueles lugares, mas tinha problemas suficientes para resolver. Izzie não queria ficar deprimida. Seu médico sempre dizia a ela que era importante ter pensamento positivo. Dizia que isso ajudaria seu sistema imunológico.

Enquanto afastava a cortina do chuveiro para esfregar a banheira, Izzie ouviu um trecho de uma entrevista que a levou de volta ao quarto.

— Este lugar é conhecido como o Forty Steps, e foi aqui que o corpo de Madeleine Sloane foi encontrado no domingo pela manhã.

Enquanto olhava para a tela, Izzie levou a mão ao peito, do lado onde o coração batia, do lado onde seu seio já estivera. A foto da escadaria de pedra e das ondas quebrando nelas fora tirada de cima e as imagens estavam um pouco tremidas. Izzie olhava com atenção quando a câmera mudou e aquela bela Constance Young reapareceu na tela.

— Professor Gordon Cox, nosso historiador da KEY News, foi uma das últimas pessoas a ver Madeleine Sloane viva na noite de sábado. Obrigada por estar aqui conosco, professor.

Gordon Cox fez um movimento de cabeça e tinha uma expressão solene em seu rosto. Solene ou contrariada; Izzie não soube dizer ao certo.

CAPÍTULO

59

O professor sabia, para seu desprazer, que a câmera o focalizava e sentia-se desconfortável com as perguntas que estavam sendo feitas, contrariado por ter sido chamado como um substituto de última hora para preencher a promessa sensacionalista de Linus Nazareth.

Não era o que tinha aceitado fazer, Gordon pensou enquanto conversava com Constance Young no topo do Forty Steps. Achou que fosse falar sobre a história de Newport, uma de suas áreas de especialidade profissional — e não comentar sobre o desaparecimento de Charlotte ou descrever os últimos momentos de Madeleine.

Gordon pigarreou. — Bem, Madeleine parecia estar muito bem, na minha opinião, levando-se em consideração que ela tinha descoberto há pouco que os restos mortais encontrados no túnel dos escravos de Shepherd´s Point eram de sua mãe.

— Há boatos de que Madeleine tinha bebido aquela noite — Constance disse.

Gordon lançou-lhe um olhar zangado. — Todo mundo na festa estava bebendo. Madeleine não parecia estar alterada.

— Se fosse dar um palpite, professor, o senhor diria que Madeleine provavelmente caiu da escadaria ou que foi empurrada?

— Não gostaria de palpitar. Tudo que posso dizer é que Madeleine Sloane era uma jovem muito gentil e sua morte é uma grande tragédia.

Enquanto tirava seu microfone depois da entrevista, Gordon estava queimando por dentro. Porém, sua raiva sumiu quase imediatamente quando se lembrou de um fato muito importante. Shepherd´s Point poderia se tornar domínio da Sociedade de Preservação mais cedo do que imaginara.

Agora, Agatha Wagstaff não tinha mais herdeiros.

CAPÍTULO 60

As segundas-feiras geralmente eram os dias de folga de Mickey, um descanso bem-vindo depois de finais de semana atribulados. Depois da festa dos Vickers no sábado e do casamento da Eisenhower House no dia anterior, ele gostaria de poder dormir até o meio-dia. Mas tinha acertado o relógio para despertar às sete horas, determinado a fazer sua contabilidade.

Apesar de seu negócio estar indo de vento em popa e de poder facilmente contratar um contador para fazer as contas por ele, Mickey não confiava suas finanças a ninguém. Sabia como era fácil mentir e enganar.

Ele rolou na cama, satisfeito em pensar até onde chegara. O garoto criado por seus pais de classe média de Fifth Ward, em Newport, tinha ido além na escala econômica, muito além de seus pais. Quando sua mãe afligiu-se ao ver as notas do filho na Rogers High School, ao término do ensino médio, Mickey ignorou seus pedidos. Não queria fazer faculdade. Até onde Mickey sabia, seriam quatro anos desperdiçados. Queria sair pelo mundo e ganhar dinheiro. No entanto, não foi tão fácil quanto ele pensava. O mundo não o recebera de braços abertos. Logo descobriu como era difícil ganhar dinheiro sem um diploma universitário. Mas era teimoso e orgulhoso. Não admitiria que seus pais tivessem a razão. Mostraria a eles e a todas as outras pessoas que Mickey Hager era alguém que devia ser levado a sério.

E conseguira. Sua casa era maior, seus carros eram mais novos e suas contas bancárias, mais gordas do que as de seus pais jamais haviam sido. O Seasons Clambakes estava tendo muito lucro e o serviço requintado de bufê estava progredindo também. Mickey lembrou-se com satisfação do trabalho que aconteceria quarta-feira, o evento formal de caridade que seria realizado na The Elms. Todas as pessoas consideradas importantes em Newport estariam presentes para testemunhar o que sua empresa era capaz de fazer. Depois daquela festa, Mickey tinha certeza de que o céu seria o limite para sua empresa.

Sua mão procurou o controle remoto no criado-mudo. Mickey mirou e apertou o botão em direção à TV de plasma instalada dentro da parede na frente de sua cama. A fita da entrevista de Madeleine Sloane estava sendo mostrada, o rosto da jovem aparecia, grande e nítido, e ela falava na ampla tela:

— Se a polícia tivesse encontrado o corpo de minha mãe antes, talvez tivessem mais pistas que pudessem investigar para descobrir o verdadeiro assassino. Mas digo uma coisa: meu pai não matou minha mãe. Tenho certeza disso.

Mickey ouviu os apresentadores do *KTA* especularem a respeito das possíveis ligações entre as mortes de mãe e filha. O que importava, depois de tanto tempo, quem era o assassino de Charlotte Sloane? Tudo que Mickey sabia é que era um alívio Charlotte ter sumido logo depois de ter descoberto seu esquema no clube, antes que tivesse a chance de denunciá-lo. O dinheiro que pegara daqueles esnobes cheios de pompa havia sido a semente do Seasons Clambakes.

CAPÍTULO

61

Grace observou por um monitor a previsão do tempo em todo o país dada por Caridad Vega, direto do estúdio em Nova York. Enquanto isso, o cabelo e a maquiagem de Constance eram retocados, e Harry jogava uma partida improvisada de taco com os membros da equipe. Bater em uma bolinha de borracha com o suporte do microfone ajudava a aliviar um pouco a tensão. A primeira hora do programa de férias de verão não tinha sido nada leve e descontraída.

— Tivemos sangue suficiente na última hora — Linus gritou no gramado. — Agora deixaremos o público mais feliz.

Os apresentadores voltaram para suas posições, tirando os óculos que usavam nos intervalos. O diretor fez sinal para que começassem, e Harry tomou a palavra, anunciando as matérias que seriam apresentadas depois do intervalo comercial:

— No próximo bloco, um passeio pela mansão The Breakers. Mostraremos a vocês a opulência e a glória das construções mais famosas dos Anos Dourados de Newport.

A câmera seguiu Constance e o professor Cox enquanto passavam pelas abóbadas elegantes do Great Hall. A folha e o fruto do carvalho apareciam várias vezes nas placas do raro mármore italiano. Havia um único candelabro de bronze pendurado no teto altíssimo, e esse teto era pintado para representar a vista que um pátio aberto teria — um céu azul. No fundo da sala, paredes de vidro se abriam para mostrar um pórtico perto do mar.

Eles e os telespectadores visitaram a Sala de Música, a Sala da Manhã, a Sala de Bilhar, a Sala de Café-da-Manhã e passaram mais tempo na Sala de Jantar, o cômodo mais imponente e decorado da casa. Com um pé-direito equivalente a dois andares, uma dúzia de pilares de alabastro salmão. O teto abobadado era entalhado e ornamentado com uma pintura a óleo de Aurora, a deusa do amanhecer. Dois candelabros Baccarat, cada um deles composto por milhares de bolas e contas de cristal, ficavam sobre a mesa de cedro mediterrâneo e carvalho ao estilo do século XVI.

— Esta mesa poderia ser alongada para acomodar trinta e quatro pessoas — Gordon disse.

— Minha nossa — Constance disse, olhando para cima e para os lados. — Eles deviam precisar de muitos empregados para cuidar deste lugar. Não consigo me imaginar tendo que limpar esses candelabros sozinha.

— Vamos subir para ver os quartos? — Gordon sugeriu.

— Sim. Vamos lá.

Uma larga e comprida escada com grades de bronze, decorada cuidadosamente com um corrimão de latão, levava ao segundo andar. Enquanto os repórteres e o professor subiam os degraus de mármore cobertos por um tapete vermelho, Constance perguntou: — Como eles aqueciam este lugar? Devia custar uma fortuna.

O professor sorriu, feliz em demonstrar seu conhecimento. — Bem, o fato de os Vanderbilt virem para cá basicamente no verão ajudava. Mas um enorme sistema de aquecimento que ficava sob a casa do caseiro ligava-se ao porão da mansão por um túnel. Centenas de toneladas de carvão podiam ser estocadas de uma só vez na sala da caldeira.

CAPÍTULO

62

Sua cabeça latejava de dor, de um jeito nunca antes sentido. Sam usou toda a força que tinha para abrir seus olhos. Mas, depois de todo o esforço, não viu nada, havia uma intensa escuridão. Será que estava cego?

O chão sob seu corpo estava frio e úmido, e sentiu o cheiro de bolor. Seu cérebro cansado tentou, em vão, organizar o caos de seus sentidos. Onde estava? O que tinha acontecido?

Nenhuma resposta lhe ocorreu antes de voltar a desmaiar.

CAPÍTULO

63

Elsa desligou a televisão e enrolou o robe de seda ainda mais em seu corpo. Assistir ao noticiário tinha sido um erro. Agora se sentia ainda pior.

Cancelar sua caminhada matinal também fora uma má idéia. Deveria ter saído para andar perto do mar, procurando os passarinhos gloriosos. A combinação de brisa do mar, exercício físico e seus queridos de penas sempre fazia com que ela se sentisse melhor.

Mas nada a faria sair de casa naquela manhã, não quando Oliver finalmente estava em sua cama.

Ele estava dormindo no andar superior, finalmente, após uma noite de tristeza, sofrimento e choro pela morte de sua filha. Não era como gostaria que as coisas tivessem acontecido, mas Elsa teria Oliver do jeito que conseguisse. Se ele tinha de ir até ela para encontrar conforto para sua angústia, era ainda melhor do que não tê-lo de nenhum outro jeito.

Ela foi para a cozinha, cortou uma laranja ao meio, tirou seu suco com um espremedor e o despejou em um copo pequeno. Enquanto o mingau de aveia era preparado sobre o fogão, Elsa lavou algumas amoras e picou um pouco de nozes para jogar por cima. Um bom e nutritivo café-da-manhã faria com que seu amante se sentisse mais disposto.

Aquela era sua tarefa agora. Ajudar Oliver a superar aquela terrível perda. Fazê-lo sentir-se inteiro outra vez. Fazer com que ele visse que a vida ainda valia a pena ser vivida.

Com ela.

Equilibrando a bandeja com o café-da-manhã, Elsa abriu a porta de seu quarto, tentando não fazer nenhum barulho. Mas, lá dentro, não havia ninguém para acordar. Sua cama estava vazia, e os lençóis, bagunçados.

Pôde escutar o barulho da água no banheiro. Elsa bateu levemente na porta fechada. — Oliver, querido, preparei um café-da-manhã para você.

Ele apareceu com os olhos vermelhos, o cabelo desgrenhado. Seu príncipe ferido, torturado por seus demônios.

— Não vou conseguir comer nada.

— Você precisa, meu querido — Elsa pediu. — Os próximos dias não serão fáceis. Você precisa manter a força.

— Que força, Elsa? — Oliver suspirou. — Não tenho mais força alguma, nenhuma razão para continuar vivendo.

Elsa sentiu-se machucada por dentro, incomodada por essa ferroada. Mas, no fim e devagar, o tempo curaria essa ferida.

— Os pais perdem seus filhos e seguem em frente, Oliver — ela disse com delicadeza.

Ele virou-se para ela e disse, com uma ponta de satisfação: — Só alguém que nunca teve filhos pode dizer uma coisa dessas.

CAPÍTULO

64

Apesar de tudo, Linus ficou contente com o primeiro programa. Eles tinham sobrevivido à ausência de Sam, e graças àquela outra estagiária, que tinha pensado rapidamente, tinham conseguido colocar o professor Cox como substituto para falar sobre a última noite de Madeleine. Torceu para que as pessoas em casa não tivessem percebido.

Mas Linus ainda se irritava ao pensar em Sam. Aquele maldito garoto, se voltasse a aparecer, podia se despedir de sua carreira com a KEY News. E pensar que, na noite anterior, estivera decidido a dar a vaga a Sam.

Sentindo os raios de sol ficando mais fortes, o produtor-executivo tirou a tampa da garrafa e tomou um longo gole de água. Secou as gotas de suor de sua testa com o antebraço e olhou ao redor.

Lá estava ela, juntando os scripts dos apresentadores. Grace Callahan.

Ela era mais velha que os outros, mais madura. Isso era bom. Grace pensava de maneira realista. Não se apavorava diante de um problema. Ele deveria dar mais tarefas a ela e ver se Grace tinha os quesitos necessários para fazer parte da equipe permanente do *KTA*.

CAPÍTULO 65

Se aquilo era o que a KEY News considerava uma testemunha ocular, então eles eram muito ruins, Tommy pensou. *Esperamos a entrevista com uma testemunha que não apareceu.*

O policial James e o detetive Manzorella tinham assistido, fora do alcance da câmera, ao programa inteiro, esperando para ver se o professor Cox seria o único convidado a falar sobre o que acontecera a Madeleine Sloane na noite de sua morte. Para Tommy, a única vantagem de ter passado duas horas na The Breakers aquela manhã tinha sido a chance de olhar Joss enquanto ela fazia algumas tarefas.

— Não acredito que eles vão deixar as coisas assim — ele disse enquanto os dois saíam pelos portões de ferro. — Eles fizeram o público pensar que entrevistariam alguém que tivesse visto a garota morrendo.

— É assim que eles fazem, Tommy. Fazem com que pensemos que têm alguma coisa interessante, mais sensacional do que realmente têm. Atiçam os telespectadores para terem audiência. — O detetive deu um tapinha no ombro de Tommy. — Mas não se preocupe, cara. Vamos pôr as mãos no nosso homem, de um jeito ou de outro.

CAPÍTULO

66

Rusty dormiu até meio-dia, um sono profundo e exausto. Não havia nenhum motivo para acordar mais cedo. Ninguém mais vinha fazer tatuagens de manhã. Rusty tinha se adaptado a abrir a loja no final da tarde para trabalhar até a meia-noite, para atender os clientes que chegavam depois de criar coragem tomando umas bebidas antes.

Abriu a cortina, fechando os olhos por causa da claridade que entrava em seu pequeno quarto. Aquele seria um dia muito quente.

Seu estômago roncou, fazendo com que se lembrasse de que não tinha jantado na noite anterior. Rusty vestiu um short e calçou mocassins, sem se importar em vestir uma camiseta limpa. Sairia apenas para comprar o café-da-manhã e um jornal, e logo estaria de volta. Tomaria um banho e trocaria de roupa mais tarde.

A calçada já estava esquentando. Conseguia sentir o calor entrando pela sola de seus sapatos enquanto subia a Broadway e entrava em uma loja de conveniência. Pegou um exemplar do *The Newport Daily News* e esperou sua vez na fila para fazer o pedido.

A primeira página do jornal estava tomada pela manchete da morte de Madeleine Sloane. A polícia ainda não tinha certeza se o caso tratava-se de um assassinato, de um suicídio ou de um acidente. Enquanto Rusty virava as páginas, prendeu a respiração ao ver a foto da mãe de Madeleine, Charlotte, em um vestido de festa na noite em que foi vista pela última vez.

Sim, Charlotte estava linda naquela noite, apesar de transtornada. Uma dama em apuros, em busca de um cavaleiro para salvá-la. O carro do almirante servira como o cavalo branco.

— O que vai querer, Rusty?

— Café, com dois torrões de açúcar, Joey, e um pão com manteiga. Você ainda tem sementes de papoula? — Rusty tirou os olhos do jornal e sorriu para o rosto familiar do outro lado do balcão. Mas Joey não estava sorrindo também. Estava olhando fixamente para a camiseta de Rusty.

Rusty olhou para baixo e viu o sangue seco espalhado no tecido branco.

— Acidente de trabalho — disse, dando de ombros.

CAPÍTULO

67

Depois de se fartarem com um almoço regado a cheeseburgers e batatas fritas sequinhas no Brick Alley Pub, Grace e B. J. atravessaram a Thames Street e dirigiram-se à visita marcada que tinham com Kyle Seaton, em sua loja de *scrimshaw* em Bowen´s Wharf. A placa entalhada sobre a entrada do estabelecimento indicava que Kyle dedicava-se àquele negócio, naquele mesmo lugar, há vinte e cinco anos.

Dentro da loja, caixas de vidro continham as peças de *scrimshaw* de vários tamanhos e com várias funções. Bengalas e cabos de guarda-chuva, abridores de envelopes, abotoaduras, brincos, presilhas e pulseiras, todos entalhados e arrumados sobre um veludo preto. Grace pegou um peso de papel no balcão, acreditando que aquela seria uma boa lembrança para dar a seu pai. Virando-o, soltou um assovio baixo ao ver o preço.

— Isto é dente de baleia, evidentemente — disse o entalhador, aproximando-se deles. — E, como tenho certeza de que vocês sabem, o Ato das Espécies Ameaçadas de Extinção de 1973 proíbe que consigamos material hoje em dia. Por isso estas peças antigas são muito caras.

— É lindo — Grace disse, devolvendo com delicadeza o peso de papel para seu lugar original. — Então todas estas peças são feitas com dente de baleia?

— Marfim de baleia e elefante, em sua grande maioria. Também tenho um pouco de marfim de leão-marinho, feitos pelos esquimós. Os baleeiros norte-americanos do século XIX no Ártico pegaram centenas de quilos de marfim de leão-marinho, e grande parte dele entrou no mercado na forma de bengalas e cabos de facas, que vocês podem ver nas vitrines.

Grace e B. J. olharam na direção indicada por Kyle.

— Não há problema de eu filmar tudo isso, não é?

— Fique à vontade — Kyle respondeu. — Há algumas pontas de bengalas e saca-rolhas feitos com presas de javali logo ali. — Kyle fez um movimento de cabeça indicando uma caixa nos fundos da loja. — Tenho até algumas peças feitas com presas de hipopótamo. O marfim do hipopótamo é o mais duro de todos, e o mais raro. Como as presas são muito duras, raramente eram usadas para *scrimshaw*, exceto pelos artistas mais determinados.

— Isso é maravilhoso — B. J. disse, levantando sua câmera e filmando o que via. — Teremos muito material gravado para a matéria de amanhã. Constance e Harry abrirão a reportagem com o senhor, e o senhor dará uma demonstração de como o trabalho de *scrimshaw* é realizado.

— E quanto tempo, exatamente, teremos? — Kyle perguntou, olhando para B. J. por cima de seus óculos de leitura. — Esqueci de fazer essa pergunta quando conversamos por telefone.

— Dois minutos, mais ou menos.

Kyle olhou para B. J. com desdém. — Fora de cogitação. Você há de convir que não conseguiremos fazer quase nada num espaço de tempo tão ridiculamente curto. A técnica de entalhe decorativo em ossos e marfim é uma arte precisa, com muitos detalhes.

— Talvez eu consiga fazer com que eles aumentem para três minutos. Ajuda? — B. J. perguntou.

— Quase nada — Kyle disse.

— Tenho uma idéia — Grace sugeriu. Os dois homens olharam para ela e esperaram.

— Na pesquisa que fiz, descobri que há muito espaço no mercado para o *scrimshaw* falso — disse, e fez uma pausa. — *Fakeshaw*, acho que é assim que o chamam. São peças de plástico. Plástico que parece marfim.

— Sei sobre isso — Kyle disse, cerrando o cenho. — Porcaria sem valor.

— Bem, gostando disso ou não, esse é o *scrimshaw* que a maioria das pessoas compra. O tipo de peça que elas podem conseguir por dez ou vinte dólares em uma loja de presentes.

— E aonde você deseja chegar? — Kyle olhou para Grace como se ela fosse um inseto.

— E se, na reportagem ao vivo, o senhor mostrasse como podemos fazer para distinguir o *scrimshaw* falso do verdadeiro? Isso poderia ser muito interessante para nossos telespectadores. Todo mundo sonha em encontrar um tesouro em uma venda de garagem ou leilão. Vamos mostrar a eles como confirmar se aquela peça de *scrimshaw* que encontraram em uma promoção é verdadeira.

B. J. assentiu com entusiasmo. — Gostei dessa idéia. Vamos fazer isso mesmo.

Kyle ficou sem ação.

Antes de saírem da loja, B. J. mudou de assunto. — Grace me contou que o senhor estava na festa na noite em que Charlotte Sloane desapareceu.

— Sim, eu estava — Kyle parecia quase desafiador.

— E também estava na festa na noite em que Madeleine Sloane foi morta — B. J. prosseguiu.

— E o que você quer dizer com isso? — Kyle disse sem pestanejar.

— Apenas uma observação. O senhor tem alguma idéia do que aconteceu com uma delas, ou com as duas?

— Não, não tenho — Kyle respondeu de forma breve. — Mas estou pensando o que farei com a peça de *scrimshaw* que Madeleine tinha encomendado para o aniversário de seu pai.

CAPÍTULO 68

O detetive Manzorella jogou o relatório do laboratório sobre sua mesa.

A rachadura no crânio de Charlotte Sloane mostrava que aquele trauma provavelmente fora a causa da morte. Gotículas microscópicas de seu sangue tinham sido encontradas na pá de ferro da lareira que havia sido enterrada no túnel junto com seu corpo. Mas nenhuma impressão digital foi identificada.

Isso não era uma surpresa. Em uma superfície dura e não porosa como o ferro, uma impressão digital mal durava quatorze dias, que dirá quatorze anos. Mas em superfícies absorventes, como papel, impressões digitais deixadas há décadas podiam ser detectadas.

A pá não os levaria ao assassino de Charlotte. Podiam ter a arma do crime, mas ainda não existia prova conclusiva que indicasse o culpado.

CAPÍTULO

69

Quando Grace e B. J. voltaram para o hotel, a redação do telejornal estava quase vazia.

— Aposto que todo mundo está na praia, pegando um sol — B. J. reclamou. — Mas que droga, eu tenho que preparar o roteiro, mostrá-lo a Constance e Harry, e editá-lo.

— Vivendo a vida intensamente, Beej — Grace brincou.

O produtor balançou a cabeça, sorrindo. — Você deveria sair e se divertir. Afinal de contas, não está sendo paga para isto.

Grace deu de ombros. — Há muito tempo não tenho mais essa fascinação pelo sol, e os outros estagiários não me procuram muito, ou você não percebeu?

— Por falar nos outros estagiários, queria saber se Sam teve a coragem de aparecer. — B. J. olhou ao redor na sala.

Nada de Sam. Nada de Joss. Nem de Zoe.

Enquanto B. J. abria seu laptop para começar a elaborar o texto da matéria do *scrimshaw*, Grace foi até a mesa da recepção. Mais uma vez, Beth Terry mantinha-se em seu posto, dessa vez comendo um bolinho de chocolate de uma caixinha.

— Beth, o Sam deu algum sinal de vida?

— Nenhum.

— Você acha que deveríamos chamar a polícia?

— Sim, Grace, é o que acho. Mas Linus diz que devemos esperar um pouco. E ele é o chefe.

CAPÍTULO

70

Joss Vickers não estava na praia. Entretanto, quando passou pelas pesadas portas do Departamento de Polícia de Newport e sentiu o ar quente do final da tarde, estava se sentindo bem consigo mesma. Tinha trocado o prazer imediato de um mergulho refrescante no Atlântico por um objetivo mais importante.

Ao atravessar a rua, Joss bateu a mão no bolso de trás de seu short, contente ao pensar no que havia dentro dele. Tivera de prometer jantar com Tommy para conseguir o que queria, mas tinha valido a pena. Mesmo Tommy tendo dito que tiraria uma foto deles para Joss, ela insistira em vê-los com seus próprios olhos. As evidências que a polícia não revelaria ao público. Um lenço de seda e um único brinco que tinham sido encontrados junto com os ossos de Charlotte Sloane. Os dois estavam em boas condições, protegidos todos aqueles anos, guardados no bolso do vestido de Charlotte.

Tommy não tivera coragem de retirar o brinco e o lenço da delegacia, mas os pegara da sala de evidências e os mostrou a Joss na sala dos policiais. Ele ficou na porta, apenas por prevenção, mas eles tinham tempo de sobra. Ninguém pararia para tomar um café em um dia quente como aquele.

Joss entrou no Mercedes verde, virou a chave no contato e ligou o ar-condicionado. Vasculhou sua bolsa Kate Spade, encontrou uma presilha e prendeu seu longo cabelo, deixando o pescoço livre. Enquanto o vento gelado começava a circular dentro do carro, ela tirou a folha de papel dobrada de seu bolso, a abriu e começou a analisar os rabiscos que rapidamente tinha feito.

Um disco dourado, um pouco menor do que uma moeda de vinte e cinco centavos, cheio de diamantes, como se fosse um relógio. Gravadas em letras minúsculas estavam as palavras "O TEMPO PASSA. O AMOR FICA". O lenço era de seda, verde-limão. Ela precisava se certificar de que lembraria o tom.

Agora Joss sabia o que a polícia sabia, era o que tinha garantido Tommy. Ela tinha lido o diário de Charlotte e visto o brinco e o lenço. Ainda não tinha certeza de como poderia usar as provas, mas sentia-se poderosa, sabendo coisas que a população comum não ficaria sabendo. No mínimo, poderia dar essas informações a Linus e impressioná-lo. Mas isso seria sua última opção, se não conseguisse pensar em mais nada. Se conseguisse encontrar o assassino ou os assassinos da mãe e da filha da família Sloane, Joss conseguiria um emprego onde quisesse. Talvez priorizasse a KEY News, talvez não.

Entrando na Broadway, Joss sorriu, pensando em como seria legal ser uma repórter investigativa. Mas sua expressão ficou séria ao avistar Grace andando pela calçada. Joss não buzinou nem acenou. Em vez disso, sentiu uma onda de suspeita e inveja ao ver a concorrente entrar no Departamento de Polícia.

Joss pegou o celular da bolsa e ligou para Tommy. Ele ficaria de olho em Grace para ela.

CAPÍTULO

71

O detetive Manzorella arrumou sua gravata de listras claras enquanto acompanhava Grace até uma pequena sala de reuniões. O lugar era vazio, exceto por uma mesa, quatro cadeiras e um grande espelho na parede.

— Sente-se — ele disse, indicando a cadeira do outro lado da mesa de metal. — Em que posso ajudar?

— Sei de algo importante que talvez possa ajudá-lo na investigação das mortes de Charlotte e Madeleine Sloane. — Grace cruzou as mãos sobre a mesa diante dela. — Conversei com Madeleine na noite em que ela morreu.

— Você era amiga dela? — Os olhos do detetive observaram o rosto de Grace.

— Não. Bem, sim, acho que eu era, ou poderia ter sido — Grace atrapalhou-se com as palavras. O detetive iria pensar que ela era uma louca.

— Deixe-me começar novamente — Grace pediu, respirando fundo. — Conheci Madeleine no sábado, no dia em que os restos mortais de sua mãe foram identificados. Estou aqui com a KEY News, fazendo um estágio no *KEY to America*. Nós fomos até Shepherd's Point para ver o que conseguíamos a respeito do caso de Charlotte Sloane, e foi então que encontrei Madeleine.

— Quem é *nós*? — O detetive escrevia em seu bloco de anotações.

— Um produtor da KEY chamado B. J. D'Elia e eu — ela respondeu, torcendo para não estar envolvendo B. J. naquilo. Não tinha sequer dito a ele que iria à polícia, muito menos como sua conversa com Madeleine na noite da festa tinha sido. Grace tinha prometido manter aquela conversa em sigilo, mas as coisas eram diferentes agora. Naquele momento, os princípios de Grace a levaram até ali, às autoridades. Era seu dever de cidadã. Precisava contar o que ouviria à polícia. Com Madeleine morta, não havia mais nenhum segredo, principalmente se o que Grace sabia pudesse ajudar a descobrir o que havia acontecido à jovem.

— Prossiga — o detetive Manzorella pediu.

— Bem, conversamos um pouco em Shepherd's Point e acho que posso dizer que nos demos bem. Tínhamos algo em comum. Nós duas sofremos pela morte de nossas mães.

— Sinto muito.

— Obrigada. — *Sim,* Grace pensou, *minha mãe aprovaria o fato de eu ter vindo falar com a polícia. É a atitude correta a ser tomada.* Respirou fundo e continuou: — Bem, Madeleine nos concedeu uma rápida entrevista. Tinha certeza de que seu pai não é o assassino de sua mãe.

O rosto do detetive Manzorella manteve-se inexpressivo enquanto ouvia. Oliver Sloane fora o principal suspeito todos aqueles anos, apesar de não haver provas suficientes para incriminá-lo. O fato de Charlotte ter ido para Shepherd's Point na noite de seu sumiço, em vez de Seaview, o lugar onde morava com seu marido, fez com que todo mundo pensasse que ela pudesse estar fugindo de Oliver.

Desde a morte de Madeleine, a maioria dos investigadores na delegacia começou a acreditar cada vez menos na culpa do marido. Se as duas mortes estavam mesmo relacionadas, era difícil de aceitar a idéia de um pai matar a própria filha.

Mesmo assim ele não podia ser descartado, e Al queria que ele continuasse na mira. Apesar de não ter ido àquela festa, seria muito fácil para Oliver aproximar-se de Madeleine no Forty Steps.

— O motivo que me trouxe aqui é para lhe contar a conversa que tive com Madeleine na festa aquela noite. — Grace fez uma pausa enquanto torcia suas mãos sobre a mesa. — Ela tinha bebido bastante e estava falando comigo sem qualquer inibição.

— O que ela disse?

— Ela disse que sentia que, no fundo, podia saber quem matou a mãe dela.

O detetive lançou um olhar penetrante a Grace. — O que você quer dizer com "no fundo"?

— Madeleine disse que andava tendo sonhos que remetiam à sua infância e à noite em que Charlotte foi vista pela última vez.

— E?

— E os sonhos estavam se tornando mais reais.

Grace disse tudo que conseguia se lembrar sobre a conversa. A garotinha acordando e vendo a mãe escrevendo em seu diário. O único brinco guardado dentro do bolso de seu vestido. Madeleine sendo levada para sua cama, levantando-se outra vez e escutando sua mãe falar ao telefone. Seguindo-a até o portão para encontrar-se com a pessoa com quem Charlotte conversara ao telefone, os faróis do carro escondendo o motorista, a princípio.

— Mas Madeleine sentia que mais coisas estavam surgindo — Grace finalizou. — Que logo conseguiria saber quem era o motorista. Será possível que Madeleine havia descoberto quem fora o culpado e ele teve de se livrar dela por causa disso?

Grace recostou-se na cadeira, com toda a história relatada. Do outro lado da parede, o policial Tommy James observava pelo espelho. Escutara toda a conversa.

CAPÍTULO

72

Kyle decidiu fechar a loja um pouco mais cedo. Por ser o dono do estabelecimento, tinha a liberdade de fazer isso. Gostava de poder fazer o que quisesse. Agora que Cloris o deixara, estava mais livre do que nunca.

Gostava de estar solteiro outra vez, e com certeza não sentia saudade das reclamações constantes da esposa. Ela exigia coisas dele que ele não queria e não estava disposto a dar. Ela sempre reclamava por sua falta de atitude na cama, nas discussões, nas emoções, em tudo. Cloris sempre perguntava o que estava acontecendo, insinuando que ele escondia coisas dela. Kyle não sentia a menor falta da insistência com que ela o perturbava.

Passando a tranca na entrada, ele olhou para a loja com satisfação. O negócio ia bem, muito mais lucrativo desde que fizera seu website, expandindo sua carteira de clientes no mundo inteiro. Os clientes o encontravam; não precisava mais ir atrás deles. E isso era muito bom, já que Cloris estava acabando com o dinheiro dele com a pensão. Graças a Deus ela nem imaginava que ele tinha mais dinheiro guardado.

Sim, a vida tinha sido muito boa nos últimos anos, mas isso estava mudando agora. A descoberta dos ossos de Charlotte e a morte de Madeleine estavam colocando a população local em pânico e intrigando a imprensa. A visita daqueles dois funcionários da KEY News o deixara irritado. Ficou ainda mais nervoso quando aquela Grace Callahan tinha bancado a espertinha, sugerindo que fosse feita a demonstração para a identificação de peças falsas. A idéia de correr o risco de envenenar-se com o próprio veneno não o agradava. Mas, agora, o que faria? Recusar o pedido poderia levantar a desconfiança das pessoas com relação a ele. Teria de seguir em frente e fazer o que tinham pedido na manhã seguinte, e torcer para que tudo desse certo.

A polícia era pressionada para resolver os casos, e Kyle estava preocupado com isso também. Se os agentes o confrontassem, não queria ser visto com nenhuma prova incriminatória.

Estava na hora de separar o joio do trigo. Kyle foi de vitrine em vitrine, selecionando as peças de plástico perfeitamente feitas e retirando-as, reorganizando os objetos de *scrimshaw* legítimos para cobrir os claros no veludo negro.

Estava na hora de fazer uma limpeza.

CAPÍTULO

73

Sua cabeça latejava. Quando Grace voltou para o hotel, depois de ter ido à delegacia, seguiu direto para seu quarto, sem nem ao menos parar na redação para ver o que estava acontecendo. Queria tomar um banho e deitar.

Quando abriu a porta do quarto, soltou um gemido ao perceber a luz vermelha que indicava a existência de mensagens na secretária eletrônica piscando no telefone ao lado de sua cama. Fosse quem fosse, ela não estava com vontade de conversar. Nem mesmo com Lucy e, certamente, com ninguém que quisesse pedir alguma tarefa ou favor para a KEY News. Precisava de um pouco de descanso.

Despiu-se, tirando sua camiseta molhada de suor e a saia jeans que tinha colocado na mala no último minuto. Desejou que tivesse trazido outra. Talvez, depois de um cochilo, ela fosse até a Loja Talbots que tinha visto mais para cima, na rua do hotel, ou até a Gap, que sabia que ficava na parte baixa da rua, na America´s Cup Avenue, para ver o que tinham para vender. Definitivamente precisaria de uma calça cáqui para trabalhar naquela semana.

Grace entrou no pequeno banheiro e procurou pelo frasco de Advil em seu *nécessaire*. Engoliu três comprimidos com a ajuda da água da torneira da pia, que bebeu de sua mão em forma de concha. Abriu a cortina do chuveiro e ajustou a temperatura para morna. Ficou em pé sob a ducha, deixando que a água batesse contra seu couro cabeludo. Depois de cerca de dez minutos, começou a sentir certo alívio.

Enrolou uma toalha de banho no corpo e outra, menor, na cabeça, foi para a cama e afastou a colcha. Grace soltou um suspiro de prazer enquanto ia para baixo dos lençóis frescos e brancos.

Mas a luz do telefone continuava piscando, insistindo para que ela ouvisse as mensagens. Pegou o telefone, apertou uma tecla e sorriu ao ouvir B. J. Sua voz demonstrava certo nervosismo:

"Oi, Grace. Sou eu. Bartolomeo Joseph. Estou acabando de editar a matéria que fizemos sobre *scrimshaw* e cheguei à conclusão de que trabalhamos demais hoje. Precisamos nos divertir um pouco. Então pensei que, se você não tiver outros planos, talvez gostasse de sair para um jantar gostoso. Que tal um pouco de sushi no Candy Store? Depois, acho que poderíamos ir até o Bannisters Wharf ouvir um pouco de música e dançar também. Sei que eu adoraria fazer tudo isso. Espero que você também. Me ligue no meu celular."

Parecia mesmo um encontro. Ela não adorava peixe cru, mas a idéia de passar uma noite sozinha com B. J. fez Grace esquecer sua dor de cabeça.

O Candy Store sempre fora o local preferido do pessoal da Marinha de Newport há várias gerações. A sala de jantar dava para o porto e para a baía de Narragansett, com uma grande barra em toda a extensão do lugar. Uma grande e antiga lancha ficava presa à parede atrás do bar, tomando um grande espaço.

O *maître* os levou a uma mesa no canto, perto da parede do fundo. Grace percebeu que todas as outras mesas estavam ocupadas.

— Este lugar deve ser bom — ela disse enquanto colocava o guardanapo sobre seu colo.

— É. Ouvi dizer que é um dos lugares "obrigatórios" para se visitar em Newport — B. J. respondeu. — Espero que faça jus à sua fama.

Enquanto aguardavam a chegada do vinho, Grace queria tirar aquele peso de suas costas. Ficaria aliviada ou estragaria a noite, mas sabia que precisava contar a B. J. a respeito de sua ida à delegacia. Não só para dizer que tinha citado o nome dele, mas também para contar suas preocupações. Mas lembrou-se de tomar cuidado para que ele não pensasse que ela estava se apoiando demais nele.

— A você, Grace — ele disse, erguendo o copo na direção dela. — Você tem deixado meu trabalho muito mais agradável.

Tentando decifrar o significado do brinde, Grace sorriu quando os copos se tocaram. Talvez aquilo não fosse um encontro. Talvez fosse apenas um jantar de dois colegas de trabalho. Ela esperava que não fosse só isso. Estava se sentindo cada vez mais atraída pelo homem que estava sentado à sua frente. Não era apenas atração física, apesar da beleza de B. J., com seu rosto bem desenhado. Seu rosto com certeza chamava a atenção. Mas ele também era inteligente e sofisticado e, ainda assim, realista. Não se levava muito a sério. Bem diferente de Frank.

— Vamos olhar o menu?

— Sim — Grace assentiu. — Mas você vai precisar me ajudar. Não entendo muito de sushi. — Nossa, ela estava parecendo Jan, submissa a Frank. Por dentro, ela se repreendeu e se beliscou debaixo da mesa.

— Que tal se experimentarmos um pouco de tudo, então? — B. J. sugeriu.

Grace olhou por cima do menu. — Estou dentro, mas vou passar esse "Rolinho de Enguia Dançante".

— Tudo bem. — B. J. riu enquanto o garçom se aproximava para anotar o pedido. — Vamos querer atum assado com molho ponzu e a salada de caranguejo, lula, marisco e camarão ao molho kimchi como entrada, e um combinado para duas pessoas de rolinhos Califórnia, sushi e sashimi.

Enquanto tomava sua segunda taça de vinho, Grace disse: — Fui falar com a polícia hoje, B. J.

Seus olhos castanhos arregalaram-se um pouco. — Sobre o quê? Você disse a eles que Sam está desaparecido?

— Não, não achei que cabia a mim fazer isso, apesar de que, se Sam não aparecer logo, alguém vai precisar tomar essa providência. — Ela balançou a cabeça. — Não, fui contar a eles uma coisa que pode ajudá-los na investigação da morte de Madeleine Sloane.

— Não entendi. O que você disse a eles?

B. J. ouviu com atenção enquanto Grace descrevia a sua conversa com Madeleine na festa dos Vickers.

— Uau — ele disse quando ela terminou. — Se Linus soubesse que você sabia de tudo isso e que preferiu contar à polícia primeiro, ficaria maluco. Isso é o tipo de coisa pela qual ele faria o que fosse preciso para mostrar no programa.

— Não vou contar a Linus, B. J. Não tenho o menor interesse em ser entrevistada no *KEY to America* para contar as coisas que Madeleine me confidenciou. Foi uma conversa particular, e não pretendo me aproveitar dela. Só contei à polícia porque achei que eles deveriam saber. Pode ajudar na investigação.

Ele sorriu admirado, esticou o braço e cobriu a mão dela com a dele.

— Você é uma pessoa bacana, Grace Callahan. Não sei se essa atitude vai te render pontos neste emprego, mas eu te admiro por agir assim.

Grace ficou assustada com a emoção que sentiu ao toque de B. J., uma sensação vagamente familiar, sentida agora, outra vez, excitante e vívida. Os últimos anos de seu casamento com Frank haviam sido sem um pingo de paixão. Há muito tempo não era tocada por um homem — isso sem contar os abraços que sempre ganhava de seu pai. Grace não queria cortar o clima, mas, antes que as coisas avançassem, precisava contar a B. J. que mencionara seu nome. Não devia ter muita importância, mas era impossível prever como uma pessoa reagiria ao saber que a polícia estava envolvida. Grace morreria de medo de falar com Frank sobre algo desse tipo. Ele nunca quis se envolver em nada que tivesse qualquer chance de lhe causar problemas ou complicações.

— O detetive me perguntou quem estava comigo quando fui a Shepherd's Point — disse, com delicadeza. — E eu contei a eles que era você.

— Sem problemas. Deixe que eles venham conversar comigo se quiserem, Grace. Não tenho nada a esconder. — E apertou ainda mais a mão dela.

Uma banda estava tocando no cais quando B. J. e Grace saíram do restaurante. Envolvida na inebriante atmosfera de clima tropical, brisa agradável e sua companhia para aquela noite, Grace aceitou o convite de B. J. para outro drinque.

— Você acha que eles servem piña colada? — ela perguntou.

— Seu desejo é uma ordem — B. J. disse, fazendo uma reverência. — Eu mesmo vou preparar uma se não tiverem.

Enquanto ele ia ao bar para pegar as bebidas, Grace debruçou-se na barra perto da água e ficou observando o movimento. As pessoas estavam muito alegres, dançando e rindo sob as estrelas; algumas passeavam pelo cais, parando para ver as vitrines das lojas. Em todas as partes havia uma sensação de bem-estar e tranqüilidade, e Grace sentia-se com sorte por fazer parte de tudo aquilo. Naquela noite ela formava com B. J. um casal aproveitando as férias de verão.

Ela viu um homem e uma mulher saindo de um barco. Grace conseguiu ver as palavras "Lobo do Mar" pintadas em seu casco. Quando o casal se aproximou, ela pôde reconhecer o professor Gordon Cox com uma bela ruiva uns bons trinta e cinco anos mais jovem que ele. Os dois estavam bem próximos quando o professor Gordon viu Grace e rapidamente soltou a mão da moça que o acompanhava. Grace fingiu não ter percebido.

Ela acenou. — Olá, professor. Que legal vê-lo outra vez.

— Ei, olá — ele disse. Grace tinha quase certeza de que ele não lembrava seu nome, e decidiu evitar uma saia-justa para ele.

— Olá, sou Grace Callahan — disse, dirigindo-se à ruiva.

— Prazer em conhecê-la. Sou Judy Hazel.

— Judy é uma de minhas alunas — o professor explicou, um tanto atrapalhado.

— Ah, sim — Grace disse. — Só queria dizer, professor, que o senhor se saiu muito bem hoje de manhã durante o programa.

— Obrigado, Grace. Mas devo admitir que não gostei de ter sido abordado daquela maneira. Não gostei de especular sobre o que pode ter acontecido com Madeleine apenas para resolver um problema daquele seu produtor-executivo.

Grace não contou que ela mesma tinha sugerido aquilo a Linus. Em vez disso, deu outro rumo à conversa: — O que o senhor acha que vai acontecer com o túnel agora?

— Não sei mesmo. — Gordon balançou a cabeça. — Madeleine era a única herdeira de Agatha Wagstaff, então suponho que Agatha entregará a propriedade à Sociedade de Preservação de Newport. Por ora, ela proibiu que qualquer trabalho fosse realizado no túnel. Mas não desisti de convencê-la.

Quando B. J. retornou com a piña colada e seu Rolling Rock, o professor e sua aluna já tinham ido embora. Bebericando seu drinque com sabor de abacaxi, Grace sentiu um pouco da graça da noite diminuir ao lembrar-se de Madeleine e dos entes queridos que a jovem deixara. Seu pai e aquela tia reclusa deviam estar arrasados.

Grace sabia que fora uma das últimas pessoas a conversar com Madeleine antes de sua morte. Achou que poderia mostrar seu respeito dizendo a Oliver Sloane e a Agatha Wagstaff que, na noite em que morreu, Madeleine tinha falado sobre o amor que sentia pelos dois.

Grace e B. J. andaram de mãos dadas pela Thames Street e subiram o monte da Touro Street em direção ao Hotel Viking. Enquanto se aproximavam do hotel, Grace sentiu o coração batendo com mais força, sem saber ao certo como a noite terminaria.

Estavam na entrada do hotel quando o pager de B. J. começou a tocar. Ele o tirou de seu cinto e forçou os olhos para ler a mensagem.

— Droga. — B. J. desligou o aparelho com raiva.

— O que foi?

— Linus quer que eu tire quarenta e cinco segundos da matéria do *scrimshaw*.

— Agora? — Grace perguntou, percebendo a decepção em sua voz.

— Agora.

TERÇA-FEIRA

20 de JULHO

CAPÍTULO 74

Grace assistiu à abertura da segunda edição do *KTA* transmitida de Newport. Constance e Harry estavam sobre uma fortaleza de pedra, oferecendo a si mesmos e aos telespectadores uma ampla e fantástica vista da baía de Narragansett. Harry fez a introdução:

— O Fort Adams de Newport é o maior forte costeiro dos Estados Unidos. Uma obra-prima de engenharia e arquitetura, de 1824 a 1950, o Fort Adams abrigou gerações de soldados norte-americanos, mas agora é a atração de um parque estadual, aberto para o lazer da população.

Constance continuou: — Este parque de trinta e oito hectares é uma das grandes áreas ao ar livre de Newport. Todos os anos os melhores músicos de jazz fazem apresentações no Newport Jazz Festival, realizado ao ar livre diante do forte. Teremos alguns desses músicos conosco hoje. Também os levaremos para conhecer onde nossos soldados viviam e os locais onde as grandes armas já entraram em ação. Entre conosco, se puder, em um dos túneis de escuta sob o forte. Harry e eu também vamos ter uma aula de navegação, e vamos aprender um pouco sobre a arte do *scrimshaw*. Tudo isso e mais, esta manhã, no *KEY to America*.

CAPÍTULO

75

A combinação de vinho e rum da noite passada deixara Grace um pouco zonza e a luz cegante do sol irritou seus olhos. Os músicos de jazz não a deixaram fascinada naquela manhã. O baterista parecia estar batendo com mais força só para deixá-la ainda pior.

Acompanhava cada momento, tentando demonstrar interesse no que acontecia, com vontade de fugir do *tour* que teria de fazer com o professor Cox depois do programa. Tudo que queria era escapar para seu quarto, para tirar um cochilo e, talvez, conseguir chamar Lucy para visitá-la.

Se conseguisse o emprego no *KTA*, acordar muito cedo seria um estilo de vida e poderia dizer adeus às festas e eventos durante a semana. Isso não seria um grande problema, já que ela não tinha uma vida social muito agitada. Mas se trabalhasse no turno da noite ou da manhã, bem cedo, e B. J. continuasse trabalhando durante o dia, o tempo deles juntos seria limitado.

Olhe só. Já estava sonhando com um futuro com B. J. Calma, garota. Um relacionamento não se constituía em uma noite.

Grace concentrou-se para pensar na matéria que fizera com B. J., a matéria que tinha abreviado a noite dos dois. Olhando para um dos monitores na ilha de edição, ela viu os vários objetos de *scrimshaw* da loja de Kyle Seaton. Como haviam pedido, o entalhador trouxera várias peças feitas com ossos de baleia, assim como algumas peças de material sintético para a entrevista ao vivo, logo depois da matéria gravada. Grace olhou para Kyle enquanto ele esperava ao lado de Constance, pronto para continuar. Enquanto olhava para o monitor, Kyle secou o suor de sua testa, arrumou o colarinho da camisa e ajeitou as lapelas do blazer azul-marinho. Grace sorriu com ironia, lembrando sua rispidez na festa, seu desprezo em relação à TV e às pessoas que nela trabalhavam. *Este cara quer aparecer bem na televisão,* ela pensou, *como todas as outras pessoas.*

Constance sorriu quando a câmera focalizou-a. — O morador de Newport Kyle Seaton está conosco hoje. Ele é um dos mais antigos negociantes de peças de *scrimshaw* dos Estados Unidos. Obrigada por estar aqui.

— O prazer é meu — Kyle sorriu, mas Grace teve a impressão de ter visto seu lábio superior tremer.

Constance pegou um marfim de baleia com o desenho de uma embarcação e o segurou para que o cameraman pudesse focalizá-lo.

— Como podemos saber se uma peça de *scrimshaw* é autêntica? — ela perguntou. — Já vi várias peças nas lojas da cidade, mas seus preços são tão baixos que acredito que são imitações. E se eu encontrar uma dessas peças em um leilão ou venda de garagem? Como poderia saber se estaria comprando a arte legítima?

— Bem, Constance, a existência de peças falsas nos antiquários hoje em dia é muito comum. Muitos donos de peças de *scrimshaw* falsas pensam que se encostarem uma agulha quente na peça e ela não derreter, então se trata de um objeto verdadeiro. Infelizmente, esse teste, na melhor das hipóteses, apenas levanta dúvidas. O teste da agulha quente nem sempre distingue o mármore, o osso ou o plástico feitos com farinha de ossos. A farinha de ossos é o principal ingrediente em muitas peças falsas no mercado atualmente. Dá ao produto a aparência de uma peça legítima.

— Então, se a agulha quente não resolve, qual é a solução? — Constance perguntou.

— Uma maneira muito mais eficaz é o teste com uma lixa de unhas comum. — Kyle segurou uma pequena caixa creme redonda e tirou a sua tampa. Segurando a tampa, ele pegou uma lixa e raspou a superfície do objeto.

— Uma lixa de unha de papel, Constance, e não a de metal. Deve fazer isso em uma parte escondida do objeto. Consegue ver o acúmulo de partículas de poeira na lixa de unhas?

Constance curvou-se para ver mais de perto e murmurou: — Hum-hum.

— Agora cheire — Kyle pediu.

Constance obedeceu e disse: — Tem cheiro de plástico.

— Exatamente. Mas se fizesse este teste em um osso, o pó teria cheiro de osso. De osso queimado. O cheiro que sentimos quando o dentista nos faz uma obturação. Esse cheiro indica que o material é orgânico e genuíno. Mas o fato é que — e sei que isso pode soar como uma autopromoção — a melhor garantia de compra de peças genuínas é procurar um vendedor de confiança.

Kyle soltou um longo suspiro quando a matéria terminou. Estava aliviado por tudo ter terminado, mas também estava bravo. Aquela maldita idéia de Grace Callahan o colocara em uma situação que poderia tê-lo levado à sua própria incriminação.

CAPÍTULO 76

Após outra noite interminável quase sem conseguir dormir, Oliver ficou deitado em sua cama, olhando para o teto, sem a menor vontade de levantar. A casa estava quieta, o silêncio um lembrete torturante de que Madeleine não estava mais ali.

Ele precisava superar aquilo de algum jeito. Mas como? Não podia sequer fazer o enterro de sua filha, uma vez que o médico-legista não havia liberado seu corpo ainda. A polícia não fazia o menor esforço para parecer condolente, destratando Oliver quando este ligava para eles, dizendo que liberariam o corpo quando já tivessem terminado. Oliver achava que estavam irritados por terem sido incapazes de encontrar o corpo de Charlotte antes. E também achava que continuava sendo visto por eles como o principal suspeito daquele crime. Achava que a polícia o via como um suspeito da morte de Madeleine também.

Não mais se importava com o que a polícia ou com o que qualquer pessoa pensava. De alguma maneira sobrevivera à perda de sua esposa. Provavelmente não sobreviveria à perda de sua filha também.

O relógio de pêndulo que fazia parte da família de Oliver a cinco gerações tiquetaqueava no hall do piso inferior, lembrando que o tempo estava passando. As outras pessoas estavam acordando, tomando café, vestindo-se para trabalhar ou enchendo uma caixa térmica para levar para a praia. A vida continuava para elas.

Ele ficou ali, sem saber ao certo por quanto tempo. Deitado no silêncio até não agüentar mais. Então pegou o controle remoto, apontou-o para a televisão no armário e clicou para ouvir alguns sons.

Lá estava Kyle Seaton falando sobre peças de *scrimshaw* autênticas, Oliver observou sem muito entusiasmo. Ouviu a demonstração que era dada com uma sensação surreal. Antes, naquela outra vida, Oliver passara muito tempo na loja de Kyle, que era demasiadamente paciente e solícito, ajudando a planejar as aquisições para a coleção de Oliver. Mas Kyle passara a evitá-lo, assim como todas as outras pessoas, depois do sumiço de Charlotte.

Oliver tentara manter o relacionamento, passando na loja de Kyle alguns meses depois do desaparecimento da esposa para dizer ao artista que ele valorizava muito o peso de papel que Kyle ajudara Charlotte a escolher de presente para o que acabaria sendo o último Natal dos dois juntos. Mas Kyle mantivera-se frio e indiferente. Oliver percebera a indireta pouco sutil e nunca mais voltou àquela loja.

Desligou a televisão, procurando não mais pensar naquela dolorosa época. Vivera todos aqueles anos reprimido e contido, procurando não abaixar a cabeça. Graças a Madeleine, havia conseguido dar continuidade à sua vida. Não tinha outra escolha. No começo sua filhinha precisava dele. Depois, ele se tornou mais e mais emocionalmente dependente dela. Uma sósia fiel de sua mãe, Madeleine era a única pessoa que ele amava de verdade.

Apesar de Elsa o adorar e tentar preencher os vazios de sua vida, Oliver sabia que as coisas nunca dariam certo entre eles. Sentia-se culpado demais pela maneira com que tratara Charlotte. Ele não era merecedor de outra esposa ou de qualquer coisa que lembrasse uma vida normal de casado. Durante todos esses anos, Oliver usara a desculpa de que Charlotte não havia sido encontrada e, portanto, ele ainda era um homem casado, mas era só uma desculpa. Ele não queria se casar com Elsa.

Não, eram só Madeleine e ele. Pai e filha. E isso era o bastante.

Desejava muito ter sua filha por perto outra vez. Ele afastou os cobertores e sentou-se, colocando as pernas para fora da cama. Ao ficar em pé, sentiu-se zonzo. Segurou-se no canto da cama. Alguns momentos depois a tontura passou e ele seguiu pelo corredor, em direção ao quarto de Madeleine.

Sentiu o perfume da filha. Os cheiros de sua colônia e de seu xampu invadiram suas narinas, cada vez mais forte à medida que respirava. Oliver sentou-se na cama dela e pegou seu travesseiro. Segurando-o contra o rosto, ele chorou, sem saber ao certo por quanto tempo.

Por fim, voltou a ouvir o tiquetaque a distância. Precisava parar de chorar e ligar novamente para a polícia. Antes de poder fazer qualquer coisa, precisava tomar as providências para deixar que sua garotinha descansasse. Quando cumprisse essa tarefa, nada mais importaria.

Oliver levantou-se da cama, foi ao banheiro de Madeleine e lavou o rosto com água fria. Rapidamente retraiu sua mão, quando, instintivamente, pegou a toalha que estava pendurada ao lado da pia. Não podia usar a mesma toalha que Madeleine usara alguns dias antes. Isso faria com que ele voltasse a chorar. Em vez disso, abriu a porta do armário do banheiro e pegou uma peça limpa para se secar.

Um caderno com capa de couro amarela caiu no chão. Oliver o pegou, mas não abriu. Se fosse mesmo o diário de Madeleine, seria impossível lê-lo naquele momento. Seria muito doloroso. Será que deveria entregá-lo à polícia? Se Madeleine tivesse sido morta, talvez houvesse alguma pista em seu diário que indicasse seu assassino.

As pessoas diziam que era possível encontrar satisfação e virar a página quando um assassino era condenado. Mas Oliver duvidava disso. Nada traria sua filhinha de volta. O que importava quem matara Madeleine? Tudo que Oliver sabia com absoluta certeza era que sua filha nunca mais voltaria para casa.

CAPÍTULO

77

Durante os últimos quinze minutos do programa, a câmera seguiu Gordon Cox enquanto ele levava Constance e os telespectadores para a parte subterrânea do forte. Ele explicava enquanto caminhavam:

— Com os anos, os construtores procuraram prever qualquer imprevisto, certificando-se de que um ataque por terra ao Fort Adams fosse extremamente difícil. Quem resolvesse atacar o forte teria de vencer os declives que cercavam a área, e também enfrentaria os tiros de canhão e mosquete das armadilhas externas. Mas tudo isso não era o suficiente para o Exército norte-americano aqui. Eles também se preocupavam com um ataque pelo túnel.

— Você quer dizer que o inimigo poderia cavar sob as paredes? — perguntou Constance.

Gordon assentiu. — Sim. Os construtores do forte não queriam que isso acontecesse. Por isso construíram túneis de escuta, como este em que estamos agora. Se sons de escavação fossem ouvidos, os norte-americanos cavariam seu próprio túnel na direção do barulho. Quando chegassem perto, destruiriam o túnel do inimigo.

— Fascinante — Constance disse. — Sabe, professor, estou surpresa com todos os túneis que vimos em Newport esta semana. Estas galerias subterrâneas aqui em Fort Adams, o túnel de aquecimento na mansão The Breakers sobre o qual o senhor falou ontem e, é claro, a Ferrovia Subterrânea em Shepherd's Point, onde, infelizmente, os restos mortais de Charlotte Wagstaff Sloane ficaram enterrados durante anos. Existem outros túneis em Newport?

— Sim, e acredito que poderei mostrar mais um enquanto vocês estiverem aqui, Constance.

— Ótimo, vamos esperar ansiosos. Obrigada, dr. Cox, professor de história da Universidade Salve Regina aqui em Newport. — Constance virou-se para olhar diretamente para a lente da câmera. — O professor Cox estará novamente conosco amanhã de manhã quando o *KEY to America* será transmitido a vocês do histórico Bowen´s Wharf, no porto de Newport.

Gordon esperou impacientemente enquanto um assistente o livrava do emaranhado de fios de microfone. Ele saiu mancando do túnel escuro de encontro ao dia ensolarado.

— O senhor se machucou? — Constance perguntou com educação.

— Não, é que a cartilagem de meu joelho está gasta — Gordon respondeu. — Não há mais nada entre os ossos. Eles acabam raspando um no outro.

Constance fez uma careta. — Deve ser horrível.

— É sim — Gordon disse. — Um dia desses vou precisar cuidar deste joelho, mas não estou muito ansioso para que isso aconteça.

— Compreendo.

Zoe esperou Constance e Gordon terminarem de conversar e esperou por sua chance. Quando a apresentadora apertou a mão do professor e afastou-se, Zoe aproximou-se dele.

— Professor Cox?

— Sim? — Sua expressão estava séria.

— Sou Zoe Quigley, uma estagiária aqui.

— Ah, claro. Em que posso ajudar, Zoe?

— Estou trabalhando em um projeto, um documentário para ser mais exata, sobre uma escrava que ganhou a liberdade pelo mar na Ferrovia Subterrânea.

— Que interessante.

— Então o senhor conhece a saída marítima da ferrovia?

Gordon ficou ofendido. — É claro que conheço. O mar era uma grande opção de fuga para os escravos à procura de liberdade. O que a maioria das pessoas não entende é que os escravos que escapavam geralmente o faziam por conta própria, sem a ajuda de organizações abolicionistas. Milhares de marinheiros e estivadores negros criavam suas próprias rotas de fuga, ajudando outros escravos a fugirem.

Zoe ficou aliviada. O professor sabia exatamente a que ela se referia. Ficou mais confiante de que ele concordaria com seu pedido. — E também — Zoe disse — já li que alguns marinheiros e capitães brancos ajudaram.

Gordon assentiu, ficando mais simpático com a estagiária, gostando de seu sotaque britânico. — Sim, é verdade. O mar era a principal via de acesso nos Estados Unidos antes da Guerra Civil. Se um escravo não conseguia uma carona ou um barco, viajava a pé, às vezes durante meses. As chances de ser pego e levado de volta para um senhor de escravos vingativo era muito maior por terra.

A imagem de uma mulher negra passando por um pântano, ouvindo os latidos nervosos de cães farejadores incansáveis à sua procura, passou pela cabeça de Zoe. Muito melhor era esconder-se na sala da caldeira ou de carga de um navio. O lugar podia ser quente e sufocante, mas a viagem era mais rápida, com a liberdade mais próxima. Mariah fora esperta ao escolher aquela rota.

— Em minha pesquisa, encontrei o trabalho elaborado pelo senhor a respeito do túnel de escravos de Shepherd´s Point, professor Cox. E li alguns de seus planos para trabalhar com a Sociedade de Preservação e com o Serviço do Parque Nacional para abrir o túnel ao público e torná-lo parte do Programa de Liberdade da Ferrovia Subterrânea Nacional.

Gordon sorriu, aproveitando o reconhecimento.

— Sim, este é nosso objetivo.

Vendo sua satisfação, Zoe decidiu que chegara o momento de abrir o jogo: — Estou certa de que o senhor consegue perceber que o túnel de Shepherd´s

Point é o elemento-chave de meu documentário, professor Cox. Preciso filmar o túnel por onde os escravos partiam do mar para a liberdade, e espero que o senhor possa me ajudar.

— Você quer dizer que espera que eu a leve até o túnel? — A expressão de Gordon ficou contrariada. — Receio que isso seja impossível. Agatha Wagstaff proibiu a entrada de qualquer pessoa.

Zoe não estava disposta a desistir. — Mas, quem sabe, se o senhor pedisse, ela poderia abrir uma exceção, pelo bem da educação — ela pediu.

— Sinto muito, Zoe — Gordon disse, decidido. — Não posso ajudá-la. Agora, se me dá licença, tenho que trabalhar.

Não pode ou não quer?, Zoe pensou, muito irritada, enquanto o professor se afastava, mancando. Ficou ainda mais nervosa ao vê-lo acenar para Grace Callahan.

CAPÍTULO

78

Grace tentou manter uma conversa educada no caminho de Fort Adams até a mansão de calcário na Bellevue Avenue. Mas suas tentativas de manter um diálogo com o professor terminavam em respostas curtas.

Enquanto estava na cozinha fria da The Elms, Grace teve a impressão de que o professor não queria estar ali. Talvez ele se achasse superior a ela. Mas ela tinha que cumprir sua tarefa e, cansada ou não, estava decidida a levá-la adiante. Rabiscou algumas anotações em um bloquinho amarelo, coletando informações preliminares para a matéria marcada para ser transmitida na quinta-feira de manhã, que falaria sobre como era a rotina dos empregados que trabalhavam nas fabulosas mansões.

— Havia quarenta e três empregados — Gordon disse. — Vinte e sete trabalhavam dentro da casa, e dezesseis do lado de fora: um paisagista, duas pessoas para trabalhar na estufa, dois jardineiros, dois agricultores, um chofer, três cavalariços, um cocheiro, dois lacaios, um... — Gordon fez uma pausa, tentando se lembrar. — No momento esqueci quais eram os outros empregados que trabalhavam fora da casa. Se precisar mesmo saber, pode perguntar a um docente.

Eles continuaram andando, passando por uma caçamba de madeira para a estocagem de prata, grande o suficiente para comportar um corpo humano, e entraram na espaçosa área de serviço.

— Aqui era o lugar onde toda a roupa da família Berwind era lavada, assim como a de seus convidados e empregados. Não existiam lavanderias na época, por isso todas as peças de linho e os uniformes também eram lavados aqui. —

Gordon abaixou-se. — As empregadas esfregavam o chão apoiadas em suas mãos e em seus joelhos. Elas até criaram a expressão "joelhos de Elms" para se referirem aos joelhos machucados pelo esforço do trabalho.

— Que interessante — Grace disse enquanto anotava em seu bloquinho.

— Agora vamos descer para ver a sala da fornalha.

Eles desceram os degraus de ferro e chegaram a uma sala escura e subterrânea. Uma gigante fornalha de ferro fundido tomava grande parte do lugar. Mas a atenção de Grace voltou-se para uma abertura ao lado da sala.

— Aquele é o túnel do carvão — Gordon disse, percebendo para onde ela olhava. O sr. Berwind, assim como o sr. Vanderbilt, não queriam que as entregas de combustível fossem feitas aos olhos dos moradores. Por isso o carvão era jogado dentro de uma passagem atrás de uma cerca na estrada, ao lado da mansão, para este túnel aqui embaixo. Quarenta toneladas de material podiam ser estocadas de uma só vez. Eram trazidas em porções de cinco toneladas, colocadas naquele grande compartimento que era levado pelos trilhos até a sala da caldeira.

Grace aproximou-se da entrada do túnel, percebendo o cheiro de mofo. Iluminadas por energia elétrica, as paredes de tijolos aparentes do túnel eram úmidas.

— The Elms foi uma das últimas mansões construídas nos Anos Dourados — o professor prosseguiu. — O sistema elétrico era tão moderno e bem instalado que funciona até hoje.

Mas Grace estava mais interessada no túnel.

— Se eu for à rua ao lado, conseguirei ver a passagem por onde o carvão era inserido?

— Sim — Gordon respondeu —, mas não há muita coisa para se ver. Apenas tampas de ferro na calçada, cobrindo a passagem. Acabaram tendo de instalar um alarme para evitar que crianças e vândalos entrassem. — O professor começou a subir novamente os degraus. — Vamos — ele disse, fazendo uma careta por causa de seu joelho. — Ainda temos o local onde as roupas eram secas, onde se fazia gelo, a adega, a despensa, uma sala de visitas, a cozinha e a copa para ver, e, ah, sim, ainda há algumas peças de porcelana dispostas no mezanino.

— Estou logo atrás do senhor — ela disse, ainda fascinada pelo túnel.

CAPÍTULO 79

Quando Grace voltou ao hotel, encontrou Lucy na recepção.

— Lucy, meu bem, o que você está fazendo sozinha aqui? — perguntou, abraçando a filha.

— O papai e a Jan estão no restaurante do hotel, terminando de almoçar. Eu quis dar uma olhada na loja de presentes para ver se conseguia encontrar alguma lembrança para o vovô.

— Encontrou alguma coisa?

— Sim. — Lucy levantou uma sacola de papel e tirou de dentro dela um objeto embrulhado para presente. — Comprei um abridor de cartas para ele, mamãe. Você sabe, o vovô está sempre fazendo contas e mexendo na papelada dele — ela disse, tirando o abridor de dentro do embrulho e mostrando-o a Lucy. — Isto é um objeto de *scrimshaw* — Lucy disse, orgulhosa. — Você sabe que é, não sabe? Eles entalham desenhos em dentes de baleia. Newport já foi um porto baleeiro.

— Foi uma ótima escolha, Luce. O vovô com certeza vai amar este presente. — Grace não poderia dizer a sua filha, que estava tão alegre, que seu presente era feito de plástico. Talvez um dia desses mostraria a Lucy o teste de *scrimshaw* que ela acabara de aprender, mas certamente aquele não era o momento.

— Está se divertindo, querida?

— Demais. Ontem fizemos um *tour* por duas mansões. Foi muito legal ver como as pessoas ricas viviam. E almoçamos no Tennis Hall of Fame. Eles servem uma sopa muito boa de moluscos. Pensei que não gostaria, mas o papai me pediu para experimentá-la, e fiquei feliz por ter aceitado. É meu prato favorito agora. — Lucy estava muio entusiasmada, seu rosto estava animado e iluminado. Mas ficou mais séria ao olhar para sua mãe, como se, de repente, achasse que estivesse sendo desleal. — Foi só isso que fizemos — ela disse rapidamente.

— Lucy, acredite em mim, querida. Estou muito feliz por saber que você está se divertindo. Quero que tenha bons momentos com seu pai.

— Sei que você quer, mamãe. Mas você está se divertindo?

Mesmo que não estivesse, Grace diria que estava. Felizmente, não precisava mentir.

— Estou sim. Está sendo muito interessante, conheci muitas pessoas legais e estou aprendendo várias coisas. Para dizer a verdade, eu mesma acabei de visitar uma mansão. The Elms — Grace prosseguiu, dando uma rápida explicação a respeito do que tinha visto e oferecendo mais detalhes a respeito das coisas que mais lembrava.

O rosto de Lucy iluminou-se outra vez. — O túnel parece ser muito legal, mamãe. Gostaria de poder vê-lo.

— Pergunte ao papai se vocês podem fazer esse passeio. — Grace beijou a testa da filha. — Bem, querida. Preciso comer alguma coisa. É melhor você voltar com o papai e a Jan.

Infelizmente, Grace despediu-se tarde demais. Frank e Jan chegaram à recepção como se fosse de propósito. Mais uma vez, Grace sentiu-se incomodada com a aparência imaculada de Jan. Mas sorriu educadamente e perguntou qual eram os planos deles para o resto do dia.

— Vamos fazer um *tour* pelo mar ao porto de Newport e à baía de Narragansett em uma escuna — Frank disse. — E depois, no final da tarde, temos uma reunião marcada com um corretor de imóveis.

— Pode ser que o papai e a Jan comprem uma casa de veraneio em Newport, mãe. — Outra vez, havia aquele entusiasmo na voz de Lucy.

— É mesmo? — Grace manteve a expressão simpática, enquanto queimava de raiva por dentro. *Você não mandou a pensão de sua filha, seu idiota, mas tem dinheiro para comprar outra casa.*

— É, pois é, as coisas estão indo muito bem nos negócios — Frank se gabou, como se tivesse esquecido da sua obrigação. — E eu sempre gostei daqui. Conheci esta cidade no verão de meus dezenove anos, quando vim para o teste de mergulho. Eu ganhei meu certificado de mergulhador perto das rochas de Shepherd´s Point.

Grace fez as contas. Ela tinha trinta e dois anos, e Frank era um ano mais velho. Tinha dezenove anos quando passou o verão em Newport. O verão em que Charlotte Sloane desapareceu.

CAPÍTULO
80

Ninguém tinha visto Sam Watkins desde o domingo à noite. O estagiário não tinha telefonado. Ninguém entrara em seu quarto, a não ser Grace, no dia anterior, de manhã, e o segurança, naquela manhã, a pedido de Beth Terry. Sua cama ainda estava intacta e nenhum de seus pertences parecia ter sido tocado.

Beth não queria saber se Linus iria gostar ou não. Ligaria para a polícia para dizer que uma pessoa tinha sumido.

CAPÍTULO

81

No Salão de Festas Bellevue, uma mesa estava montada e o almoço, servido. Grace percebeu, satisfeita, que não eram os sanduíches e batatas fritas de sempre. Havia travessas de macarrão com frutos do mar, molhos primavera e marinara e grandes bacias de salada verde com pepino, azeitonas e tomates grandes e bem vermelhos. Grandes pães italianos estavam arrumados, fatiados sobre uma tábua de madeira. Ao lado da tábua, um pequeno cartão anunciava que o bufê havia sido preparado pelo Seasons Clambakes.

Grace entrou na fila, atrás de Beth Terry. — Esta mesa está ótima, e o aroma está melhor ainda — Grace disse.

Beth despejou uma colher de macarrão com frutos do mar em seu prato. — Estou tão cansada de sempre encomendar as mesmas coisas. E resolvi pegar o nome do rapaz que cuidou do menu na festa de Joss Vickers, e descobri que ele faz mais do que comidas para festas. Beth seguiu adiante, pegando um pouco de macarrão com molho primavera e empilhando em seu prato algumas fatias do pão italiano.

Com seu prato na mão, Grace olhou para todos os lados do salão, claramente procurando por um lugar onde pudesse sentar-se e comer. Mais importante ainda, estava tentando localizar B. J. Mas ele não estava em nenhum lugar. Grace procurou outro estagiário com quem pudesse almoçar, e localizou Zoe comendo sozinha do outro lado.

— Ele foi a uma vinícola para a filmagem da matéria de amanhã. — Zoe anunciou, parecendo ler a mente de Grace.

— Quem? — perguntou, sentindo suas bochechas corarem.

— B. J. — Zoe disse. — Era ele que você estava procurando, não é?

Será que ela estava sendo tão explícita?

— E ele levou Joss com ele. — Zoe destilou seu veneno espetando com seu garfo de plástico um pedaço de tomate em seguida.

Era completamente ridículo sentir-se magoada ou deixada de lado. Afinal, ela não estava por ali naquela manhã para que B. J. a chamasse para acompanhá-lo à vinícola. Ele tinha todo o direito e, talvez, o dever, de oferecer uma oportunidade de aprendizado prático a outro estagiário. Mas, mesmo assim, Grace sentia-se decepcionada por ele não tê-la procurado ou ligado para seu pager. E, pior ainda, convidara Joss para acompanhá-lo.

Terminou sua refeição, incapaz de aproveitá-la como deveria, e jogou o prato e os talheres de plástico no cesto de material reciclável perto da porta. Não adiantava reclamar. Não havia nada a ser feito.

Na verdade, aquilo podia acabar sendo bom. Tiraria o cochilo que queria. Se ninguém na redação tivesse alguma coisa para ela fazer à tarde. Grace aproveitaria a chance para ir a Shepherd´s Point.

Talvez Agatha Wagstaff quisesse recebê-la, talvez não. Mas Grace achava que precisava tentar contar àquela mulher a conversa que tivera com Madeleine. Se alguma coisa acontecesse a alguém a quem Grace amasse, ela gostaria de saber o que havia se passado um pouco antes da morte dessa pessoa. E se a pessoa querida tivesse falado sobre ela, também gostaria de saber.

Grace foi até a mesa da redação, ficou sabendo que tinha umas horas livres e seguiu para a entrada do hotel, pedindo para que o porteiro chamasse um táxi.

CAPÍTULO

82

Ao mesmo tempo que o táxi em que Grace estava saía de um lado da rua, um carro de polícia parava do outro. O policial James estava na direção, empolgado com a possibilidade de surpreender Joss em seu local de trabalho.

— É tudo que precisamos — o detetive Manzorella disse do banco do passageiro. — A filha dos Sloane morta e, agora, um estagiário desaparecido. Se essa notícia sair no jornal local, vamos ser repreendidos de novo. Crimes afastam os turistas.

Dentro do salão de festas, Mickey supervisionava a limpeza. Queria certificar-se de que, do começo ao fim, este primeiro trabalho com a emissora de TV fosse bom.

A KEY News era um cliente de prestígio para sua carteira. Mesmo sabendo que a equipe não voltaria a Newport durante um bom tempo e, portanto, não fariam outro pedido, Mickey queria que eles ficassem satisfeitos. Esperava colocar um elogio deles na página de "Clientes Satisfeitos" de seu site e de seu panfleto. Aquela mulher gorda que fizera o pedido já tinha se oferecido para dizer umas bobagens. Mas Mickey esperava que alguém um pouco melhor que Beth Terry fizesse algum comentário.

Constance Young não havia comido nada, mas Harry Granger parecia ter gostado. Serviu-se duas vezes. Mickey estava prestes a abordar o apresentador do *KTA* para fazer seu pedido quando viu o policial alto parado na porta. Mickey sentiu uma vontade instintiva de fugir.

Fique calmo, disse a si mesmo. Eram só Tommy James e Al Manzorella. *Você conhece esses dois há anos. Nem sequer estão te procurando. Não poderiam saber que você estaria aqui.*

Mas, quando se tinha a consciência pesada, o medo de que qualquer pessoa pudesse descobrir seu segredo era algo constante.

O detetive e o policial atravessaram a redação até a mesa da secretária.

— Estamos procurando por Beth Terry.

— Sou eu.

Al e Tommy se identificaram. — Obrigado por ter ligado nos dando a informação, srta. Terry — disse o detetive. — Gostaríamos de conversar com qualquer pessoa que possa saber alguma coisa sobre Sam Watkins. O que ele fez aquela noite e com quem conversou.

Beth olhou com nervosismo à sua volta para certificar-se de que Linus não estava lá. — Bem, o que mais me preocupa é que Sam tinha uma entrevista a ser transmitida ao vivo no *KTA* na manhã do dia seguinte. Seu rosto tinha aparecido em uma chamada, sem identificá-lo por seu nome, mas mostrando-o como a testemunha ocular do assassinato de Madeleine Sloane.

Então era *aquele* garoto, Tommy James pensou, com raiva, relembrando a resistência enfrentada pelos funcionários da emissora que estavam trabalhando quando a polícia fora atrás dele no domingo à noite. Se tivessem identificado Sam Watkins naquele dia, poderiam não estar envolvidos naquela bagunça agora.

— Gostaríamos de ter uma cópia daquele vídeo de Sam, srta. Terry, para que possamos obter uma foto dele para nossa investigação e busca. — O detetive Manzorella fez uma anotação em seu livro.

— Claro — disse Beth. — Temos o equipamento para obtermos essa foto para o senhor, detetive.

— Pode nos indicar mais alguém com quem possamos conversar? — Al perguntou.

— Scott Huffman, o motorista do carro de transmissão, foi a última pessoa que eu sei que viu Sam. Scott está em Bowen´s Wharf preparando os equipamentos para o programa de amanhã. — Beth mordiscou o lábio inferior, pensando em mais alguém que pudesse ajudar a polícia. — Talvez os outros estagiários? — ela perguntou, voltando a olhar ao seu redor. — Mas Joss Vickers está filmando uma matéria agora. Não sei onde Zoe Quigley está. E por pouco o senhor não encontrou Grace Callahan. Sei que Grace disse que viu Sam na entrada do hotel quando ele estava a caminho da mansão The Breakers na noite de domingo.

Ao ouvir aquele nome, o detetive fez a ligação. Grace Callahan tinha ido à delegacia no dia anterior com a história do sonho que Madeleine Sloane contara a ela um pouco antes de morrer. A mesma Grace tinha conversado com Sam um pouco antes de ele desaparecer. Talvez Grace Callahan estivesse mais envolvida nessa história do que deveria.

CAPÍTULO

83

— Vou descer aqui — Grace disse quando o táxi passou pelos portões de Shepherd´s Point. Ela pagou o motorista, percebendo, repentinamente, que não teria como voltar para o hotel quando ele partisse. — Se eu ligar mais tarde, o senhor pode vir me buscar?

— Claro, mas vou demorar um pouquinho para chegar aqui.

— Tudo bem. Muito obrigada.

Terence não estava parado na entrada aquela tarde, e Grace ficou contente por isso. Não queria ter que explicar por que estava lá. O portão estava entreaberto, como se ninguém mais se importasse em tentar manter os intrusos afastados. Enquanto Grace entrava, lembrou-se daquele primeiro encontro com Madeleine, poucos dias antes.

Os gatos deitados ao sol olharam sem muito interesse para Grace conforme ela subia em direção à casa. O sol tomava conta dos arbustos sem poda e da grama crescida. Ela sentiu uma gota de suor escorrendo por seu rosto.

A sombra da varanda era um alívio. Grace subiu os degraus, respirou fundo e bateu na porta com a pintura descascada. Depois de alguns momentos, uma senhora de olhar zangado apareceu.

— Olá. Meu nome é Grace Callahan. A senhora é Agatha Wagstaff?

— Não. Sou a governanta dela.

— Ah. Bem, gostaria de saber se a sra. Wagstaff pode me receber.

— O que você deseja? — A governanta olhou para Grace com desconfiança.

— Vim até aqui para dar-lhe minhas condolências pela sobrinha dela.

— Bem, muito obrigada, mas a sra. Agatha Wagstaff não receberá ninguém no momento.

Grace não pretendia forçar a situação. — Tudo bem — ela disse. — Mas você poderia dizer à sra. Wagstaff que sinto muito e que estive com a sobrinha dela na noite de sua morte? Madeleine me disse quanto amava a tia. Espero que a sra. Wagstaff encontre um pouco de consolo nesse fato.

A governanta assentiu e começava a fechar a porta enquanto Grace viravase para ir embora. Tinha chegado ao último degrau quando ouviu a aristocrática voz:

— Permita que a moça entre, Finola.

O fedor de urina de gato lhe virava o estômago. Enquanto Grace seguia Agatha na sala escura, ela teve ânsia de vômito. Será que ninguém sentia aquele cheiro? Se Grace continuasse ali dentro, sabia que poderia acabar vomitando no tapete surrado.

— Sinto muito, sra. Wagstaff, mas tenho alergia a gatos — mentiu. — Será que podemos conversar lá fora?

Se Agatha, em outra ocasião, se recusaria a atender o pedido, naquele dia ela não se importou. — Finola — ela disse —, traga meu guarda-sol, por favor.

— Este aqui era um dos lugares preferidos de Madeleine — Agatha disse enquanto elas andavam no chão cimentado da varanda em direção ao jardim coberto. — Ela gostava muito de brincar aqui quando era criança. Sentava-se naquele banco com suas bonecas e cantava o dia todo. Madeleine era uma alegria. Era consolador tê-la por perto.

Grace olhou para aquela senhora com simpatia. Apesar da sombra oferecida pelo guarda-sol desbotado, a luz do sol era implacável. As rugas de Agatha destacavam-se em sua pele extremamente clara. Grace surpreendeu-se com o fato de, apesar de seu luto, Agatha ainda ter se lembrado de passar seu batom vermelho.

— Vamos nos sentar no banco de Madeleine? — Agatha perguntou.

— Sim. Vamos.

Sentadas lado a lado, Grace começou a recontar a história, mas omitiu a parte a respeito do sonho. Não pretendia chatear a senhora tocando no assunto do assassinato de sua irmã.

— Madeleine me contou que a senhora sempre a encheu de carinho e que ela a amava muito.

Agatha esticou o braço e segurou o de Grace. — Você não sabe como é importante para mim saber disso. Fiz o meu melhor para cuidar bem de Madeleine, principalmente depois que sua mãe não estava mais conosco. Não quis mais contato com Oliver, depois que Charlotte desapareceu, e todos diziam que ele era o assassino de minha irmã. Mas, apesar disso, ele não afastou Madeleine de mim. Sou muito grata por isso.

Tirando a mão do braço de Grace, Agatha levantou-se. — Quero mostrar-lhe algo.

Com suas pernas delgadas, Agatha pisou cuidadosamente entre as amoreiras no centro do jardim. Afastou uns ramos dos arbustos. — Venha ver isto, Grace.

Debaixo dos galhos, Grace conseguiu ver um círculo de ferro. Um triângulo fino projetado da parte de frente de um relógio. Um relógio de sol.

— Consegue ver o que está gravado nele? Diz "O Tempo Passa. O Amor Fica". É o que vou tentar lembrar, Grace. O amor fica.

— É um ótimo pensamento — Grace disse.

— Sei que é. A mãe de Madeleine gostava muito dessa frase, e nossa mãe também. Meu pai deu um par de brincos para minha mãe com esses dizeres, pequenas versões deste relógio de sol. Eu os dei a Charlotte. Depois que tudo aconteceu, pedi a Oliver que os devolvesse para mim, mas ele me disse que Charlotte estava usando-os na noite em que desapareceu.

Grace lembrou-se do único brinco que Charlotte estava usando no sonho de Madeleine. Então, aquele era o desenho do brinco. Ficou imaginando o que poderia ter acontecido a seu par.

CAPÍTULO

84

Levantando a tranca de ferro da porta, que tinha uma gaivota gravada, Mickey sentiu-se aliviado por ter saído do hotel e da vista da polícia, mas não estava muito empolgado para o encontro que teria com Elsa Gravell para acertarem os últimos detalhes para o Ball Bleu. Ele achava que a obsessão que ela tinha por pássaros beirava a esquisitice. Uma coisa era ter um passatempo, mas Elsa levava sua fascinação ao extremo.

Elsa atendeu a porta usando um vestido de linho verde-claro com um broche de um canário em seu ombro. — Sr. Hager, entre, por gentileza.

Ele a seguiu para a sala de estar, observando, da mesma maneira que fizera na primeira vez que estivera ali para planejar a festa, os transtornos que Elsa enfrentara para deixar tudo com motivos de pássaros. Os sofás e as almofadas das cadeiras eram cobertos por um tecido estampado de papagaios e cacatuas em cores vibrantes. Gaiolas antigas de latão com pequeninos pássaros de vidro pousados nos poleiros de madeira ficavam sobre as mesas e sobre a lareira. Todas as luminárias tinham em suas bases de porcelana alguma pintura de pássaro. Sobre a grande mesa de centro redonda havia vários grossos volumes sobre criação de aves. Fotos de corujas, gaivotas, falcões e pica-paus adornavam as paredes. O lugar era bem colorido, Mickey pensou enquanto sentava-se em uma cadeira com uma almofada coberta de papagaios, mas o assustava.

— Aqui está o número final de convidados — Elsa disse, entregando a Mickey uma folha de papel. — É um número considerável.

Mickey olhou para a relação. — Ótimo. Era o que estávamos esperando.

— Acho que devo entregar-lhe o penúltimo pagamento agora — Elsa disse.

— Sim, senhora.

Elsa foi até sua mesa, pegou o talão de cheques da gaveta e, depois de preencher o valor combinado, entregou o cheque a ele. — Darei o resto a você na quinta-feira pela manhã, isso se tudo der certo, é claro.

— Ah, tudo vai dar certo, sra. Gravell. Pode ter certeza. — Mickey acompanhou Elsa novamente à porta de entrada, certo de que ela não se lembrava de que ele era o garçom do clube anos antes. As pessoas ricas nunca prestavam atenção nele.

Exceto Charlotte Sloane. E a atenção que ela lhe dispensara não era aquela que ele desejava ter. Mickey trocava os valores dos depósitos, e fez isso por mais de um ano, e Oliver Sloane nunca se deu conta disso, como qualquer outro tesoureiro teria percebido. Estava sempre bebendo quando Mickey o via, e Oliver sentia-se satisfeito tendo Mickey para ir ao banco efetuar os depósitos. Era fácil para Mickey roubar os comprovantes de depósito do escritório, reescrevê-los e ficar com o valor excedente. Oliver nunca verificava os comprovantes quando voltavam do banco.

Aquilo poderia ter durado para sempre. Mas Charlotte deve ter percebido que Oliver não estava atento. Ela checou o livro de contas e notou que deveria ter mais dinheiro na conta do que realmente havia.

Graças a Deus a prioridade de Charlotte foi proteger a reputação de seu marido. Depositou seu próprio dinheiro na conta para livrar Oliver de qualquer culpa. Mas exigira que Mickey pedisse demissão. Se não o fizesse, ela o denunciaria.

Apesar de sua extensão e população, Newport ainda era, sob vários aspectos, uma cidade pequena. As pessoas sabiam da vida umas das outras. Mickey não tinha a menor intenção de sair de Newport ou de ser arruinado.

Que irônico, ele pensou ao ouvir Elsa fechando a porta. Charlotte o confrontara com seu ultimato, puxando-o de lado naquele primeiro evento de arrecadação de fundos para os pássaros em extinção, tantos anos atrás. Agora ele era o dono de um dos maiores serviços de bufê de Newport, um dos mais procurados pela alta sociedade. No passado, fora um empregado, mas com grandes planos. Planos que ele se recusou a mudar.

CAPÍTULO

85

Zoe estava decepcionada. Tinha escapado da redação da KEY e feito a viagem de uma hora de barco para Providence, pensando que conseguiria fazer uma filmagem da famosa construção. A Igreja Bethel, a igreja de negros mais antiga de Rhode Island, com sua reputação de monumento à liberdade, serviu durante muitos anos como um caminho na Ferrovia Subterrânea para os escravos fugidos do Sul — o lugar onde Mariah parara em sua viagem ao Canadá.

Mas a igreja não existia mais. Só havia uma placa para marcar a antiga localização da Igreja Episcopal Metodista Africana, agora apenas um espaço perto do *campus* da Brown University.

Mesmo assim Zoe fez uma tomada de um minuto da placa. Um vídeo sem graça. Que não recompensava o esforço e o tempo que ela tirara longe de seu estágio. Mas achava que ficaria feliz por ter aquela tomada para usar como uma vinheta em seu documentário.

Não havia desistido de fazer a tomada mais importante — do túnel dos escravos em Shepherd´s Point. Como o professor Cox não iria ajudá-la, ela já tinha outro plano. O vídeo que Grace e B. J. trouxeram naquele primeiro dia em Shepherd´s Point estava na estante de arquivos ao lado do salão onde fora instalada a redação. Ela poderia ir discretamente até lá à noite para pegar a fita da gravação do túnel dos escravos e ninguém ficaria sabendo.

Voltou andando para o ponto de ônibus e entrou no veículo verde. O ônibus parou na Point Street Landing, onde o barco que ia para Newport estava esperando.

Olhando o campanário da costa de Newport quando o barco se aproximou do porto, Zoe imaginou como a bela cidade devia ter sido na época em que era um dos maiores mercados de escravos nas colônias norte-americanas. Apesar de a compra de escravos e as plantações serem consideradas estilos de vida sulinos, Zoe sabia que eles foram muito além do Sul depois da Guerra Revolucionária.

A brisa de verão que vinha do mar era calmante enquanto o barco ancorava em Perrotti Park. Zoe pegou sua bolsa do banco e esperou pelo sinal para desembarcar. Um homem estava entregando panfletos para as pessoas que desembarcavam. Ele parecia bastante familiar para Zoe, mas ela não conseguiu se lembrar de onde, até ler o papel que recebera dele.

A situação deve estar difícil, ela pensou, agora reconhecendo o homem que tinha divertido a todos com suas tatuagens na festa de Joss. O anúncio divulgava duas tatuagens pelo preço de uma.

CAPÍTULO

86

O motorista do caminhão-satélite não teve muito que dizer quando a polícia o questionou a respeito de Bowen´s Wharf. Scott Huffman deixara Sam Watkins cuidando de seu precioso trailer quando saiu para comprar algumas coisas. Quando retornou, Sam não estava mais ali.

— O garoto disse que precisava urinar. Eu disse a ele que havia um banheiro na casinha do porteiro. Foram as últimas palavras que trocamos.

Tommy James teve uma idéia e achou importante fazer uma checagem, mesmo que fosse apenas para garantir que a polícia de Newport não fosse culpada pela mesma falha. Qualquer pessoa que tivesse feito um *tour* pela mansão The Breakers tinha conhecimento do túnel sob a propriedade. Ignorar o túnel dos escravos em Shepherd´s Point quatorze anos atrás tinha sido um grande erro no caso de Charlotte Sloane. Tommy pensou que, como Sam tinha desaparecido do lado de fora da propriedade dos Vanderbilt, o primeiro lugar a ser procurado seria o túnel que levava da casa do porteiro até a mansão.

CAPÍTULO

87

Grace encontrou B. J. na recepção do hotel.

— Estava te procurando — ele disse. — Por onde andou?

— Tive que fazer algumas coisas — Grace respondeu, evitando contar a ele sua visita a Agatha Wagstaff em Shepherd's Point, ainda chateada por ele ter levado Joss com ele para a matéria na vinícola.

— Procurei por você hoje de manhã depois do programa para ver se queria fazer a filmagem para a matéria comigo, Grace.

Não me procurou tanto assim, não é? Nem ao menos ligou para meu pager, pensou Grace.

— Tudo bem — mentiu.

— Bem, alguns de nós vamos sair para beber e comer alguma coisa daqui a pouco. Quer ir conosco?

Por que não? O que mais iria fazer? Ficar sentada sozinha em seu quarto, assistindo a um filme e chorando?

— Claro — ela disse. — Vai ser legal.

A recepcionista do restaurante disse que eles teriam de esperar cerca de uma hora até que pudessem ser acomodados no Salas', mas Joss garantiu a todos que a espera valeria a pena. — Eles servem uma lagosta ótima, e o espaguete oriental é o melhor. Vamos até o bar; eles vão nos avisar quando nossa mesa estiver disponível.

Grace ficou surpresa com a camaradagem democrática do grupo. Constance e Harry, os apresentadores, junto com os estagiários, B. J., Beth Terry e Dominick O´Donnell completavam o grupo.

As cervejas estavam muito geladas, e as primeiras foram tomadas rápido.

— Um brinde a Sam — B. J. disse, levantando seu copo. — Vamos torcer para ele aparecer logo.

— E vivo — Beth acrescentou.

— E que isso não seja nenhuma forma esquisita de chamar a atenção — Harry disse.

— Duvido — Grace disse. — Do pouco que eu conheço Sam, posso dizer que ele não faria nada que colocasse este estágio em risco.

Eles estavam na terceira rodada de cervejas quando a recepcionista chegou para avisar que a mesa para oito já estava pronta. Grace notou que Constance e Harry deixaram suas garrafas no bar, intocadas, mas as outras pessoas do grupo levaram suas cervejas com elas.

Grace se separou deles para ir ao banheiro. Zoe também. No espaço restrito em frente às pias, elas ficaram lado a lado e lavaram as mãos.

— Eu não estava lá quando a polícia chegou para fazer perguntas a respeito de Sam. Você estava, Grace?

— Não — Grace disse, puxando uma folha de papel-toalha.

— Acho que vou telefonar para eles amanhã. Tenho uma informação que pode ajudá-los.

— Sério? O quê?

— Eu estava correndo perto da The Breakers no domingo à noite e vi um carro a toda velocidade virando a esquina da rua da mansão. Pode ser que não seja nada, mas acho que devo dizer.

— Que tipo de carro? — Grace quis saber.

Zoe deu de ombros. — Não conheço os modelos norte-americanos e estava escuro, então nem cheguei a distinguir a cor. Mas vi um pedaço da placa do carro. Vi as três primeiras letras. S-E-A.

— Zoe, você precisa contar isso à polícia.

Entre o pão com alho, a lagosta, as piadas e risadas, o assunto de tatuagens veio à tona.

— Tenho uma borboleta minúscula — Joss disse.

— Onde? — B. J. perguntou.

— Não posso dizer. — Joss sorriu maliciosamente.

Grace sentiu vontade de tirar aquele sorrisinho à força do rosto de sua concorrente.

— Não tenho coragem de fazer uma tatuagem — Beth disse. — É tão... — procurou por uma palavra — definitiva.

— Você podia fazer a mesma que Grace fez — Joss disse. — Uma tatuagem de hena. — Grace percebeu que ela dissera aquilo de um jeito que a mostrava como uma medrosa.

— Bem, se você decidir fazer alguma, tem uma promoção na Broadway Tattoos — Zoe avisou. — O tatuador estava entregando panfletos que anunciavam "duas pelo preço de uma".

— Sério? — Joss disse. — Estava pensando em fazer outra. *Como se o seu problema fosse o dinheiro,* Grace pensou.

— Alguém topa? — Joss perguntou, olhando diretamente para Grace como se a estivesse enfrentando.

Qual era o problema? Por que não poderia fazer uma tatuagem? Seria um lembrete eterno de sua mãe, assim como uma recordação de sua primeira viagem com a KEY News. A primeira de várias, esperava. Grace estava determinada a conseguir o emprego e, agora, depois de tomar três cervejas, determinada a derrotar Joss Vickers.

— Vou fazer uma — ela disse, aceitando o desafio. — Vamos depois do jantar.

CAPÍTULO

88

O grupo em que estavam diminuiu. Constance e Harry despediram-se, dizendo que precisavam estar bem acordados e compostos para o programa da manhã seguinte. Beth e Dom disseram estar cansados, e Zoe disse que precisava fazer uma coisa no hotel. Então foram apenas Grace, Joss e B. J. para a Broadway Tattoos.

Na calçada do outro lado do estabelecimento, Grace olhou para o letreiro de néon rosa que piscava na janela e pensou em desistir. O cara que fizera sua tatuagem de hena na festa a alertara de que seria muito doloroso fazer uma tatuagem na parte de cima de seu pé. Mas ela tinha passado por um parto normal. Uma tatuagem não poderia ser pior. Grace endireitou os ombros e entrou na loja primeiro.

O dono do lugar estava sentado, lendo uma revista *Playboy*. Desviou o olhar da revista quando viu os três entrando e ficou olhando para as duas mulheres.

— Vocês duas estavam naquela festa do *clambake*, não é?

Grace assentiu e Joss ignorou a pergunta, indo ver os desenhos de tatuagens na parede.

— Vocês três vão fazer tatuagens? — Rusty perguntou, esperançoso.

— Apenas elas duas — B. J. respondeu.

— O que farão? — perguntou Rusty.

— Não sei — Joss disse, olhando a parede. — Estava querendo alguma coisa um pouco diferente. Não vejo nenhum desenho aqui que chame minha atenção.

Rusty pegou uma pasta atrás do balcão. — Tenho outros desenhos aqui. Alguns de meus trabalhos. Dê uma olhada e veja se algum te agrada.

Joss folheou as páginas plastificadas com Grace ao seu lado.

— Eu quero uma folha de hera, igual àquela que você fez na festa — disse enquanto observava Joss virando as páginas. No meio da pasta, Joss parou para observar um desenho em particular.

Um círculo com números em suas bordas, a parte da frente de um relógio. "O TEMPO PASSA. O AMOR FICA" gravado em toda a extensão. Grace o reconheceu imediatamente como o desenho que viu no relógio de sol em Shepherd´s Point. Que estranho aquilo aparecer nos "trabalhos" de Rusty.

— De onde você tirou a idéia para este? — Joss perguntou, sabendo muito bem que era o desenho do brinco que fora encontrado com o corpo de Charlotte Sloane, o mesmo brinco que Tommy mostrara a ela.

Rusty hesitou. — Ah, não sei. Foi uma idéia que tive.

Naquele mesmo momento, o pager de B. J. tocou. Lendo a mensagem, soltou um assobio.

— O que foi? — Grace perguntou.

— Encontraram Sam. Vamos.

CAPÍTULO

89

No WPRI das onze da manhã, a retirada de Sam Watkins do túnel de carvão na The Breakers foi a manchete. Não havia nenhum vídeo para ser mostrado, uma vez que não houvera tempo para enviar um repórter e a equipe de filmagem para a propriedade dos Vanderbilt. Em vez disso, o repórter âncora, com um quadro sobre seu ombro esquerdo, com as palavras "Notícia Extraordinária", lia o texto no *teleprompter* acima das lentes da câmera:

— Esta noite, a polícia de Newport encontrou o estagiário da KEY News que estava desaparecido desde domingo, inconsciente, em um túnel da mansão The Breakers. Sam Watkins, de vinte e um anos, de Hollis, Oklahoma, estudante do último ano da Universidade Northwestern, foi levado ao Hospital de Newport, onde está internado em estado grave. Watkins estava fazendo um estágio com o *KEY to America* em Newport, de onde o programa da manhã está sendo transmitido esta semana. A descoberta de Sam Watkins no túnel da propriedade dos Vanderbilt aconteceu pouco depois de o corpo da *socialite* Charlotte Sloane ter sido encontrado no túnel de Shepherd's Point, depois de ter passado quatorze anos desaparecida. A filha de Charlotte Sloane, Madeleine, morreu no último sábado, depois de cair da escadaria do Forty Steps, no Cliff Walk, na cidade de Newport. A polícia está investigando se, ou como, os incidentes estão relacionados.

CAPÍTULO

90

Nem com muita sorte o estagiário sobreviveria. Era melhor que não sobrevivesse. Sam tinha sido atingido no crânio com a chave de roda e abandonado, jogado ao chão, por dois dias inteiros sem comida, sem água e sem tratamento para seu ferimento. O fato de Sam ter sobrevivido depois de tudo era apenas uma prova de sua juventude e da estupidez da pessoa que o atacara.

— Eu devia ter me certificado de que ele estava morto — o agressor disse em voz alta, desligando a televisão. A força do golpe na cabeça deveria tê-lo matado, assim como aconteceu com Charlotte. Uma chave de roda do porta-malas e a pá da lareira eram basicamente a mesma coisa. Mortais quando usadas como armas.

O telejornal dissera que Sam estava inconsciente e, no dia seguinte, uma ida ao hospital se fazia necessária para garantir tal situação. Se Sam recobrasse a consciência, teria de ser calado para sempre. Mas ainda havia a chance de a natureza seguir seu curso e, sem precisar fazer mais nada, Sam morreria sozinho.

No momento, havia um outro detalhe mais urgente que precisava ser abordado. Agora que Sam tinha sido encontrado no túnel na The Breakers, qualquer pessoa no bairro que tivesse visto alguma coisa suspeita diria à polícia. Se aquela corredora negra contasse detalhes a respeito do carro que ela tinha visto descendo a rua do lado da mansão, todo mundo saberia exatamente onde procurar.

Tinha sido muito conveniente o fato de ela ter seu nome escrito na camiseta que vestia aquela noite. Quigley da KEY News.

QUARTA-FEIRA

21 de JULHO

CAPÍTULO 91

— Alô. Gostaria de deixar um recado para Zoe Quigley.

— Se não quiser acordá-la, posso fazer a transferência para a caixa postal dela — disse a atendente do turno da noite.

— Na verdade, esperava que você pudesse anotar o recado e entregá-lo a ela às três e meia da manhã. Ela não está esperando ter de acordar tão cedo, e não quero que ela perca a hora. É muito importante que ela receba o recado. *E é essencial que minha voz não fique gravada em nenhum lugar,* o assassino pensou.

— Tudo bem, prossiga, por favor.

— Ótimo. Diga a Zoe Quigley que ela precisa estar no cais para a transmissão. Ela tem de estar lá às quatro da manhã.

— Sim. Vou entregar a mensagem à srta. Quigley.

— Muito obrigado — disse o assassino, desligando o telefone.

CAPÍTULO

92

O quarto do hotel estava completamente às escuras quando Zoe acordou com o toque estridente do telefone. Procurou, tateando, o telefone que estava perto da cama e ouviu a mensagem transmitida pela recepcionista.

Tudo bem, Zoe pensou enquanto se levantava. *Finalmente eles precisam de mim para fazer alguma coisa. Quem diria que seria esta manhã?* Planejara acordar cedo para fazer aquela busca ao vídeo do túnel dos escravos. Não tinha conseguido fazer isso antes — não com toda a movimentação na redação por causa de Sam Watkins na noite passada. Depois de voltar do restaurante, assistira aos noticiários com os outros funcionários do *KTA* reunidos na sala da redação. Em seguida, fora direto para a cama.

Teve um sono agitado. Aquele espaguete oriental não tinha lhe caído muito bem. Zoe sentiu vontade de ligar para a redação e avisar que estava se sentindo mal, mas desistiu da idéia. Queria saber o que estava acontecendo com Sam.

Escovou rapidamente os dentes no banheiro, pegou umas roupas limpas do guarda-roupa e se vestiu. Colocando sua carteira e a chave do quarto no bolso da calça de algodão, Zoe saiu do quarto.

Ainda estava escuro quando ela deixou o hotel e subiu a Bellevue Avenue, andando em direção à Church Street. Virou à direita e desceu a ladeira para o porto.

O carro afastou-se vagarosamente do meio-fio e também virou à direita. A Church Street estava deserta. Ninguém estava em pé ainda.

Na escuridão, os faróis tiveram de ficar acesos. Lá estava ela na calçada. Os veículos estacionados a protegiam.

Ela teria de atravessar logo a rua. No cruzamento, Zoe Quigley ficaria vulnerável.

O carro ficou mais lento, a ponto de parar completamente, esperando a jovem chegar à armadilha. Quando Zoe chegou à esquina, percebeu os faróis, mesmo sem conseguir ver o carro atrás das luzes. O veículo fez uma parada. Acreditando que ele estava esperando que ela atravessasse, pisou na rua.

O motorista pisou no acelerador quando Zoe conseguiu ler todas as seis letras da placa do carro, um segundo antes de ele derrubá-la no chão com toda a força. O motorista engatou a ré e passou sobre o corpo dela e, para garantir, engatou a primeira e novamente passou sobre ela, antes de partir em disparada.

CAPÍTULO

93

Como de costume, Izzie tirou a chaleira do fogão assim que ela começou a apitar. Não havia mais a necessidade de agir com tanta rapidez. Depois da morte de Padraic, não havia mais ninguém ali que pudesse ser acordado pelo barulho.

Ela se forçou a colocar uma fatia de pão na torradeira, mesmo sem estar com fome, como sempre. Nada mais tinha sabor para ela, e não sentia mais vontade de comer chocolate e doces, que antes eram sua perdição. Antigamente, preocupava-se por estar muito gorda; agora, sabia que estava magra demais.

Suas roupas estavam largas em seu corpo, mas Izzie não queria gastar dinheiro comprando novas peças. Não ia a nenhum outro lugar além do trabalho no hotel e na igreja. Tinha seu uniforme de camareira no Viking e Deus não se importava com sua aparência ou com as roupas que ela usava. Não era como antes, quando queria agradar Paddy. Quando saíam para dançar no Hibernian. Quando juntavam dinheiro para jantar uma lagosta no Christie´s.

Aquilo era passado. Os dois maços de cigarros diários fumados por Paddy o haviam levado embora. E, logo, o câncer também a levaria.

A torrada ficou pronta. Izzie passou um pouco de manteiga no pão e deu uma mordida sem muita vontade. Bebericando seu chá, preparou-se para a manhã que teria de enfrentar. Se fizesse um esforço, provavelmente conseguiria passar mais um dia arrumando camas e limpando a sujeira deixada por outras pessoas.

Izzie olhou sem interesse para a pilha de correspondências fechadas que se acumulavam sobre a mesa da cozinha. Era uma pena Deus não tê-los abençoado com filhos, ela pensou. Pois, assim, haveria uma razão para continuar lutando. Entretanto, não havia mais.

CAPÍTULO

94

Aquele cretino não apareceu na segunda-feira, mas isto era melhor ainda, pensou Linus enquanto se barbeava. O produtor-executivo se importava menos com a saúde de um estagiário do que com uma história potencialmente sensacionalista.

Linus pediu que uma câmera fosse instalada no Hospital de Newport, e Lauren Adams transmitiria a história de Sam Watkins diretamente de lá. Ela ligaria o caso de Sam Watkins, que tinha sido encontrado no túnel da The Breakers, às mortes de Charlotte e Madeleine Sloane sempre que conseguisse. Para Linus, aquilo era a mesma coisa que matar vários coelhos com uma cajadada só, sem contar que massageava o ego de Lauren. Ela passara a semana todo pedindo para ficar mais tempo no ar.

Ele saiu do banheiro e olhou para os lençóis bagunçados da cama onde Lauren tinha dormido até uma hora antes. Se Linus quisesse continuar se divertindo, teria que dar mais tempo no ar para Lauren. Isso a deixaria contente. Ela estava escalada para o começo do show, e B. J. D'Elia seria seu produtor.

Linus terminou de se vestir e dirigiu-se ao carro que estava esperando por ele na frente do hotel.

— Não dá para virar à direita aqui para ir ao cais? — Dinus perguntou ao motorista quando percebeu que ele passara direto pela primeira rua.

— Sim, geralmente dá. Mas bloquearam a rua. Aconteceu algum acidente lá embaixo.

CAPÍTULO

95

— Grace, você pode conversar com as enfermeiras para ter notícias do estado de Sam? — Lauren disse o que pareceu ser mais uma ordem do que um pedido.

— Tudo bem — Grace respondeu, duvidando que houvera alguma mudança em quinze minutos, desde a última vez que perguntou. *Por que não esperavam até o início do programa para obter uma notícia mais recente?* E Grace percebeu que estava incomodando as enfermeiras, que já estavam se irritando com tantas perguntas.

Ela deixou B. J. e Lauren no carro da emissora no estacionamento do hospital. Enquanto entrava, uma ambulância chegou correndo, parando na área de emergência.

— A vítima acabou de morrer. — Grace ouviu o paramédico dizer enquanto abria as portas duplas da parte traseira da ambulância. — Ela morreu durante o trajeto.

Grace observou enquanto a maca retirava o corpo. O rosto da pobre criatura já estava coberto, mas uma mão negra com dedos longos e finos pendia para fora. A mão de uma mulher. A mão de uma jovem negra.

— Tem algum documento? — perguntou a enfermeira que saíra para ajudar no socorro.

— Sim — respondeu o médico. — O cartão que encontramos na carteira dela mostra que seu nome é Zoe Quigley.

CAPÍTULO

96

O professor Cox foi mancando pelo pavimento e sabia que estava atrasado. Atrasado pelo menos para os padrões daquele exigente produtor, Linus Nazareth. Linus queria que o historiador estivesse no local da transmissão uma hora antes de o programa ir ao ar. Tinha alguma coisa a ver com querer que o entrevistado estivesse por perto para responder às dúvidas de última hora dos redatores. Até aquele momento, Gordon não tivera de responder nada.

Chegar cedo daquele jeito era outra perda de tempo, mas estava sendo bem pago, conseguindo o dinheiro mais que necessário para poder bancar uma semana de férias de primeira categoria no Natal. E Linus tinha comentado alguma coisa a respeito de um novo trabalho com o *KTA*, talvez quando estivessem transmitindo de Williamsburg. Gordon sabia reconhecer de longe uma boa oportunidade. Não queria estragar as coisas.

Soltou um palavrão ao tropeçar em um dos cabos elétricos espalhados por Bowen´s Wharf e procurou por Linus entre os outros funcionários que preparavam tudo para a transmissão. Parecia haver uma movimentação maior no deque da embarcação ancorada no começo do cais, onde os técnicos ajustavam seus equipamentos. Gordon não estava muito animado para aquele pequeno passeio que ele e os apresentadores fariam na segunda parte do *KTA*. Na pressa de chegar logo, esquecera seus óculos escuros. O sol estaria muito forte na água, mesmo àquela hora da manhã.

Um vendedor tinha acordado cedo para oferecer café e muffins à equipe do *KTA*. Gordon seguiu em direção ao quiosque, ansioso por uma xícara de café. Não tivera tempo para tomar seu café-da-manhã.

Beth Terry estava em pé no balcão, tirando o papel de um grande muffin de chocolate.

— Bom-dia, professor.

— Bom-dia.

— Acredito que o senhor já esteja sabendo sobre o nosso estagiário — ela disse, mais perguntando do que afirmando.

— O quê?

— Sam foi encontrado no túnel da The Breakers ontem à noite. Vivo, graças a Deus, mas em estado grave. Ele está no hospital, ainda inconsciente.

Gordon fez uma careta ao tomar um gole do café quente. Não sentia dó do garoto. Se não fosse pelo fato de o rapaz ter se apresentado como a testemunha ocular do assassinato, Gordon não precisaria ter falado sobre a morte de Madeleine para milhões de telespectadores.

Dominick O´Donnell recebeu a ligação de B. J. do Hospital de Newport. A notícia se espalhou rapidamente entre a assustada equipe.

— Zoe Quigley está morta.

Linus lançou um olhar inquisidor a seu superior.

— Você sabe. Zoe. Nossa estagiária? — Dominick pensou que não deveria ficar surpreso. Linus vivia voltado para si próprio. Em seu mundo, não era necessariamente importante saber os nomes dos subordinados.

— A negra?

Dominick fez uma careta ao assentir.

— O que aconteceu?

— Parece que alguém a atropelou e fugiu. Foi hoje de manhã, enquanto ela vinha para cá.

— Jesus — Linus disse. — Espero que não sejamos processados.

Assim que Linus se afastou, um pensamento lhe ocorreu. A morte de Zoe Quigley poderia acrescentar ainda mais dramaticidade ao programa daquela manhã. Tudo tinha seu lado bom.

CAPÍTULO

97

Em pé no estacionamento, Grace tremia enquanto ouvia Lauren começar sua reportagem no início da primeira hora de transmissão.

— Olá, Constance e Harry. Sim, estamos vivendo uma manhã tensa e triste aqui, já que uma de nossas estagiárias está morta e outro luta para sobreviver. A estudante de intercâmbio de vinte anos de idade, Zoe Quigley, de Richmond, Inglaterra, morreu na ambulância a caminho do Hospital de Newport esta manhã, vítima, ao que parece, de um atropelamento sem socorro. Os detalhes são muito escassos no momento, mas o que parece é que Zoe estava andando, antes do amanhecer, dirigindo-se ao trabalho em nossa locação em Bowen´s Wharf. Ela foi atropelada por um carro a dois quarteirões do hotel onde ela e nossa equipe estão hospedadas aqui na cidade.

Repentinamente, Grace ficou preocupada com Lucy. Esperava que a filha ainda estivesse dormindo, protegida em seu quarto no Viking, alheia a tudo que estava acontecendo.

Lauren continuava: — Ao mesmo tempo, Constance e Harry, Sam Watkins, de vinte e um anos, outro estagiário do *KTA*, está internado na unidade de terapia intensiva deste hospital. Como sabem, Sam estava desaparecido desde o último domingo. A polícia de Newport o encontrou ontem à noite em um túnel na The Breakers, na propriedade dos Vanderbilt. Ele tem lesões na cabeça e ainda não recobrou a consciência.

Grace sabia que Lauren estava sendo cuidadosa na escolha das palavras. Recebeu instruções de Linus minutos antes de ir ao ar para que não mencionasse nada a respeito da entrevista que Sam daria, sobre ter presenciado o assassinato de Madeleine Sloane. O *KTA* substituíra Sam pela entrevista com Gordon Cox quando o estagiário não apareceu. O produtor achava que não havia necessidade de mencionar isso. Grace estava surpresa pelo fato de eles não terem recebido ligações de telespectadores, pelo menos não que ela soubesse, percebendo a diferença entre a apresentada testemunha na chamada e a entrevista que acabou acontecendo no seu lugar, com Gordon Cox.

— Tudo isso, Constance e Harry, vem logo depois de acontecimentos trágicos e perturbadores que têm abalado esta cidade litorânea. O caso de uma pessoa desaparecida há quatorze anos mostrou tratar-se de um assassinato quando os restos mortais da *socialite* Charlotte Wagstaff Sloane foram descobertos em um túnel em outra propriedade daqui e identificados na semana passada. Também durante o final de semana, sua filha, Madeleine Sloane, morreu após cair de uma escadaria perto de um abismo no oceano Atlântico. A equipe de legistas disse que os resultados da perícia serão anunciados no final desta manhã, enquanto a polícia continua investigando se e como os casos podem estar ligados. É com vocês, Constance e Harry.

Grace observou Lauren tirar seu microfone e correr até B. J. para perguntar como tinha se saído. *Como se isso importasse,* Grace pensou. Madeleine estava morta; Sam, que dissera ter visto o crime, estava lutando por sua vida e Zoe nunca mais voltaria para sua família na Inglaterra.

Apesar do ar quente da manhã, Grace sentiu um arrepio ao se lembrar do que Zoe dissera a ela no banheiro feminino do restaurante na noite anterior. O carro na rua perto da The Breakers, passando por ela, quase a atropelando, na noite em que Sam fora visto pela última vez. Será que o motorista tinha finalizado o serviço naquela manhã, achando que Zoe fosse capaz de identificar o agressor de Sam? Será que Zoe tinha sido propositalmente atropelada e morta?

CAPÍTULO

98

O Mercedes verde entrou na Thames Street e parou diretamente na entrada do Bowen´s Wharf.

— Não estou nem aí se vou levar uma multa — o sr. Vickers gritou para sua esposa. — Vou buscar Joss, e vai ser agora mesmo. Não permitirei que minha filha fique exposta a essas coisas.

— O que são exatamente *essas coisas*, Howard?

Ele olhou para ela, boquiaberto com sua aparente incompreensão. — Ao perigo, Vanessa. O que é que te deu? Não vê o que está acontecendo?

— O que eu vejo é um acidente horroroso. Uma jovem foi atropelada por um carro. Acontece, Howard. É muito triste, mas acontece.

— E o outro estagiário, aquele rapaz na The Breakers? O que vê nesse caso?

— Ainda não vejo nada, Howard. Precisamos saber o que a polícia vai descobrir ou o que o rapaz vai dizer quando acordar.

— *Se* acordar, Vanessa. Como você consegue ser tão ingênua? Três pessoas que estavam presentes em nossa festa no sábado à noite foram atacadas. Duas delas estão mortas e o outro está muito perto de morrer. Sam Watkins e Zoe Quigley trabalhavam para a KEY News. Assim como nossa filha, e vou tirá-la daqui, e do Viking, e vou levá-la de volta para casa, que é o lugar dela.

Ele bateu a porta do carro e dirigiu-se com passos firmes para o final do Bowen´s Wharf.

CAPÍTULO

99

No final do programa, depois de um passeio de barco pelo porto e pela costa de Newport, a embarcação que levava Constance, Harry e o professor Cox ancorou novamente em Bowen´s Wharf. Do cais, dessa vez, foi Harry quem terminou a transmissão, chamando a atenção dos telespectadores para o programa da manhã seguinte:

— Hoje à noite haverá uma festa fabulosa, o Ball Bleu, realizada no Elms para arrecadar fundos, a fim de ajudar os pássaros em extinção de Rhode Island. O *KEY to America* estará presente, e mostraremos a vocês todos os acontecimentos glamourosos, e também como era a vida de um empregado daquela mansão dos Anos Dourados. Isso e muito mais amanhã no *KEY to America*.

CAPÍTULO

100

Elsa afastou-se do televisor e foi para o jardim. Sentou-se em uma espreguiçadeira no quintal e ouviu os pios agudos dos pássaros. As pequenas criaturas estavam sempre alvoroçadas de manhã.

Então finalmente revelariam os resultados da autópsia de Madeleine, Elsa pensou. Queria estar com Oliver quando ele recebesse a notícia. Ele precisaria dela por perto. Qualquer resultado seria muito duro para ele. Certamente, se Elsa estivesse com ele, nesse momento de extrema necessidade, o elo entre eles seria inquebrável. Ela tinha de ser paciente.

Em sua cabeça, Elsa já era a sra. Oliver Sloane. Depois que mais um pouco de tempo se passasse, Oliver se casaria com ela. Ele só não sabia disso ainda.

Ela pensou nos cisnes, tão graciosos na água, tão estranhos na terra. Diziam que os cisnes ficavam para sempre com seus companheiros. Assim como os cisnes, Oliver e ela tinham sido feitos para ficar juntos para sempre, vivendo em paz pelo resto de suas vidas.

CAPÍTULO

101

Seus olhos ardiam depois de uma noite sem dormir. Rusty ficou em pé sob o jato do chuveiro, esperando que a água corrente aliviasse a rigidez de seu pescoço. Ficou ali por muito tempo, mas a tensão não diminuiu.

Aquela garota rica, Joss, que tinha dado a festa do *clambake*, reconhecera o desenho que ele tinha copiado do brinco de Charlotte. Tinha quase certeza disso. E percebeu que Joss não engoliu a desculpa esfarrapada que ele deu a ela.

Idiota. Aquele desenho não deveria estar na pasta de trabalhos para qualquer um ver. O que você estava pensando?

Joss e aqueles outros dois com ela trabalhavam para o telejornal. Foram embora correndo quando ficaram sabendo que o garoto tinha sido encontrado no túnel, mas, quando Joss tivesse tempo para pensar naquilo, diria a eles sobre o desenho. Podiam voltar, podiam contar à polícia. O que eles poderiam fazer?

A mente de Rusty acelerou-se. Precisava se livrar do brinco. Um desenho em um papel era uma coisa. Mas ter o verdadeiro McCoy, o brinco que Charlotte Sloane usava na última noite em que foi vista viva, era outra. Isso o incriminaria, e muito.

Sabia que devia ter se livrado do brinco antes, mas não conseguira se desfazer dele, pois era lindo, diferente de qualquer coisa que tinha visto antes. Os brincos que ele costumava comprar nas lojas de departamentos, nas seções de acessórios para sua mãe, comparados à riqueza e detalhes e fineza daquele brinco, pareciam as imitações baratas que realmente eram. O brinco de Charlotte era mais viçoso e menos brilhante. Os diamantes eram muito finos.

Fino. Assim como a mulher que o usou naquela quente noite de verão. A donzela em apuros, desesperada para fugir do clube e de tudo que a havia magoado lá dentro. A criatura de classe que não sabia, ao aceitar a carona que ele lhe oferecera, que aquela seria a sua última noite.

CAPÍTULO 102

Antes de fazer qualquer outra coisa, Grace quis falar com Lucy. Precisava ouvir a voz de sua filha. B. J. ofereceu seu telefone celular, e ela se afastou do carro de transmissão para fazer a ligação. Ouvindo sua própria voz na mensagem de seu celular, que tinha emprestado à filha, Grace ligou diretamente para o quarto onde eles estavam.

Frank atendeu no terceiro toque.

— Oi, sou eu. Grace.

— Oi.

— Quero falar com Lucy.

— Ela não está aqui. Jan acabou de descer com ela para tomar café-da-manhã.

Grace ficou desanimada. — Ela está bem, Frank?

— Você quer saber se ela está abalada com todas as loucuras que foram apresentadas no jornal de hoje, Grace? A resposta para essa pergunta é sim.

— Pensei que você não fosse deixá-la assistir.

— Isso seria impossível, Grace. Lucy quis assistir ao programa todas as manhãs desta semana. Quer ver no que a mãe está trabalhando. Então, por isso, não impedi que ela assistisse. E, francamente, não sei por que deveria ter feito isso. Lucy já tem idade suficiente para saber no que a mãe dela está escolhendo se meter.

— Escolhendo me meter? No que estou escolhendo me meter, Frank? — Grace fez um esforço para não aumentar o tom de voz, com medo de que B. J. ouvisse.

— Não sei, Grace, você é quem pode me dizer. Parece que os estagiários, seus amigos, estão sendo mortos.

E você adoraria me ver morta também, não é, Frank? Grace sentiu vontade de gritar isso ao telefone, mas conteve-se.

— Apenas diga a Lucy que eu liguei, está bem? Diga a ela que estou bem, que eu a amo e que a verei mais tarde. Diga a ela que não há nada com que se preocupar.

CAPÍTULO

103

Do topo do Elms, o porto de Newport podia ser visto de longe. Mickey estava na terceira balaustrada e olhou para a enorme tenda azul-clara armada no exuberante gramado verde. Centenas de convidados estariam dançando naquela tenda durante a noite, todos eles à espera de comes e bebes, todos eles clientes em potencial.

Ele estava exausto, mas determinado a reunir a energia para garantir que o Ball Bleu fosse um sucesso estrondoso. Prestara atenção a cada detalhe. As toalhas de linho com estampas de ovos de pássaros, os arranjos de anêmonas, orquídeas e tremoços-brancos no centro das mesas, o menu, que começava com ostras e terminava com ponche de frutas. Colocara até mesmo alguns gansos de brinquedo nadando na fonte de bronze. Os convidados certamente ficariam impressionados.

Graças a Deus o dia será bonito hoje, Mickey pensou, olhando para o céu claro. Um dia bonito e uma bela e memorável noite. A noite que definitivamente colocaria o Seasons Clambakes em destaque na alta sociedade de Newport.

Muito tempo se passara desde a época em que era garçom. Mas mesmo naquela época sabia que seria um sucesso. Tudo de que precisara foi de um começo. Era fácil justificar suas ações. Aquelas pessoas do clube tinham tanto, e ele, tão pouco. Até onde Mickey sabia, os membros nunca perceberam que o dinheiro tinha sumido.

A não ser Charlotte Sloane. De alguma maneira ela descobriu. Ela o puxou de lado no clube e o confrontou, chateada por ele ter enganado e mentido para seu marido. E disse a ele que, se devolvesse o dinheiro e se demitisse, ela não contaria a ninguém o que ele tinha feito.

Mas Mickey não podia fazer aquilo.

CAPÍTULO

104

Quando o programa terminou e as notícias tinham sido dadas, Grace checou mais uma vez o estado de saúde de Sam antes de voltar para o Viking. Nada tinha mudado.

No caminho para o hotel, Grace e B. J. não conversaram muito. Os dois estavam chocados e cansados. B. J. esperou que o manobrista levasse o carro, enquanto Grace foi direto para a redação. O local de trabalho estava estranhamente quieto.

— Oi, Grace. Seu pai ligou algumas vezes — o editor disse quando a viu. — Pediu para você ligar de volta.

Grace foi direto para o telefone.

— Papai?

— Gracie. — Ela quase conseguiu ouvir o alívio na voz do pai. — Como você está, filha?

— Não sei como estou, papai. As coisas estão bem tristes aqui. Imagino que você tenha assistido ao programa hoje de manhã, não é?

— Sim, assisti. Você acha que deve sair daí e voltar para casa, querida?

— *Você* faria isso, papai?

Houve uma longa pausa no outro lado da linha. Finalmente, o pai dela respondeu: — Não sei, Gracie. Não sei ao certo o que está havendo. Não sei o que eu faria.

— Eu me sentiria uma perdedora se fosse embora, papai. Só faltam mais alguns dias.

— Bem, se resolver ficar, Gracie, *por favor,* tenha cuidado. Muita coisa pode acontecer em alguns dias.

Muita coisa pode acontecer em poucos segundos, Grace pensou enquanto imagens de Madeleine, Sam e Zoe passavam por sua mente.

CAPÍTULO

105

Todas as emissoras locais com suas equipes de filmagem estavam na sala de imprensa, prontas para gravar as imagens e correr para as redações, a fim de preparar as edições dos telejornais do horário do almoço. O médico-legista assistente de Rhode Island foi para um palanque e ficou diante de vários microfones para anunciar os resultados da autópsia. A notoriedade que aquele caso estava atraindo o forçara a agilizar seu trabalho.

— Madeleine Sloane morreu ao cair e quebrar o pescoço. Como o nível de álcool no sangue dela estava alterado e como não encontramos sinais de luta, no momento acreditamos que sua morte foi um trágico acidente.

CAPÍTULO

106

A conversa no telefone com seu pai fez Grace se lembrar de que queria visitar o pai de Madeleine Sloane. Independentemente do que estava acontecendo, ela não queria deixar de dar suas condolências. Se alguma coisa acontecesse a ela, Grace sabia que seu pai ficaria muito grato se alguém lhe contasse as coisas boas que sua filha dissera sobre ele. Oliver Sloane provavelmente se sentiria da mesma maneira.

Mas, antes de fazer a visita ao sr. Sloane, ela precisava telefonar para o detetive Manzorella e contar a ele sobre o carro que quase tinha atropelado Zoe no domingo à noite perto da mansão The Breakers. Será que o carro com a placa que começava com S-E-A era o mesmo que matara Zoe naquela manhã?

Grace subiu para seu quarto para usar o telefone.

— O detetive Manzorella não está no momento. Você gostaria de deixar um recado?

— Por favor, apenas peça que ele ligue para mim quando voltar. Não tenho um telefone celular, mas ele pode ligar para meu pager e retorno logo em seguida.

Grace encontrou seu pager em sua bolsa, checou o número ainda não memorizado e o passou para o atendente.

CAPÍTULO

107

Joss assistiu às notícias do WPRI na hora do almoço na televisão ligada no quarto do hotel, duvidando do laudo do médico-legista. Era difícil acreditar que a morte de Madeleine Sloane havia sido um acidente. A queda de Madeleine do Forty Steps, depois o ataque a Sam, que testemunhara a morte da garota, e agora a morte de Zoe — tudo isso era mais do que uma coincidência.

Os pais dela deviam estar certos pelo menos uma vez, Joss pensou enquanto fazia suas malas. Não precisava daquele estágio. Não valia a pena arriscar sua vida por ele. Se decidisse fazer sua carreira no jornalismo, ainda poderia conseguir. Não precisava ser com a KEY News. Nenhuma outra emissora precisaria saber que ela havia desistido de um estágio com a KEY. E qual era o problema se não conseguisse a nota para passar de semestre na faculdade? Conseguiria entrar em outro curso com facilidade no semestre seguinte ou no outro.

Jogando a cópia do diário de Charlotte Sloane no cesto de lixo perto da mesa, Joss desistiu de sua luta.

Deixe Grace Callahan ganhar a competição. Deixe Grace ser a única estagiária restante.

CAPÍTULO

108

Não era tão grande quanto as várias mansões que tinha visto naquela semana, mas a casa de Oliver Sloane era igualmente impressionante, Grace pensou enquanto subia o caminho da entrada. A grande construção branca, de estilo colonial com venezianas verde-escuras era bastante afastada da estrada. Grace subiu os degraus que levavam à porta de entrada e tocou a campainha que se localizava abaixo de uma pequena placa de latão que tinha apenas uma palavra gravada: SEAVIEW.

Oliver Sloane atendeu. Tinha uma expressão abatida e cansada.

— Pois não?

— Olá, sr. Sloane. Meu nome é Grace Callahan e gostaria de conversar com o senhor sobre Madeleine.

Oliver recuou um pouco.

— Desculpe-me, senhor. Não vim aqui para perturbá-lo. Mas eu estive com sua filha na noite em que ela morreu. Conversamos um pouco, e acredito que seria um conforto para o senhor saber o que ela me disse.

Oliver observou Grace como se estivesse tentando se decidir. Então abriu a porta.

— Não quer entrar? Uma amiga e eu estamos tomando um pouco de chá gelado no escritório.

Grace o seguiu, despreparada para ter uma conversa tão pessoal com uma terceira pessoa presente. Mas não havia como voltar atrás agora.

O escritório era uma sala bonita e confortável com estantes de mogno cheias de livros de capa de couro. Na estante também havia peças de *scrimshaw*. Com base nas etiquetas com os preços que vira na loja de Kyle Seaton, sabia que aquela se tratava de uma coleção muito valiosa.

Uma mulher de meia-idade estava sentada em uma cadeira ao lado da lareira. Grace tentou se lembrar, pois sabia que a mulher que secava os olhos com um lenço lhe parecia familiar, apesar de não saber de onde a conhecia.

— Elsa Gravell, esta é Grace Callahan.

Elsa não se levantou, esperando que Grace fosse até ela. Quando Grace estendeu sua mão, Elsa a apertou com pouca firmeza. — Sim, Grace. Acho que já nos vimos antes. Na festa. Madeleine nos apresentou.

Grace, então, se lembrou. — Ah, sim, a senhora é a madrinha de Madeleine.

— Isso mesmo — Elsa disse com a expressão séria. Grace teve a impressão de estar interrompendo alguma coisa, a sensação de que Elsa preferiria ficar sozinha com Oliver. Mas Grace compreendia. Naquele momento, eles com certeza já sabiam o resultado da autópsia.

— Sente-se, por favor, Grace. — Oliver indicou a outra cadeira qua fazia par com a de Elsa do outro lado da lareira apagada enquanto se sentava atrás da mesa.

— Ficarei apenas alguns minutos. Não quero perturbá-lo em um momento como este. Mas queria que o senhor soubesse, sr. Sloane, que Madeleine falou do senhor com muito carinho naquela última noite.

— Ela falou? O que ela disse? — Grace pôde ver a esperança nos olhos dele.

— Disse que o senhor fez o melhor que pôde, sob circunstâncias muito arbitrárias, para criá-la com muito amor e carinho. Madeleine me disse que o amava muito, principalmente pelo que teve de enfrentar.

Oliver parecia absorver cada palavra. — Receio que foi Madeleine quem teve de enfrentar muita coisa, Grace. Por ter perdido sua mãe quando ainda era criança, por ter sido criada por um pai que fora isolado da sociedade. Um pai que todos viam como o culpado pela morte de sua mãe. — A voz de Oliver falhou e ele olhou para baixo, para o peso de papel sobre sua mesa.

— Madeleine nunca pensou que o senhor fosse o assassino da mãe dela, sr. Sloane. Eu sei disso.

Oliver olhou para ela. — Ela lhe disse isso?

— Sim. E também me contou sobre um sonho que vinha tendo sobre a noite em que sua mãe desapareceu. Sentia que poderia estar chegando perto demais de se lembrar de algo que levaria ao assassino da sra. Charlotte Sloane.

— Bem, nunca saberemos, não é, Grace? Madeleine não vai conseguir descobrir nada agora.

— Sinto muito, sr. Sloane. Sinto muito mesmo. — Grace levantou-se. — Preciso ir agora — ela disse. — Não quero mais tomar seu tempo.

Oliver Sloane levantou-se, visivelmente emocionado. — Não tenho palavras para dizer como fico feliz por você ter vindo até aqui. Com a exceção de Elsa, você foi a única pessoa que se importou o suficiente para vir e me dar suas condolências.

Ele olhou para a sua mesa e pegou o peso de papel de *scrimshaw*. Estendeu o braço, oferecendo o objeto a Grace. — Quero que fique com isto.

Grace balançou a cabeça. — Oh, não, sr. Sloane. Não posso aceitar.

— Por favor, pegue-o — ele insistiu. — Como uma lembrança de Madeleine e de meu agradecimento por sua gentileza. Vou me sentir melhor se você o aceitar, Grace.

CAPÍTULO

109

Um hóspede havia deixado o hotel antes do horário do *checkout*.

— Que droga — Izzie xingou baixinho. Ela costumava dosar sua força, esforçando-se um pouco quarto por quarto, fazendo um esforço extra para terminar suas tarefas. Até mesmo um quarto a mais fazia com que ela entrasse em desespero.

Ao abrir a porta do 226, Izzie fez uma grande força para não chorar. O hóspede que ali ficara era muito desleixado. Embalagens de comida e de doces estavam jogadas pelo carpete. Os lençóis estavam manchados com batom e rímel. No banheiro, as toalhas molhadas formavam uma pilha no chão. A pia estava cheia de pasta de dente grudada, e frascos de xampu e condicionador jogados dentro da banheira estavam vazando. Fios de cabelos negros e longos entupiam o ralo.

Respirando fundo, Izzie começou. *Uma coisa por vez,* disse a si mesma. *Uma coisa por vez.* Tirou os lençóis da cama e pegou as toalhas do chão do banheiro. Abaixou-se para pegar as embalagens do chão e sentiu tontura ao levantar. Izzie segurou-se na cadeira perto da mesa e sentou-se para se recuperar.

Quando abriu os olhos, viu os papéis no cesto de lixo. Era engraçado ver que a porca que se hospedara naquele quarto tinha jogado alguma coisa no lixo. Izzie pegou o cesto e estava prestes a esvaziá-lo quando leu o que estava escrito na parte de cima da capa. "Original devolvido a Agatha Wagstaff, irmã."

Izzie puxou os papéis copiados do cesto de lixo e, dobrando-os, colocou-os no bolso de seu uniforme.

CAPÍTULO

110

Ela sentiu-se mal por fazer compras em um momento onde havia tanta dor ao seu redor, mas Grace precisava aproveitar esse pouco tempo livre. B. J. havia perguntado se ela queria acompanhá-lo para uma filmagem do evento de arrecadação de fundos na The Elms, e ela não tinha nada apropriado para vestir. Não precisava se vestir tão formalmente quanto os convidados, mas nada que ela havia levado em sua mala servia para a ocasião. Voltando para o hotel, passou na Loja Talbots, empolgada pelos cartazes que anunciavam uma promoção. Meia hora depois, saiu de lá com um vestido azul-marinho sem mangas de linho que tivera seu preço remarcado, uma bolsa a tiracolo preta, um par de sandálias pretas de salto alto e a calça cáqui que queria comprar.

De volta ao Viking, não passou pela redação e foi direto para o quarto com suas sacolas. Colocou o peso de papel de *scrimshaw* no criado-mudo, ao lado do telefone. Enquanto pendurava seu vestido novo no cabide, seu pager tocou. Ela pegou o telefone e ligou para o número de telefone que aparecia na pequena tela.

— O detetive Manzorella, por favor. Aqui é Grace Callahan.

Grace ficou sentada na beira da cama e esperou, olhando para a tatuagem de hena em seu pé. Com toda a correria ao sair do salão de tatuagens na noite anterior, tinha se esquecido, até aquele momento, da estranha coincidência do desenho na pasta de trabalhos de Rusty, uma cópia fiel do relógio de sol no jardim em Shepherd's Point. Ele dissera a Joss que simplesmente teve a idéia, mas Grace duvidava. Como Rusty tinha tomado conhecimento do relógio de sol?

Enquanto Grace olhava para sua tatuagem, lembrou-se de algo. Agatha dissera a ela que Charlotte usava um par de brincos no mesmo formato do relógio de sol na noite em que desapareceu. Talvez Rusty nunca tivesse visto o relógio. Talvez tivesse visto os brincos de Charlotte. Mas as duas situações pareciam improváveis. Rusty não parecia ser o tipo de pessoa que freqüentasse Shepherd´s Point ou que fosse amigo de Charlotte Sloane.

— Olá, sra. Callahan. Quem fala é o detetive Al Manzorella. — A voz do detetive tirou Grace de seus pensamentos.

— Ah, sim, detetive. Queria contar para o senhor algo que achei que deveria saber. Uma coisa que Zoe Quigley me disse ontem à noite.

— O quê?

— Zoe me contou que estava correndo perto da The Breakers no domingo à noite e um carro passou a toda velocidade, quase a atropelando.

— Qual era o modelo do carro?

— Ela não soube dizer. O senhor sabe, Zoe era da Inglaterra. Disse que não conhecia muito bem os modelos norte-americanos. Porém, conseguiu ver um pouco da placa. Zoe disse que viu as letras S-E-A.

— Uma placa personalizada?

— Não sei.

— Certo, sra. Grace Callahan. Muito obrigado.

Grace não queria desligar. — O senhor acha que isto ajudará a descobrir o que aconteceu com Zoe e até mesmo com Sam Watkins? Talvez o motorista do carro tenha sido o agressor de Sam. O tempo entre um acontecimento e outro pode bater.

— Vamos investigar, eu prometo. E guarde segredo. Isso pode ser uma prova crucial. Se for, é importante que o suspeito não saiba disso.

Grace se antecipou: — Sabe, eles podem estar conectados. Como uma seqüência de dominós, um derrubando o outro. Nenhum desses casos parece ter acontecido isoladamente. Talvez o atropelamento de Zoe não tenha sido um acidente. Talvez ela tenha sido atropelada porque o assassino pensou que Zoe pudesse relacioná-lo com o incidente da The Breakers, quando Sam foi agredido. Talvez Sam tenha sido atacado porque vira Madeleine ser empurrada na escadaria do Forty Steps. Talvez Madeleine tenha sido morta porque estava chegando muito perto de descobrir quem tinha matado sua mãe.

— Acho que são muitas dúvidas. Mas não se preocupe, estamos investigando cada pista que temos. Deixe-nos fazer nosso trabalho. Muito obrigado.

Grace ouviu o clique na outra linha e ficou frustrada. Mas talvez tenha sido bom que o detetive a tivesse interrompido. Não seria justo envolver Rusty com base apenas no desenho da pasta. Ela precisava de mais provas antes de contar aquilo à polícia.

CAPÍTULO

111

Grace colocou a cabeça para dentro do salão. Nem B. J. nem Joss estavam ali. Mas Beth Terry estava sentada à mesa da recepção, com a expressão fechada. Grace se aproximou.

— Posso ajudar em alguma coisa, Beth? — ela perguntou.

— Não, a menos que você providencie o traslado de um corpo para a Inglaterra.

— Ah, meu Deus — Grace disse, balançando a cabeça. — Alguém telefonou para os pais de Zoe?

— Eu mesma. — Beth parecia abatida. Nunca tive de dar uma notícia desse tipo. Espero nunca mais ter de fazer isso.

— Sinto muito, Beth. — Grace procurou uma maneira de ser útil. — Posso fazer alguma coisa? Trazer uma xícara de chá? Algo para comer?

— Não, obrigada — Beth disse, melancolicamente. — Pela primeira vez estou sem apetite.

— Como Sam está? — Grace perguntou.

— Sua situação continua a mesma.

Grace virou-se para sair.

— Grace, espere — Beth disse.

— Sim?

— Tome cuidado, está bem?

Grace olhou para Beth sem entender o que ela queria dizer.

— Não sei, Grace. Tome cuidado. Não sou supersticiosa, mas você é a última estagiária que restou.

— Como assim?

— Você não ficou sabendo?

— O quê? Alguma coisa aconteceu a Joss? — O coração de Grace se acelerou.

— A Joss desistiu, Grace. Você é a última estagiária que sobrou.

Ainda faltavam duas horas para se encontrar com B. J. para irem ao Elms. Grace ligou para o quarto de Lucy, mas ninguém atendeu. Na verdade sentiu-se contente por sua filha estar fora, passeando com Frank e Jan, em segurança e se divertindo.

Com nada para fazer na redação, Grace não conseguiu ficar esperando. Apesar de não existir nenhum sentimento de amizade entre as duas, Grace ficou abalada com a saída de Joss. Sentiu vontade de ligar para a casa dos Vickers, mas pensou melhor. O que poderia ser dito?

Parecia que ela conquistaria a competição pela vaga de emprego por falta de concorrentes, e não se sentiria feliz com a conquista. Grace não achava que tinha feito muita coisa para se destacar dos outros estagiários.

Mas, se conseguisse descobrir a ligação entre as mortes de Charlotte, Madeleine e Zoe, e o ataque a Sam, isso faria com que ela sentisse que merecia o emprego. Mais importante ainda, queria fazer a sua parte, se pudesse, para pôr um fim à violência e a todo o sofrimento de todas as pessoas ligadas às vítimas. O assassino precisava ser detido.

É claro, seria imprudente correr qualquer risco — e seria irresponsabilidade como mãe. Beth tinha razão. Ela precisava tomar cuidado.

Mas não seria perigoso visitar Rusty na loja de tatuagens enquanto ainda era dia.

A primeira peça de dominó a cair fora Charlotte Sloane.

Grace achava que a morte de Charlotte tinha originado todas as outras.

Ela conseguia ver a delegacia de polícia no próximo quarteirão na calçada em frente à Broadway Tattoos. Estava claro e ela podia sair correndo para a rua se precisasse. Grace abriu a porta da loja e entrou.

Rusty estava conversando com um adolescente no balcão, dando instruções de como ele deveria cuidar de sua tatuagem recém-feita. Grace esperou perto da entrada e aguardou que o cliente pagasse e fosse embora. Rusty saiu de trás do balcão e aproximou-se dela. Grace viu as manchas de sangue na camiseta dele.

— Não se preocupe com isto — Rusty disse, puxando o pano da camiseta para a frente e soltando-o. — Às vezes um pouco de sangue pode espirrar. Mas sem problemas. Está pronta para fazer aquela tatuagem agora?

— Não — Grace disse. — Vou pensar melhor.

— Oh. — Rusty parecia um pouco frustrado. — O que posso fazer por você?

— Queria falar com você sobre o desenho que vimos em sua pasta ontem à noite.

— Imaginei. — Rusty suspirou profundamente. — Percebi que sua amiga o reconheceu assim que o viu.

Grace pensou na noite anterior.

É claro que Joss *perguntara* sobre o desenho, mas até aquele momento Grace não tinha pensado em perguntar aquilo. Apenas prestara atenção ao fato de o desenho ser o mesmo que o relógio de sol de Shepherd´s Point. Por que Joss estava tão curiosa?

— Então a idéia do desenho do relógio não foi sua? — Grace perguntou.

— Acho que você já sabe que não ou não estaria me perguntando. Olha, eu não quero confusão. Não podemos esquecer isso?

A ansiedade que Grace estava sentindo diminuiu quando ela viu a expressão de derrota no rosto de Rusty. — Por que não me conta? — ela pediu. — Se não me contar, posso ir até a polícia e eles vão querer te interrogar. — Ela deu outro passo em direção à porta.

— Tenho uma explicação, mas você precisa me prometer que não vai à polícia.

— Isso depende do que vai me dizer.

Rusty estava com problemas e sabia disso. Mas contar para aquela mulher e esperar que ela ficasse satisfeita era muito melhor do que ter de enfrentar a polícia. Ele precisaria tentar contar com a sorte outra vez.

Parados na porta, Rusty contou a Grace toda a história da época em que trabalhava como motorista do almirante.

— Eu estava do lado de fora aquela noite, esperando meu chefe, que estava na festa com todos os ricaços do clube. Estava sozinho, surrupiando alguns cigarros e pensando em como deveria ser bom ter dinheiro para poder doar, a fim de garantir que os pássaros continuassem livres de extinção, comparando com minha situação financeira, quando eu era incapaz de guardar dinheiro de meu minguado salário na Marinha.

Grace assentiu com a cabeça.

— Bem — Rusty continuou —, Charlotte Sloane saiu do clube bastante abatida. Ela me viu e perguntou se eu poderia lhe dar uma carona. Sabia que não devia sair, mas não pude dizer não. Ela estava tão linda naquele vestido dourado e viçoso. Como Cinderela no baile.

"Ela segurava uma foto, que eu acho que a deixou transtornada. Fiquei olhando para ela, no banco de trás, pelo espelho retrovisor. Ela acendeu a luz do teto do carro e olhava para a foto, murmurando algo sobre alguém ter mentido e enganado. Perguntei a ela o que tinha acontecido, mas ela não quis me dizer. Disse que só queria ver sua filhinha.

"Não foi um longo trajeto até Shepherd's Point. Eu a deixei na entrada da estrada e voltei com o carro para o clube. O almirante nem percebeu que eu tinha saído."

— Mas e o desenho, Rusty? — Grace perguntou.

— Quando eu estava limpando o carro no dia seguinte, encontrei um brinco no chão. Eu ia devolvê-lo, é sério, ia mesmo. Mas então fiquei sabendo que Charlotte Sloane estava desaparecida. Não poderia devolver o brinco naquele momento. Não podia deixar que todos pensassem que eu tinha alguma coisa a ver com o desaparecimento dela.

— Então foi por isso que você não contou à polícia — Grace disse em voz alta.

— Olhe para mim — Rusty implorou, esticando os braços. — Sou o tipo de cara que os policiais adoram culpar. Sou um alvo fácil. Pensei em dizer a eles o que tinha acontecido, várias vezes. Mas achei que iam acabar me culpando Diriam que eu fui a última pessoa a vê-la viva.

— Mas você não foi a última pessoa, Rusty — Grace disse. — O assassino de Charlotte sim.

CAPÍTULO

112

Por que Joss ficara tão curiosa com o desenho do brinco?, Grace perguntou-se outra vez enquanto saía da loja de tatuagens, esperando encontrar logo um táxi. O que Joss sabia?

Determinada a descobrir, Grace deu o endereço da família Vickers ao taxista que parou para pegá-la.

Joss atendeu a porta vestindo um biquíni.

— Grace. O que você está fazendo aqui? — perguntou, deixando transparecer sua surpresa.

— Gostaria de conversar com você sobre uma coisa, Joss.

— O quê? Você veio me ver com seus próprios olhos? — Joss atacou-a. — Eu abandonei o estágio, Grace. E você não vai ganhar por seu mérito, não é? Seus outros concorrentes também foram eliminados. Muito conveniente para você.

Grace teve vontade de ir embora, mas conteve-se. *Agüente. Descubra o que quer saber.*

— Quem vai ganhar a competição não importa mais, Joss — ela disse. — É bastante assustador o que está acontecendo esta semana. Madeleine. Sam. E, agora, Zoe. Acho que se temos a chance de fazer alguma coisa para descobrir o que está acontecendo, Joss, temos que tentar.

Joss olhou para Grace um tanto duvidosa. — Isso, e assim você ganhará uns pontos com a KEY News.

— Não, Joss — Grace insistiu. — Ganhar pontos por sermos cidadãs decentes.

Joss olhou para seus pés descalços e esfregou seus dedos bem-feitos no piso de cerâmica da entrada. Quando olhou para Grace outra vez, convidou-a para entrar.

Grace escolheu o mesmo sofá onde se sentara na noite da festa. Mas Joss não se sentou a seu lado como Madeleine fizera. Sentou-se em uma cadeira do outro lado.

— Tudo bem, Grace. O que você quer?

— Acabei de vir da Broadway Tattoos.

— E?

— Rusty me contou como arrumou aquele desenho — Grace disse. — Aquele sobre o qual você perguntou.

— O que ele disse? — Joss balançava o pé.

Grace decidiu que precisava dar-lhe algo para receber alguma coisa. — Disse que o copiou de um brinco. Um brinco que Charlotte Sloane perdeu no carro dele na noite em que desapareceu.

— Meu Deus. — Joss descruzou suas pernas nuas e curvou-se para a frente em sua cadeira. — Ele pode ser o assassino.

— Não vamos nos precipitar, Joss. Você ficou muito interessada naquele desenho na pasta de Rusty ontem à noite. Por quê?

Grace quase podia ver os neurônios de Joss em funcionamento.

— Tudo bem, por que não? — Joss disse após tomar sua decisão. — Espere um minuto. — Ela se levantou e saiu da sala. Quando voltou, trazia sua bolsa. Tirou de dentro dela uma folha de papel dobrada que passou para Grace.

Desdobrando o papel, Grace olhou para o desenho. O desenho do relógio de sol.

— O Rusty pode ter um dos brincos, Grace, mas a polícia tem o outro par dele. Foi encontrado no bolso do vestido que Charlotte vestia. Os policiais não divulgaram essa informação ainda.

— Como sabe? — Grace perguntou, ainda olhando para o papel.

— Tenho uma boa fonte — Joss disse aquilo de uma maneira que deixava claro que não contaria a Grace quem era seu informante. — Mas, acredite, eu vi o brinco com meus próprios olhos.

Grace concordava com o princípio de não revelar os nomes de suas fontes, por isso não pressionou Joss. Mas ficou intrigada com o outro desenho no fim da folha.

— O que é isso? — ela perguntou, apontando para o quadrado feito com uma caneta.

— Ah, isso é outra coisa que encontraram no vestido de Charlotte. Um lenço de seda verde-limão.

Enquanto observava Grace se afastar, Joss lembrou-se do diário de Charlotte. Quase a chamou, mas mudou de idéia. Estava com medo de ter dito coisas demais.

CAPÍTULO

113

Que sucesso!

Os resultados da autópsia de Madeleine eram mais um sinal claro das autoridades de que *existia* o crime perfeito.

Mas a barra ainda não estava limpa. Se Sam Watkins recobrasse os sentidos, seria um grande problema. Mas era melhor esperar para ver, e torcer para que acontecesse uma nova bênção, e que os céus levassem o jovem rapaz de volta para casa.

Zoe Quigley, graças a Deus, nunca poderia contar a ninguém o que tinha visto.

Mas Grace Callahan ainda era uma ameaça. Será que ela estava chegando perto demais?

CAPÍTULO

114

Grace lavou o cabelo com xampu, gastando mais tempo com o secador para deixar suas madeixas cor de mel macias e volumosas. Fez sua maquiagem, caprichando mais nos olhos, usando sombra azul-acinzentada nas pálpebras, delineando a parte de cima e de baixo delas. Enquanto passava a máscara para cílios, notou suas unhas sem esmalte. Era tarde demais para fazer as unhas, mas, pelo menos, podia cortá-las e lixá-las.

Procurou em seu estojo de cosméticos e encontrou uma lixa no fundo. Vestiu seu roupão, foi para o quarto, sentou-se na cama e começou o trabalho. Depois de alguns minutos, estava contente por suas unhas estarem apresentáveis, mesmo que não estivessem glamourosas.

Restavam ainda quinze minutos e Grace queria vestir a roupa na hora de sair. Linho amassava rapidamente. Então decidiu colocar os pés para cima, recostar-se e fechar os olhos, na esperança de que um curto descanso a revigorasse. Mas não conseguiu relaxar. A história de Rusty não saía de sua cabeça, junto com a informação que Joss lhe dera.

Grace voltou a sentar-se na cama e novamente pensou em ligar para Lucy. Quando pegou o telefone, viu o peso de papel de *scrimshaw*, o presente de Oliver para ela, sobre a mesa. Ela o pegou a passou a mão sobre a superfície fria e lisa.

Com a lixa de unhas à mão, ela decidiu fazer o teste de Kyle Seaton, só por curiosidade. Escolheu uma parte do peso de papel e rapidamente esfregou a lixa contra o objeto, esperando sentir o cheiro de osso queimado.

Em vez disso, sentiu o cheiro de plástico queimado. O peso de papel de Oliver era falso.

Ouviu alguém bater à porta.

— Quem está aí? — Grace perguntou.

— Sou eu. B. J.

— Só um minuto. Estou indo.

Ela pensou que o encontraria no lobby. Grace apressou-se para fechar seu vestido enquanto andava, descalça, em direção à porta.

Lá estava B. J., bronzeado e recém-saído do banho, vestindo um blazer azul-marinho, uma camisa branca e uma gravata azul-clara, uma calça bege de pregas e sapatos engraxados. Segurava uma caixinha pequena e quadrada.

— Para mim? Você trouxe flores para mim? — Grace estava encantada. Fazia muito tempo que não recebia flores, e ainda mais tempo que não recebia flores de alguém por quem estivesse interessada.

B. J. sorriu, contente com a reação dela. — Achei que fosse gostar delas.

— Gostar? Eu adorei! — Grace olhou para os botões azuis. — Elas são diferentes, B. J. Obrigada.

Cuidadosamente, ela tirou o pequeno buquê da caixa. — Onde você acha que eu deveria usá-las? No meu vestido ou no meu pulso?

B. J. esticou o braço e puxou uma mecha do cabelo de Grace. — Que tal aqui, no seu cabelo?

— Tudo bem. Sente-se um pouco enquanto cuido disso.

Grace entrou no banheiro, onde ficou em pé diante do espelho e puxou seu cabelo para um lado, prendendo as flores com grampos.

— Que objeto legal de *scrimshaw* — B. J. disse, pegando o peso de papel do criado-mudo.

— É falso — Grace disse. — Fiz o teste hoje.

— Você não esperava que fosse de verdade, não é?

— Para falar a verdade, esperava sim. Oliver Sloane foi quem me deu, hoje à tarde.

— Você está brincando. Como isso aconteceu? — B. J. perguntou.

— Fui até lá para lhe dar meus pêsames e ele ficou emocionado. Insistiu que eu levasse o peso de papel como uma lembrança de Madeleine.

— Você acha que Oliver sabia que era falso?

Grace colocou o último grampo de cabelo e deu um passo para trás para observar o resultado no espelho. — Duvido — disse. — Depois que vi o escritório dele, cheguei à conclusão de que Oliver Sloane só compra coisas do bom e do melhor.

— Vai contar a ele?

— Talvez eu devesse fazer isso. Kyle Seaton me disse na festa que Oliver e Charlotte eram ótimos clientes. Queria saber se foi Kyle quem vendeu este peso de papel a Oliver.

Ajeitou seu cabelo pela última vez. — Como estou? — ela perguntou, voltando para o quarto.

B. J. lançou-lhe um olhar admirado. — Bombástica. Está ótima, Grace.

Era uma pena que Lauren Adams iria com eles no mesmo carro.

Grace sabia que eles estavam indo a trabalho, mas parecia que ela e B. J. estavam saindo para um encontro. O *scrimshaw* falso e os brincos de relógio de sol foram esquecidos por um tempo enquanto ela calçava suas sandálias novas e pegava sua bolsa. — Vamos?

CAPÍTULO

115

Izzie acendeu a vela próxima à pequena imagem religiosa na borda da banheira e relaxou na água quente.

— Aaahhh — gemeu aliviada. Precisaria avisar que se demitiria do Viking. Arrumaria os quartos até o fim da semana e, depois, não mais.

Izzie olhou para a imagem da jovem donzela vestida com roupas azuis e rosa. Sua expressão era muito serena, mas Izzie sabia que ela passara por sofrimentos horrorosos. Jovem, bonita e rica, vivera uma vida dedicada a Deus, e foi espancada, presa e torturada por seus inimigos, e teve os seios prensados e cortados antes de finalmente ser arrastada sobre brasas, até morrer.

— Santa Agatha — Izzie rezou —, por favor, me ajude. — A padroeira de enfermeiras, bombeiros e mulheres que sofreram de câncer de mama silenciosamente olhava para a camareira. Izzie sabia que a fé cristã pregava que a dor e a aflição deste mundo poderiam ser superadas pela alegria espiritual do próximo. Contava com isso e queria rever Padraic. *Não vai demorar muito agora, Paddy, meu amor.*

Molhando um pano na água, Izzie passou-o delicadamente sobre seu peito cheio de cicatrizes, sem tirar os olhos da imagem. Era estranho que sua vida adulta tivesse começado com uma Agatha e estivesse terminando com outra. Aprendera a arrumar camas da maneira que agradava a srta. Agatha e a esfregar as peças de porcelana, banheiras e pias até fazê-las brilhar sob a supervisão constante de Finola em Shepherd´s Point. Poderia estar trabalhando lá até hoje se ela e Paddy não tivessem ido para a casa de boneca na noite em que a sra.

Charlotte foi morta. Depois daquele momento aterrorizante no velho túnel dos escravos, agachada ao lado do corpo sem vida da sra. Charlotte, e da carta ameaçadora que chegara logo depois. Izzie quis escapar de Shepherd's Point e de todas as lembranças horripilantes.

Esforçou-se para sair da banheira. Secou o corpo, dando batidinhas com a toalha nas cicatrizes rosadas em forma de V de seu peito, e pegou sua camisola de algodão de trás da porta do banheiro. Foi até a cozinha, encheu a chaleira com água para ferver e pegou a pilha de correspondências que se acumulavam há mais de uma semana.

Conta. Conta. Propaganda. Conta. O envelope seguinte fez com que Izzie respirasse profundamente. Ela reconheceu a caligrafia exagerada que tinha visto centenas de vezes antes. Outra carta da mesma pessoa que ameaçara Paddy tão implacavelmente durante todos aqueles anos, ameaçando envolvê-lo no assassinato de Charlotte Sloane. Entretanto, aquela carta estava endereçada a ela.

A chaleira apitou e Izzie deu um pulo. Desligou o fogo, mas não colocou a água dentro da xícara onde estava o saquinho de chá. Voltou para a mesa e, com as mãos trêmulas, abriu a carta.

EU AVISEI SEU MARIDO HÁ QUATORZE ANOS E ESTOU TE AVISANDO AGORA. NÃO PENSE QUE SÓ PORQUE OS OSSOS FORAM ENCONTRADOS NO TÚNEL ESTA É A OPORTUNIDADE DE REVELAR O QUE SABE OU O QUE PENSA QUE SABE.
AINDA TENHO A CARTEIRA QUE VOCÊS ESQUECERAM NA CASA DE BONECA NA NOITE EM QUE CHARLOTTE SLOANE MORREU. SE ENTREGAR A FOTO À POLÍCIA, SURGIREI COM A CARTEIRA. EM QUEM VOCÊ ACHA QUE A POLÍCIA VAI ACREDITAR? EM MIM OU EM VOCÊ?

Enquanto Izzie relia a carta, o medo que sentia começou a se transformar em raiva. Não fizera nada errado além de amar Paddy no lugar e no momento errados. Mas, mesmo assim, os dois passaram vários anos com medo de serem apontados como os assassinos de Charlotte, se o corpo dela e a carteira de Padraic aparecessem. Izzie passou muitas noites chorando, com vontade de fazer a coisa certa e contar à polícia o que acontecera naquela noite. Porém, quando olhavam para a foto que havia caído no túnel, sob o corpo de

Charlotte, concordavam que não havia nada ali que pudesse incriminar alguém. Não sabiam ao certo por que o assassino estava tão preocupado, mas tinham certeza de que seriam vistos como culpados se a história da carteira de Padraic encontrada na casa de boneca viesse à tona.

Izzie ficou em pé, abriu o armário, tirou os livros de receitas da frente e pegou um envelope de papel fino. Suas mãos ainda tremiam, agora de raiva, enquanto cuidadosamente tirava o que havia dentro dele. Estava na hora de colocar um ponto final naquilo.

Tinha pouco tempo neste mundo, mas partiria para a outra vida com a consciência limpa. E se com isso pudesse ajudar uma jovem mulher esforçada a dar um salto em sua carreira, melhor ainda. Ela tinha aquela foto velha e a cópia do diário de Charlotte Sloane, que encontrara no lixo do quarto. Entregaria as duas coisas para aquela moça gentil, Grace Callahan, e talvez conseguiria ajudá-la em seu emprego.

CAPÍTULO

116

O *town car* com chofer esperou na entrada da propriedade enquanto Oliver, vestido com seu smoking, saiu e bateu à porta de Elsa. Uma abotoadura dourada brilhava no punho de sua camisa enquanto ele levantava, impacientemente, a gaivota da maçaneta da porta. A última vez que usara aquelas abotoaduras com o formato do relógio de sol tinha sido na festa do clube, na noite do desaparecimento de Charlotte. Durante aqueles anos fora incapaz de usar o último presente de casamento dado por sua esposa desaparecida. Mas, agora, sabendo que Charlotte realmente não voltaria mais, parecia apropriado usar as abotoaduras em sua memória.

Elsa abriu a porta, esplêndida em seu vestido azul justo, um broche de diamante em formato de um pássaro sobre o seio. Seu cabelo estava preso no topo da cabeça, da mesma maneira que ela e Charlotte estavam na noite do primeiro evento de arrecadação de fundos. Apesar de não ser bela, Elsa apresentava-se maravilhosamente bem, Oliver pensou. Não parecia muito diferente, aos quarenta, do que era aos vinte.

— Você está linda, Elsa.

— Obrigada, Oliver, meu querido. Entre e vamos tomar alguma coisa.

Oliver não se mexeu. — Acho que não devo. Já tomei um coquetel, e a última coisa que quero é parecer embriagado na festa. Não me restam dúvidas de que as pessoas vão me observar mais atentamente do que nunca.

— Tudo bem, querido — Elsa concordou, sem querer chateá-lo. — Vou pegar minha bolsa.

CAPÍTULO

117

Grace observou o fotógrafo, que pedia para que cada casal que chegava à festa posasse para uma foto. E seu assistente já estava colocando as fotos reveladas em um grande cavalete. Pelo que parecia, além de doar muito dinheiro no Ball Bleu, os convidados podiam desembolsar um pouco mais para as lembranças.

Os convidados conversavam amavelmente, e quase todos se conheciam, era o que parecia. Mas, quando o novo casal chegou, as conversas tiveram fim.

Grace sentiu pena de Oliver Sloane enquanto ele mantinha a cabeça erguida e oferecia seu braço para Elsa Gravell, com sua abotoadura brilhando no flash da câmera fotográfica. Grace se aproximou o bastante para conseguir ver que elas tinham o mesmo desenho do relógio de sol em Shepherd´s Point e dos brincos de Charlotte.

CAPÍTULO

118

A KEY News está no meu caminho, Mickey pensou enquanto olhava para o carro da emissora estacionado sob as árvores da entrada da mansão. O maldito veículo estava no caminho que os garçons com suas bandejas de prata de *hors d'œuvres* faziam até os convidados no jardim.

Ele soltou um palavrão ao observar um garçom trombando com outro.

— É isso. Eles precisam tirar aquele carro dali.

Mickey foi até o carro e bateu com vigor na porta, chamando a atenção do motorista que cochilava lá dentro. — Você precisa tirar este carro daqui agora mesmo.

Scott Huffman olhou para Mickey sem preocupação. — Não vou sair daqui com o carro, amigo, a menos que um de meus chefes diga que tenho de fazê-lo.

Mickey olhou para o chão, procurando algo entre as folhas de ginkgo biloba, bordo e tília. Entre um enorme rododendro e uma grande bétula, conseguiu localizar o rapaz com a câmera. Mickey foi em direção a ele e disse, diretamente: — Você precisa sair daqui. Seu carro está atrapalhando meus garçons.

B. J. olhou na direção onde Mickey apontava. — Tudo bem, colega. Acalme-se. Verei o que podemos fazer.

CAPÍTULO

119

Seus saltos afundavam no gramado, os pernilongos estavam começando a picar e agora ela estava sozinha enquanto B. J. solucionava o problema do veículo da emissora. Até o momento, a noite não tinha a atmosfera romântica que Grace esperava. Do lado profissional, também não estava muito melhor. Lauren parecia mais interessada em flertar e em fazer contato com os homens da alta sociedade de Newport do que em entrevistas para a edição do dia seguinte do programa.

Grace decidiu dar uma volta sozinha. Tentando não sujar seus sapatos de verniz ainda mais, colocava o peso do corpo na ponta dos pés enquanto andava para o lado direito da propriedade. Duas pequenas salas de chá com teto de cobre marcavam a entrada para um belo jardim aos fundos com centenas de begônias rosa e brancas. Grace virou-se para olhar para cima na mansão e avistar todos os convidados naquele pano de fundo maravilhoso quando ouviu uma risada.

Ao lado da sala de chá, fora da vista dos convidados, mas completamente visível para Grace, estava seu ex-marido. Frank beijava uma mulher de cabelos pretos. Uma morena, não uma loira.

Não era Jan.

Grace fez uma pausa, sem saber o que fazer. Finalmente, pigarreou em alto e bom som, suficiente para fazer o casal parar de se beijar e olhar em sua direção.

Grace desejou ter uma máquina fotográfica para poder registrar a expressão no rosto de seu ex-marido.

— Ó meu Deus! Grace.

Não conseguiu esconder o sarcasmo. — Que noite agradável, não é, Frank?

Frank virou-se para sua companhia. — Pode me dar licença? Encontro você mais tarde.

A morena saiu, andando pelo jardim em direção à tenda, sem parecer se importar. *Ela também deve ser casada,* Grace pensou. *Isso provavelmente é uma aventura para ela.*

Grace olhou para seu ex-marido e balançou a cabeça. — Tsi, tsi, tsi. E eu que pensei que você tivesse um casamento maravilhoso com Jan.

— Pare com isso, Grace. Não é da sua conta.

— Ah! Não é? Você quer que sua filha vá viver com você naquele lar perfeito e não é da minha conta? Vamos ver. — Grace encostou o dedo no queixo. — Gostaria de saber o que o juiz vai achar de colocar uma criança em uma casa com um pai mulherengo. Na verdade, queria saber o que Jan acharia de tudo isso. Talvez eu possa contar tudo a ela agora. Depois que ela descobrir, pode ser que você fique sem um lar.

Frank limpou os cantos de sua boca com um lenço e olhou para ver os restos de batom que ficaram nele. Grace estava com ele em suas mãos e sabia disso. — Tudo bem, Grace. Você venceu.

— Você vai retirar o pedido de guarda?

— Sim, desde que não conte nada a Jan.

— E vai cumprir sua responsabilidade com a pensão e passar a pagá-la na data correta?

Ele olhou para ela com desprezo. — Tenho outra escolha?

— Não, nenhuma. E, a propósito, o que está fazendo aqui?

— Jan queria participar de um evento da alta sociedade de Newport.

Grace olhou para as pessoas presentes. — Não a vejo. Onde ela está?

— Não sei. Eu a deixei conversando com algumas pessoas.

— E onde está Lucy, Frank?

— Está no hotel.

— Sozinha? — Grace estava nervosa.

— Ela já é grande para ficar sozinha, Grace. Afinal de contas, deixamos que ela viesse sozinha de trem para me encontrar.

— Isso é diferente, Frank. Foi só por uma hora, durante o dia, e não por uma noite inteira em um hotel, em uma cidade abalada por uma onda de assassinatos.

CAPÍTULO

120

Grace sentiu um aperto no peito ao se afastar de Frank. Era claro que Lucy já tinha idade suficiente para ficar sozinha em um quarto de hotel, mas até onde Grace sabia, não havia dúvida de que deixar sua filha sozinha sob as atuais circunstâncias era impensável. Ela nunca se perdoaria se alguma coisa acontecesse com Lucy.

Grace viu o detetive Manzorella, vestido com um blazer preto, uma gravata listrada e um lenço combinando, parado perto da tenda azul, olhando para as pessoas, com a expressão séria. Não se aproximou dele, pois estava com pressa.

Encontrou B. J. no caminho, observando o veículo de transmissão ser estacionado em outro lugar.

— B. J., sinto muito. Preciso voltar ao hotel — ela disse.

Ele olhou para ela sem entender. — O que foi? Está se sentindo mal?

— Não, é a Lucy. Meu marido, digo, meu ex-marido, a deixou sozinha. Não estou tranqüila, B. J. — ela se desculpou. — Preciso ir até lá para ter certeza de que ela está bem.

— Claro. Eu entendo — B. J. disse, apesar de sua expressão demonstrar decepção. Tirou as chaves de seu bolso. — Leve o carro. Eu e Lauren vamos dar um jeito de voltar para casa. Não se preocupe, Grace. Ficaremos bem.

— Sei que ficarão. — O que era verdade. B. J. e Lauren podiam fazer o que precisavam sem ela. Grace deixou de lado sua chateação por não passar a noite com B. J. e por não poder participar da cobertura de um evento extravagante. Talvez aquilo lhe servisse de lição. Sempre colocaria sua filha antes de sua carreira. Mas aquela era uma situação extraordinária, Grace pensou. Se soubesse que Lucy estava segura e protegida, ficaria bem deixando-a para poder trabalhar. A questão era que, naquele momento, não tinha certeza se Lucy estava em segurança.

Para Grace, não restava dúvida sobre o que precisava fazer.

— Lucy, sou eu. Abra. — Grace bateu à porta do hotel. Pôde ouvir o tema de abertura de *Law & Order* vindo da televisão, que estava no último volume.

Bateu outra vez, mais alto. — Lucy, é a mamãe. Abra a porta, querida.

Onde ela estava? Grace sentiu seu coração disparar. *Não entre em pânico,* disse a si mesma. Talvez Lucy tivesse dormido, talvez estivesse tomando banho.

Grace foi até o fim do corredor, pegou o telefone interno perto do elevador e o segurou com força. Depois de alguns toques, Lucy não o atendeu. A adrenalina de Grace aumentou. Seria capaz de torcer o pescoço de Frank por ter deixado a filha deles sozinha. Sua mente começou a imaginar possibilidades horríveis.

Quando Grace estava pensando o que fazer em seguida, as portas do elevador se abriram. Lucy saiu dele com um pacote de balas em sua mão.

— Oi, mamãe. O que está fazendo aqui?

— Ai, meu Deus, Lucy. — Grace suspirou, abraçando a menina. — Fiquei tão preocupada.

Lucy olhou para Grace, confusa. — Só desci para pegar umas balas. Só isso.

A última coisa que Grace queria era criar uma filha preocupada e insegura. Não havia necessidade de repreender Lucy. Ela não fizera nada de errado.

— O que está fazendo aqui? — Lucy perguntou outra vez.

Grace também não queria mentir para a filha. — Muita coisa tem acontecido por aqui, Luce. Não acho que você deva ficar sozinha.

— O papai disse que não haveria problemas — Lucy disse, mordendo em seguida uma bala vermelha.

— Mas eu não concordo — Grace disse com firmeza. — Vamos. Venha comigo até meu quarto para eu poder tirar esses sapatos. Eles estão me matando.

— Você está linda, mamãe — Lucy comentou enquanto esperavam que as portas do elevador se abrissem.

— Obrigada, querida.

— Como sabia que eu estava sozinha aqui?

— O papai me contou.

— Oh, você encontrou ele na festa que ele e Jan foram?

— Você *o* encontrou — Grace corrigiu a filha. — Sim, eu o vi lá.

E como vi, Grace pensou, sorrindo por dentro e pensando pela primeira vez que Lucy ficaria com ela — o tempo todo, e para sempre.

CAPÍTULO 121

O detetive Manzorella continuou estudando os rostos dos convidados e ouvindo trechos de conversas. Mas a ligação que recebeu em seu celular o deixou mais agitado do que qualquer coisa que pudesse ver no Ball Bleu.

Sam Watkins recobrara a consciência.

O detetive correu para seu carro e se dirigiu ao Hospital de Newport.

CAPÍTULO

122

As outras camareiras já tinham saído, com seus turnos da manhã e da tarde completos. Izzie entrou pelos fundos, torcendo para não encontrar nenhum dos funcionários. Não queria conversar com ninguém.

Com seu envelope guardado dentro da bolsa, pegou o elevador para o segundo andar e se dirigiu ao quarto de Grace. Se ela não estivesse ali, planejava colocar o envelope debaixo da porta com seu número de telefone, para que Grace telefonasse para ela. Mas Grace atendeu logo.

— Pois não? — Grace quase não reconheceu a mulher vestida com uma camisa de algodão e calça, sem seu uniforme de camareira. Mas o cabelo curto e ralo foi o que a fez se lembrar.

— Olá. Sou Izzie O´Malley. — O tom de sua voz ficou mais alto no final da frase, fazendo com que parecesse mais uma pergunta que uma afirmação.

— Claro, Izzie. Como você está se sentindo?

— Melhor — Izzie mentiu.

— Fico feliz em saber disso — Grace disse, olhando para ela com ansiedade. — Posso te ajudar?

— Na verdade, acho que podemos nos ajudar — Izzie respondeu.

Lucy sentou-se na poltrona, mastigando suas balas, com os olhos atentos na televisão no armário estilo Queen Anne enquanto Grace conversava com Izzie. A camareira sentou-se à mesa e tirou o envelope de sua bolsa.

— Eu estava em Shepherd´s Point na noite em que Charlotte Sloane foi morta — Izzie disse, com a voz baixa.

— Como?

— Padraic era meu namorado na época — Izzie confessou. — Padraic e eu estávamos na casa de boneca fazendo algo que não deveríamos quando ouvimos a sra. Charlotte se aproximando. Sabíamos da existência do túnel, por isso fugimos por ele.

Grace não julgou a atitude de Izzie. Mas segurou a respiração ao perguntar:

— Quem estava com Charlotte?

— Não sei — Izzie disse. — Mas sei que, seja quem for, não queria que *isto* viesse à tona. — Mostrou o envelope a Grace. — Olho para isto há quatorze anos. Veja se *você* consegue ver alguma coisa. Paddy e eu nunca vimos nada. Mas tenha cuidado ao tocá-lo. É uma prova, Grace. Além de mim e Padraic, a última pessoa a tocá-la foi o assassino de Charlotte.

Segurando a foto pelo canto, Grace colocou-a sobre a luz do abajur e a analisou. Tinha o mesmo tamanho das fotos que tinha visto expostas na mansão Elms. A foto fora tirada do fundo do salão, onde pessoas vestidas com roupas formais observavam uma mulher fazendo um discurso em cima de um púlpito. Os rostos das pessoas que a ouviam não estavam visíveis, mas, analisando mais de perto, teve a clara impressão de que a mulher que discursava era Charlotte Sloane.

— Por que um assassino se preocuparia com esta foto? — ela sussurrou.

— Não sei — Izzie respondeu. — Mas seja lá quem for nos ameaçou durante todos esses anos. Na nossa ânsia de sair da casa de boneca, Paddy deixou sua carteira lá. O assassino nos escreveu e disse que nos denunciaria à polícia se mostrássemos a foto e que eles pensariam que nós éramos os culpados. Hoje mesmo recebi outra carta me avisando para ficar quieta. — Izzie entregou as duas cartas a Grace, uma nova e outra amarelada pelo tempo. — E tenho algo mais para te dar. Acho que é uma cópia do diário de Charlotte.

Grace olhou para todas as evidências, prestando mais atenção à última coisa escrita por Charlotte no diário.

Tola. Por que sou tão ingênua? As pessoas mentem e enganam o tempo todo. Não posso permitir que isso continue nem mais um minuto. A decepção de hoje à noite no clube foi a gota d'água.

— Por que está mostrando tudo isso *para mim*?

— Está na hora de abrir o jogo. Vivi com esse segredo todos esses anos e, como pode ver, não estou bem. Mesmo que a polícia me culpe, não vou passar muito tempo na prisão. Não tenho muito tempo de vida pela frente. Mas, quando tiver de prestar contas depois de minha morte, não quero ter que responder porque nunca contei a ninguém o que sabia.

— Mas por que não vai à polícia? — Grace perguntou, ainda olhando para os documentos.

— Pensei que poderia matar dois coelhos com uma só cajadada. Contando a verdade e também te ajudando. Talvez você pudesse usar isto para impressionar seus chefes. Você foi gentil comigo; agora, estou devolvendo o favor.

— Izzie, estou falando honestamente: a polícia precisa saber disso — Grace disse, com firmeza. Não estava disposta a viver com as conseqüências de não fazer nada com aquela prova enquanto o assassino atacava outra vez.

— Isso só depende de você, querida. Faça o que quiser. Estou cansada demais para me importar.

Grace olhou para o relógio. Eram apenas nove da noite. O detetive Manzorella provavelmente ainda estava na mansão The Elms. Poderia levar a foto e as folhas para ele e contar a história de Izzie.

— Posso levar tudo para a polícia agora mesmo, Izzie. Acho que não podemos perder tempo.

— O que achar melhor.

Grace olhou para Lucy sentada na poltrona. Deveria levar a filha com ela?

Como se Izzie estivesse lendo sua mente, disse: — Posso ficar com sua filha, se quiser, e se ela não se importar.

Mas Lucy estivera ouvindo a conversa, sem prestar atenção ao programa na TV, e estava empolgada com a idéia de viver um suspense na vida real. — De jeito nenhum, mamãe — ela pediu. — Quero ir com você.

A decepção de hoje à noite no clube foi a gota d'água.

Grace releu a última folha do diário de Charlotte Sloane. O que poderia ter acontecido naquele evento na noite do desaparecimento de Charlotte? Rusty dissera que Charlotte estava triste com a foto. De alguma maneira, a resposta tinha de estar na foto.

Antes que ela e Lucy saíssem do hotel para irem ao Elms, passaram na redação e procuraram na estante de arquivos. Ao encontrar o material do primeiro evento de arrecadação de fundos para os pássaros em extinção, Grace pediu que um editor colocasse o vídeo para ser passado.

O mesmo vídeo a que tinha assistido rapidamente com B. J. no domigo à noite parecia bastante diferente agora, apenas três dias depois. Enquanto assistia à fita, reconheceu alguns rostos, versões mais jovens das pessoas que ela encontrara naquela semana. Ali estava o professor Gordon Cox com cabelo preto, antes de ter ficado grisalho, e Kyle Seaton antes de ficar careca, os dois vestidos com smokings. Aquele era Mickey, o rapaz do serviço de bufê, trabalhando como garçom?

Grace forçou a vista e sorriu ao descobrir mais um rosto. Reconheceu o detetive Manzorella, mais jovem, segurando um rádio perto de sua boca. Seu blazer azul-marinho mostrava que ele não era um dos convidados. Deveria estar trabalhando na segurança da festa.

— Vamos, mãe. Estou cansada de ficar aqui — Lucy a interrompeu.

— Pare com isso, Luce. Isto é importante. Só mais alguns minutos.

Os convidados balançavam e rodopiavam na pista de dança. Lá estavam Charlotte, Oliver e Elsa Gravell.

— Você não teria, por acaso, uma lupa? — Grace perguntou ao editor depois de assistir à fita.

— Não, mas as lentes de meus óculos são muito fortes. Será que eles podem ajudar? — disse, oferecendo os óculos a Grace.

Ela segurou os óculos sobre a foto e forçou a vista. Depois de assistir à antiga, Grace reconheceu duas coisas na foto de Charlotte.

CAPÍTULO
123

No caminho para o Elms, Grace tentou controlar o entusiasmo de Lucy. — Isto não é uma brincadeira, querida. Não estamos brincando de polícia e ladrão. Algumas pessoas morreram.

— Eu sei, mamãe, mas é totalmente legal estar envolvida em uma situação dessas, igualzinho às coisas da TV.

— Não é legal, Luce. É perigoso — Grace disse. — Quando chegarmos lá, você vai ficar onde eu mandar. Nada de ficar perambulando por lá. Muita coisa está em risco aqui. Não quero que se envolva nisso.

— Posso pelo menos ver o túnel? Vamos para a mansão do túnel, não é? — Lucy estava determinada a se divertir de alguma maneira.

— Se der tempo, filha. Mas não espere nada hoje à noite.

Grace procurou por um lugar onde pudesse deixar Lucy, um lugar onde ficasse em segurança e sem atrapalhar as pessoas. Sua filha não podia ficar andando pela festa, assim como não era correto levá-la quando fosse contar tudo ao detetive Manzorella. Grace pensou em deixá-la no carro da emissora, mas descartou a hipótese. Não parecia muito adequado colocar Scott Huffman de babá.

— Eu posso ficar com papai e Jan — Lucy sugeriu.

Grace não adorou a idéia, mas, pensando rápido, decidiu concordar. Frank tinha a responsabilidade de cuidar da filha aquela noite. Não perderia Lucy de vista agora que Grace estava dando as cartas no jogo.

— Está bem, Luce. Estou vendo o papai e a Jan ali embaixo. — Grace apontou. — Vou ficar aqui olhando até você chegar lá.

CAPÍTULO

124

Grace foi até a tenda azul e analisou os rostos ali. Os convidados dançavam sob os pássaros brancos projetados no teto, mas o detetive Manzorella não se encontrava entre eles. E também não estava em nenhum outro lugar onde pudesse ser visto.

Concluindo que ele já tinha deixado a festa, Grace decidiu telefonar para ele. Estava prestes a procurar B. J. para usar seu celular emprestado quando viu Kyle Seaton sozinho no gramado. Era óbvio que o artista estaria ali, Grace pensou. Naquele evento deveriam estar seus mais assíduos clientes. Foi até ele e começou a conversar:

— Hoje fiz o teste que o senhor nos ensinou — ela disse.

— Como?

— Sabe, aquele com a lixa de unha que o senhor ensinou no programa de ontem de manhã?

— Ah. — Ele fungou, demonstrando desinteresse. — O que você fez? Fez o teste em uma daquelas porcarias que podem ser encontradas em qualquer loja de presentes?

— Para falar a verdade, não — ela respondeu. — Fiz o teste em uma bela peça, um peso de papel que ganhei de Oliver Sloane, de sua coleção pessoal. — Grace observou a expressão do artista ao lançar sua bomba. — O engraçado, entretanto, é que senti cheiro de plástico, e não de osso.

Kyle não disse absolutamente nada quando Grace pediu licença para se retirar, para pegar o telefone.

CAPÍTULO 125

Era interessante, do ponto de vista antropológico, pensou o professor Cox, enquanto dançava com sua mais nova aluna. As fêmeas da espécie humana pareciam não se importar com o fato de seus parceiros serem muito mais velhos que elas. Na verdade, às vezes procuravam por homens mais velhos; os machos da espécie humana, por sua vez, faziam exatamente o contrário. Gordon estava satisfeito com esse fato enquanto dançava, tentando ignorar a dor de seu joelho, com Susie Gonzalez, outra ruiva que conhecera no mundo acadêmico. Judy não sabia sobre Susie, e Susie não sabia sobre Judy; enquanto pudesse manter as coisas daquele jeito, seu verão seria ótimo.

Aquela semana com a KEY News, no entanto, não estava sendo exatamente como ele havia imaginado. Ficaria feliz em pegar seu pagamento no final da semana e dizer adeus. Se a KEY realmente voltasse a ligar para ele quando eles fossem para Williamsburg no outono, ele não tinha certeza se aceitaria. O dinheiro era importante, mas a busca por seus objetivos também.

Gordon tinha dedicado anos de sua vida para conseguir abrir aquele túnel. Não desistiria de sua luta.

CAPÍTULO

126

O rosto de B. J. iluminou-se ao vê-la. — Você voltou?

— Sim — Grace afirmou. — Precisei voltar. — Ela tirou os papéis de sua bolsa. — Vamos para algum lugar onde a luz esteja mais forte. — E disse, pegando na mão dele: — Tenho uma coisa para te mostrar.

Entraram na mansão pela entrada de serviço que levava à loja de presentes da Sociedade de Preservação e foram para a cozinha. Grace encontrou uma mesa que não estava sendo usada no canto do espaço amplo e movimentado e espalhou a foto, as cartas e o diário. Explicou a B. J. a visita de Izzie e a história que a camareira contara para ela.

— Não dá para ver muita coisa nesta foto, Grace — B. J. disse ao analisá-la.

— Olhe com mais atenção — Grace instruiu. — Consegue ver a mão do homem? Que está no traseiro da mulher?

— Sim. Claramente.

— Bem, se tivesse uma lupa, poderia ver que a abotoadura do homem tem o formato de um relógio de sol. É o mesmo desenho do relógio de sol que fica em Shepherd´s Point, no jardim, e o mesmo desenho dos brincos de Charlotte Sloane. São as mesmas abotoaduras que Oliver Sloane está usando hoje.

— E como você sabe tudo isso? — B. J. perguntou.

— É uma longa história, B. J. — Grace decidiu apressar o assunto: — Mas pode ir lá fora e ver as abotoaduras de Oliver Sloane com seus próprios olhos se não acredita em mim.

— Acredito em você, Grace. É claro que acredito. — B. J. voltou a olhar para a foto. — Tudo bem, esta é a abotoadura de Oliver Sloane. Mas não significa que ele matou a esposa.

— Sim — Grace disse. — Mas a esposa dele está aqui na frente fazendo um discurso. Portanto, a mão dele está no traseiro de outra mulher.

B. J. sorriu. — Tudo bem, então Oliver traía a mulher. Isso também não o transforma em um assassino. É fácil demais divorciar-se, não precisaria ter matado Charlotte.

— Sei quem é a outra mulher.

Ele olhou para Grace, ansioso. — Quem?

— Está vendo este laço na parte de trás do vestido na foto?

— Sim.

— Acabei de assistir ao vídeo que foi feito no evento de arrecadação de fundos quatorze anos atrás. A mulher que o vestia era a jovem Elsa Gravell.

— A mulher que organizou o evento desta noite? — B. J. perguntou, já sabendo a resposta.

— Exatamente — Grace disse. — E a melhor amiga de Charlotte.

B.J. deu de ombros. — Tudo bem. Então Elsa é uma traidora, e Oliver, infiel, mas isso não prova que um deles matou Charlotte. E é muito difícil acreditar que Oliver mataria sua própria filha, isso se a morte de Madeleine realmente tiver sido um assassinato.

— Eu acho que deveria levar tudo isso à polícia — Grace disse, determinada. — Pode me emprestar seu celular, por favor?

O sinal do telefone não era muito bom dentro da mansão, por isso Grace foi para fora.

Debaixo das árvores frondosas, Grace ligou para a delegacia.

— O detetive Manzorella não está.

— Mas tenho algo importante para dizer a ele.

— Posso pegar o recado, senhora.

Grace hesitou, mas queria contar a informação a alguém. — Certo. Diga a ele que Grace Callahan ligou. Diga que eu tenho em meu poder uma velha fotografia e que acho que poderia ajudá-lo a identificar quem matou Charlotte Sloane e os outros. Vou deixar o número de meu pager.

CAPÍTULO

127

Quando o detetive Manzorella chegou ao hospital, a enfermeira avisou: — Ele está bem grogue. Não se lembra de nada desde que chegou à mansão The Breakers na noite de domingo — ela disse. — Não se lembra de ter levado a pancada na cabeça, e muito menos de ter visto alguém atacá-lo.

— Você acredita que ele vai se lembrar? — O detetive perguntou com impaciência.

— É difícil dizer. Seu cérebro bloqueou a informação. Sam está se protegendo.

A resposta inconclusiva não satisfez Al.

— Quero vê-lo pessoalmente.

CAPÍTULO

128

A apresentadora de Estilo de Vida havia deixado de lado as paqueras e socialização há tempo suficiente para realizar as entrevistas que eles precisariam para o programa da manhã seguinte. B. J. filmara o discurso da organizadora do evento, Elsa Gravell, falando a respeito da importância do esforço de salvar as espécies ameaçadas de extinção de Rhode Island, assim como cenas do serviço de bufê servindo o suntuoso banquete e alguns flashes de Mickey Hager, o dono do Seasons Clambakes.

Vários convidados da festa também tinham sido entrevistados, mas B. J. achou melhor ouvir mais um ou dois antes que pudessem voltar ao Viking para editar a matéria. Por sorte, aproximou-se de um casal, Frank e Jan Callahan, e perguntou se eles gostariam de ser entrevistados por Lauren Adams. Os dois concordaram no mesmo instante.

— Vai ao ar amanhã? — Jan perguntou entusiasmada quando eles terminaram.

— Sim. Mas não posso prometer que vocês aparecerão — B. J. disse.

Frank interveio: — Sabe, minha ex-esposa trabalha com vocês — ele se gabou. — Grace Callahan. Ela serve para alguma coisa?

B. J. instantaneamente passou a dar mais atenção àquele entrevistado, analisando o corpo musculoso de Frank. Então era ele o homem escolhido por Grace para ser seu marido e lhe dar um filho. Com um belo físico, mas desagradável, até onde B. J. podia perceber. E aquela era a filha de Grace, ao lado, observando, B. J. pensou, reconhecendo a garota que fora à redação para ver

Grace alguns dias antes. Bonitinha. Ela parecia bastante com a mãe, mas B. J. pôde perceber muitos traços do pai também.

— Grace tem mais valor do que você imagina — B. J. respondeu.

Enquanto o jornalista pedia a Jan e Frank que soletrassem seus nomes para serem colocados sob a imagem deles na reportagem, Lucy ficou entediada. Com os adultos entretidos, foi fácil para ela sair de perto deles.

CAPÍTULO

129

— Elsa, vamos para casa agora? Já estou cansado.

— Mas eu sou a organizadora do evento, Oliver. Eu deveria ficar até o final.

— Bem, eu estou indo embora. — Ele estava decidido. — Vou pedir para que o motorista volte para te pegar.

Elsa olhou para o rosto abatido de seu amado. Ele fora corajoso indo ao evento naquela noite. Não deveria decepcioná-lo.

— Não, querido. Não faça isso. Vou com você em poucos minutos. Vá para o carro. Vou me despedir e logo estarei lá.

CAPÍTULO

130

O detetive Manzorella xingou o atendente da delegacia por não ter lhe passado o recado de Grace Callahan antes. Ligou para o pager dela de seu celular enquanto voltava apressadamente para o Elms. Se ela tinha alguma prova que pudesse resolver o caso de Charlotte Sloane, ele não poderia esperar até de manhã para vê-la.

CAPÍTULO

131

A festa estava terminando. Grace olhou para a parte de cima do gramado enquanto os convidados subiam a rampa em direção à mansão e a seus carros que estavam ali. B. J. estava acertando os últimos detalhes com o rapaz do carro de transmissão a respeito do programa do dia seguinte. Lauren estava entretida em um bate-papo com um belo rapaz. Estava na hora de dar a noite por encerrada.

Ao virar-se para encontrar Lucy, ouviu o bipe baixo que vinha de sua bolsa. Pegou o pager e viu o número, mas não o reconheceu.

Grace ainda estava com o celular de B. J. Ela o abriu e teclou os números.

Uma voz grave atendeu:

— Manzorella.

— Oh, que ótimo, é o senhor, detetive. Não reconheci o número em meu pager.

— Estou usando o telefone do carro de minha esposa — ele explicou. — O que houve? Recebi sua mensagem. Tem alguma coisa a ver com uma velha fotografia?

— Sim. Ela foi tirada no clube na noite em que Charlotte Sloane morreu. Eu a comparei com um velho vídeo do evento e acredito que os dois podem ajudar na solução do caso de Charlotte Sloane.

— Onde você está? — Grace percebeu a ansiedade na voz do detetive.

— Na parte de cima do jardim, perto da entrada de serviço.

— Estarei aí em alguns minutos, Grace. Fique onde está.

CAPÍTULO 132

Era impressionante ver como as pessoas eram descuidadas quando falavam ao celular. Tinham conversas particulares bem ali, em público. Só porque não viam ninguém à espreita não significava que ninguém escutara tudo que disseram.

Mickey estava debaixo das árvores que abrigavam a entrada de serviço e esperou que o aperto em seu peito passasse.

Aquela noite tinha sido uma vitória, e o evento, um grande sucesso. Alguns dos convidados haviam levado o cartão de visitas dele, elogiando a noite e perguntando sobre sua disponibilidade para eventos no futuro. Elsa Gravell ficara tão satisfeita que parou para lhe dizer que contrataria seus serviços novamente no ano seguinte.

Deveria estar se sentindo eufórico, mas não estava. A sua história com Charlotte Sloane continuava a perturbá-lo. Não havia como escapar. Por mais bem-sucedido que fosse, a vitória era amarga.

CAPÍTULO

133

Alguma coisa estava errada.

Enquanto esperava o detetive Manzorella chegar, Grace viu Frank e Jan subindo juntos o jardim. Lucy não estava com eles.

Grace desceu de encontro a eles.

— Onde está Lucy, Frank?

Seu ex-marido olhou para ela, confuso.

— Não está com você? Pensei que ela tivesse saído de perto de nós para ir com você.

— Não! Que inferno, Frank. Você tinha que estar cuidando dela. — Grace queria estapeá-lo.

— Qual é o problema? — O detetive Manzorella perguntou, tentando não deixar transparecer que estava sem fôlego depois de chegar correndo do estacionamento.

Grace virou-se para ele, sentindo um pouco de alívio.

— Minha filha sumiu.

— *Nossa* filha — Frank a corrigiu. — E não seja tão dramática, Grace. Lucy não sumiu. Tenho certeza de que ela está por aqui, em algum lugar. Está provavelmente explorando o lugar.

— É melhor que esteja mesmo, Frank — Grace disse, tentando conter sua raiva. — Se alguma coisa acontecer a ela... — sua voz falhou. Pensar em uma coisa dessas já era demais para ela naquele momento.

Só estavam perdendo tempo com aquela discussão.

Precisavam encontrar Lucy.

Saíram pela propriedade para procurar, contando com a ajuda de B. J. e Lauren. O sexto sentido de Grace lhe dizia que Lucy tinha ido para a mansão. Sua filha ficaria curiosa em conhecer uma casa como o Elms, e, diante de todas as coisas que tinha visto naquela semana, o túnel tinha sido o que mais lhe chamara a atenção. Mas a casa era muito grande, com lugares sofisticados, que serviriam como bons esconderijos para Lucy, ou, na pior das hipóteses, vários lugares para um assassino atacar uma criança.

Teriam de procurar por todos os cantos. Precisariam de mais ajuda.

Foi como se o detetive lesse sua mente. Grace ficou muito grata ao ouvi-lo assumir o controle, dando ordens, dizendo a cada uma das pessoas onde ela deveria procurar.

— Vou chamar mais reforços, Grace — ele garantiu a ela. — Não se preocupe. Encontraremos sua filha.

Ela os ouviu chamando seu nome.

Lucy olhou pela balaustrada do terceiro andar na escuridão iluminada pela lamparina, vendo as pessoas espalhadas pelos cantos da propriedade. Estavam procurando sob os arbustos na extensão da cerca do gramado.

— Lucy! Lucy! — Ela reconheceu a voz de seu pai.

Nossa, ela estava encrencada. Só queria ver como era a mansão. Encontrara o túnel primeiro, e depois foi divertido olhar para dentro dos quartos amplos, fingindo que aquela era sua casa, que era filha de pais ricos e que tinha várias empregadas para arrumar sua cama, limpar seu quarto e tudo o mais que ela mandasse.

Nunca pensou que isso fosse acontecer.

Sua mãe ficaria muito brava. Dissera a Lucy que ela não deveria sair de perto de seu pai e de Jan, mas não lhe obedecera. Talvez, se continuasse sumida por mais um tempo, sua mãe ficaria tão aliviada ao vê-la que não ficaria brava quando ela finalmente aparecesse.

Lucy abaixou-se na balaustrada para esperar um pouco mais.

CAPÍTULO

134

A figura de preto manteve-se perto da parede, tomando o cuidado de manter uma distância segura, seguindo Grace para dentro da casa. Dentro da cozinha, as facas do serviço de bufê estavam sobre o balcão, prontas para serem usadas.

Grace adentrou a espaçosa área de serviço, com seus sapatos de salto alto fazendo barulho no chão. Agarrou sua bolsa, na esperança de ouvir o pager tocar, sinalizando que Lucy havia sido encontrada. Ao chegar ao fundo do lugar, fez uma pausa no começo da escada que levava à sala da caldeira. Percebendo um movimento atrás dela, olhou sobre seus ombros. Não viu nada.

Aquelas novas sandálias estavam acabando com ela. Bolhas tinham se formado devido às tiras que raspavam do lado de seus pés. Grace tirou os sapatos, desceu os degraus e foi diretamente à boca do túnel do carvão. O compartimento de carvão estava no mesmo lugar onde o vira na manhã do dia anterior, quando ela e o professor Cox estiveram ali. Lâmpadas elétricas presas às paredes iluminavam muito mal a passagem escura.

— Lucy! Lucy! — ela chamou. Ao não ouvir nenhuma resposta, seu coração disparou. Esperava encontrar a filha ali.

Santo Deus, permita que Lucy esteja bem.

Desesperada, Grace virou-se para continuar a procura. Deparou-se com uma pessoa no topo da escada, bloqueando sua passagem.

Frank estava ficando preocupado de verdade. Não queria pensar o que seria de sua vida se alguma coisa acontecesse com sua filha.

Valia a pena arriscar. Talvez Lucy tivesse ido para o carro, no estacionamento. Talvez tivesse cochilado no banco de trás.

Ele saiu correndo pelo chão de pedras, percebendo, sem nenhum interesse em particular, a placa personalizada de um carro preto.

SEANNA.

— Ó detetive Manzorella. O senhor me assustou. — Grace colocou a mão sobre o peito.

— Encontrou? — ele perguntou enquanto descia os degraus.

Grace observou suas longas pernas movendo-se. O detetive mantinha a mão esquerda em suas costas e segurava no corrimão com a direita.

— Não. Ela não está aqui — Grace respondeu.

Por que ele continuava descendo a escada? Ele deveria se virar. Eles precisavam procurar por Lucy.

— Preciso daquela foto, Grace.

— Claro. Certamente vou entregá-la ao senhor. Mas não vamos parar para isso agora. Temos de encontrar Lucy primeiro. Depois vou lhe contar todas as minhas suspeitas. — Quais eram as prioridades dele? Será que não conseguia perceber que ela não seria capaz de pensar em nada enquanto não tivesse certeza de que sua filha estava bem?

— Entregue-me a foto, Grace. Agora.

Ela assustou-se com a fúria que viu em seus olhos escuros.

Lucy teria de enfrentá-los.

Saiu de seu esconderijo, voltou para dentro da mansão, desceu vagarosamente os lances da escada, saiu pela entrada de serviço e se encheu de coragem.

— Acho que o senhor não pediu reforços — Grace disse enquanto o detetive Manzorella passava a faca de sua mão esquerda para a direita.

Quando ele deu mais um passo adiante, ela encostou-se no compartimento de carvão e tentou gritar. Instantaneamente, a mão livre dele lhe tapou a boca, e com a outra segurou a faca em seu pescoço.

— Você deveria ter ficado fora disso, Grace.

A palma de sua mão impediu sua resposta. Precisava descobrir o que ela sabia para ter certeza de que não existia o risco de ser desmascarado depois que a matasse.

— Vou tirar minha mão de sua boca, mas, se tentar gritar, essa faca vai cortar sua garganta.

Grace assentiu com a cabeça, com os olhos arregalados.

— Agora, conte-me o que sabe.

Se ela dissesse tudo, ele certamente a mataria. Se não dissesse, ele também a mataria. Grace sabia que precisava ganhar tempo.

— Sei sobre os brincos com o mesmo desenho do relógio de sol. Sei que a polícia encontrou um deles no vestido de Charlotte. — Até mesmo naquele momento não diria que Rusty estava com o outro. Não o arrastaria para aquilo.

— Tudo bem. Não é grande coisa — Manzorella disse. — O que mais?

— E sei sobre o diário de Charlotte. Li o que ela escreveu na noite de sua morte.

Manzorella ficou impressionado. — Onde conseguiu esse diário?

— Eu o recebi de uma pessoa.

— De quem?

— Da mesma pessoa que me deu a foto. Então, veja, não sou a única que pode desvendar tudo isso, detetive. É melhor que o senhor me deixe ir embora e se entregue.

— Bela tentativa, mas não me faça rir — ele disse. — Então Izzie O´Malley finalmente apareceu com a foto. Ela e o marido guardaram a maldita foto todos esses anos, com medo de que a carteira na casa de boneca pudesse incriminá-los. Sem problemas. Posso tomar conta de Izzie. Quanto ao diário, isso não me preocupa mais. Eu cansei de lê-lo. Charlotte escreveu pela última vez em seu diário antes de eu ir a Shepherd´s Point para vê-la aquela noite. Não há nada ali que me aponte como o assassino.

— Mas por que o senhor matou Charlotte? — Grace perguntou, sem rodeios.

Manzorella admirou Grace por ela ter tido a coragem de fazer a pergunta. Era corajosa e esperta, esperta demais para seu gosto. Mas ele podia contar a ela, pois ela não teria a chance de contar para mais ninguém.

— Não queria matar Charlotte, não mesmo. Eu a amava. Sabia que poderíamos ter sido felizes em um mundo onde nossa situação social e financeira não importasse.

— Não neste mundo, detetive.

— Charlotte pensava a mesma coisa que você. Esse era o problema. Não podia sequer pensar em deixar aquele marido infiel dela, mesmo quando a prova de sua infidelidade lhe foi claramente mostrada naquela foto. Eu mesmo havia percebido a mesma coisa no clube aquela noite. Oliver ficava dando em cima de Elsa Gravell sempre que achava que Charlotte não podia vê-lo. Mas eu estava contente, pois podia haver uma chance para nós dois. Quando ninguém atendeu em Seaview, liguei para Shepherd´s Point e fui até lá quando acabei meu turno. Precisava dizer a Charlotte que eu ainda a amava, que sempre a amaria. Implorei para que ela deixasse Oliver e ficasse comigo. Ela me rejeitou e eu agi. Simples assim.

Os olhos de Manzorella se arregalaram.

Grace sentiu a lâmina gelada pressionada contra seu pescoço e rezou para que ele não agisse outra vez.

— Mas por que matou Madeleine?

— Escutei vocês duas conversando na casa dos Vickers. Madeleine estava chegando muito perto. Não podia dar chance de ela se lembrar de ter me visto no portão de Shepherd´s Point naquela noite.

— E quando Sam apareceu como a testemunha ocular do assassinato de Madeleine, o senhor precisou se livrar dele também — Grace concluiu em voz alta.

— Sim, e aquela tal de Zoe Quigley estava correndo quando eu saí da cena do crime. Ela também precisou ser eliminada. Foi como você mesma disse, Grace. Peças de dominó.

— E a placa com as letras S-E-A? — Grace perguntou.

— Apenas Zoe, você e eu sabemos disso. Não fiz nada com essa informação que você me passou, nunca pedi que o Departamento de Trânsito fizesse uma procura.

Grace sabia para onde as coisas estavam se encaminhando. Manzorella estava se certificando de que não havia nenhuma prova incriminatória espalhada, da qual não tivesse conhecimento. Depois que soubesse tudo que ela sabia, iria matá-la.

O grupo reunido ao redor de Lucy estava bastante aliviado ao ouvi-la contar onde estava. Não houve nenhuma reprimenda, que Lucy tanto temera.

— Onde está minha mãe? — ela perguntou, sabendo que ainda precisava enfrentar o juízo final.

— Boa pergunta — B. J. disse. — Provavelmente lá dentro, procurando você. Vamos ligar para o pager dela.

B. J. escreveu uma mensagem de texto. LUCY ESTÁ BEM. ENTRADA DE SERVIÇO.

Ela ouviu o pager tocar dentro de sua bolsa.

— Tem mais uma coisa — Grace disse, segurando-se na esperança de sair dali e poder contar às autoridades o que sabia. — O lenço de seda. Sei que ele também foi encontrado no vestido de Charlotte.

— Ah, sim. Finalmente chegamos a um problema — Manzorella assentiu. — Não pude tirá-lo da sala de provas porque ele já tinha sido registrado, e, se desaparecesse, pareceria um trabalho de alguém dali de dentro, o que poderia levar a mim.

— Seu DNA está nele — Grace disse.

— É verdade. Mas ninguém vai pensar em relacioná-lo comigo. E certamente não vou pedir o teste.

Grace começou a entrar em desespero, tentando pensar em alguma coisa que fizesse Manzorella perceber que não poderia escapar. — Você sabia que dá para ver que o senhor está usando o lenço no vídeo que temos? — ela disse, desviando o olhar ao mentir.

O detetive riu. — Você pode ser esperta, Grace, mas não mente bem. O lenço em meu bolso não aparece na filmagem, não é? — Não esperou uma resposta. — E isso não me preocupa. Mesmo que apareça, é pouco provável que alguém repare nele, se não o fizeram até agora. Não, a foto é o único elo, e se eu não estivesse tão nervoso aquela noite, não a teria deixado cair no túnel, sobre o corpo de Charlotte. Eu deveria tê-la levado comigo para destruí-la. Mas, em vez disso, deixei minhas impressões digitais nela. As impressões digitais podem durar anos e anos, Grace. Sabia disso? — Seus olhos semicerraram-se ameaçadoramente. — Agora, me dê a foto, seja uma boa menina. Solte sua bolsa — ele ordenou.

Onde estava Grace?

Por que ela não tinha vindo correndo quando ele ligou para seu pager?

Alguma coisa devia estar muito errada. Nada impediria Grace de voltar para ver sua filha.

B. J. entrou correndo na mansão, com sua câmera ainda em seu ombro, gritando o nome dela. Frank o seguiu.

Manzorella instintivamente protegeu seu rosto da bolsa que Grace usou para atacá-lo enquanto ela tentava se livrar dele, indo para trás do compartimento de carvão. Posicionou-se na abertura do túnel, pensando em subir por ele e ganhar a liberdade na rua, acima. Mas lembrou-se do que o professor dissera a ela. A passagem para o carvão estava lacrada e tinha um alarme. Não podia sair por ali.

Mas talvez conseguisse acionar o alarme.

Grace correu descalça sobre o piso gelado do túnel, ouvindo Manzorella atrás dela. Chegou ao fim do túnel e lá estava a tampa sobre sua cabeça. Mas não conseguiu alcançá-la. Procurou alguma coisa perto com a qual pudesse bater nela. Em um amontoado de carvão, deixado ali para os turistas, uma pá apareceu. Grace a levantou e bateu contra as portas duplas de ferro sobre ela.

B. J. e Frank estavam no salão de festas quando ouviram o alarme a distância.

— Está vindo de algum lugar lá embaixo — B. J. gritou enquanto corria pelo piso encerado.

Grace sentiu a dor aguda quando a faca foi desferida em suas costas. Usando toda a sua energia, virou-se para encarar seu agressor, batendo a pá de carvão com o máximo de força na cabeça de Manzorella. Os dois caíram no chão, um inconsciente e outro sangrando.

Grace ficou deitada ali, olhando para o corpo inerte do detetive pelo que pareceu uma eternidade, até que ouviu as vozes no final do túnel chamando seu nome. Foi só então que se deixou desmaiar.

EPÍLOGO

Grace sentiu os lábios macios que beijaram sua testa. Vagarosamente, abriu os olhos e encontrou um par de olhos castanhos perscrutando intensamente os seus. Eram os olhos de B. J.

— Que horas são? — disse, meio zonza. Provavelmente tinham dado a ela algum tipo de sedativo.

— Quase sete horas — ele respondeu, pegando sua mão.

— Da noite?

— Não, da manhã.

Quando tentou se sentar na cama do hospital, a dor em suas costas fez com que se lembrasse do ocorrido. O detetive Manzorella, o túnel, a faca. Tinha se atido a Elsa e Oliver porque achava a história da traição muito ultrajante. Isso tinha sido um erro.

— Cuidado — B. J. disse, ajudando-a a se levantar. — Você vai ficar bem, mas vá com calma. Você teve sorte, Grace. Nenhum órgão foi afetado. Eles disseram que pode ter alta hoje, ou amanhã com certeza.

Grace olhou para a camisa toda amassada de B. J., a mesma que ele tinha usado na festa.

— Você passou a noite aqui?

— Sim — ele respondeu. — Acredite ou não, Linus colocou outra pessoa para terminar a matéria de Lauren no Ball Bleu. Ele foi a favor de eu ficar aqui com você.

— Isso foi legal da parte dele — Grace disse. — Talvez ele tenha um coração, afinal.

— Talvez. Ou então ele está com medo de que você ou alguém o processe. — B. J. sorriu com doçura. — Estou tão aliviado por te ver bem, Grace. Não sei o que faria se mais alguém que amasse muito morresse violentamente.

Grace olhou para ele confusa.

— É uma longa história, querida. Vou te contar tudo um dia. Teremos muito tempo para falar sobre meu passado e o que mais quiser. — Ele se curvou e beijou-lhe os lábios.

Grace fechou os olhos e o beijou também, esquecendo seu ferimento por um tempo.

— Lucy. Preciso ligar para Lucy. — Grace esticou o braço para pegar o telefone na mesa ao lado da cama. De repente ficou agitada ao se lembrar do que acontecera. Que tipo de mãe ela era? Beijando seu novo namorado antes de sequer falar com sua filha.

— Lucy está bem, Grace. Está com Frank. Ele vai trazê-la aqui mais tarde.

Outra vez, Grace olhou para ele confusa. — Como você sabe o nome de Frank? Eu nunca o mencionei a você.

— Tenho minhas fontes. — Ele sorriu enquanto olhava para seu relógio. — Você vai conseguir assistir ao noticiário? — ele perguntou, mudando de assunto.

— Tudo bem — Grace concordou ao recostar-se na cama.

Constance e Harry se apresentaram, abrindo a edição da manhã de quinta-feira do *KEY to America* do Elms — não do jardim da mansão, como fora planejado, mas do túnel de carvão.

— Um assassinato que se manteve um mistério por quatorze anos foi aparentemente resolvido — Constance anunciou —, um mistério que começou em um túnel e terminou em outro, desta vez no Elms, uma das mansões mais famosas de Newport.

Enquanto Grace ouvia Constance descrever o que tinha acontecido, surpreendeu-se com o túnel escuro que aparecia na tela da TV. As imagens do túnel estavam trêmulas, como se o cameraman estivesse correndo.

— A KEY News tem essas imagens exclusivas da cena na noite passada.

Grace viu quando a câmera focalizou o fundo do túnel, filmando os dois corpos caídos no chão. Arrepiou-se ao reconhecer a si mesma deitada ao lado do assassino.

— Albert Manzorella, de quarenta e dois anos, detetive do Departamento de Polícia de Newport, foi levado para o Hospital de Newport para tratar dos ferimentos causados em uma luta corporal com a funcionária Grace Callahan, do *KTA*. Nesta manhã, Manzorella confessou ter assassinado Charlotte Wagstaff Sloane, a filha dela, Madeleine Sloane, e a estagiária do *KTA* Zoe Quigley. Ele ainda admitiu ter atacado Sam Watkins, outro estagiário do *KTA*. Grace Callahan também está no Hospital de Newport, recuperando-se de uma facada que levou do detetive.

— Graças a Deus eu não o matei — Grace disse. Mas só de pensar que o assassino poderia estar em um quarto perto do dela, ficou amedrontada.

B. J. desviou os olhos da televisão para olhar para ela. — Você ouviu, Grace? Constance disse: "A *funcionária* Grace Callahan, do *KTA*." Você conseguiu o emprego, querida!

O telefone tocou quase imediatamente depois do noticiário. Era seu pai, muito preocupado.

— Estou bem, papai. De verdade. Estou bem. Não precisa se preocupar.

— Vou pegar o carro para chegar até aí — Walter Wiley disse.

— Não precisa fazer isso, papai.

— Estarei aí até a hora do almoço.

Grace desligou o telefone, nem um pouco triste por saber que seu pai logo estaria com ela.

Talvez, com sua nova influência, poderia convencer Frank a deixar Lucy ir com ela para casa mais cedo, e todos poderiam voltar para Nova Jersey juntos. Talvez B. J. quisesse ir com eles.

Quando B. J. foi à lanchonete para comprar alguma coisa decente para comer, o médico entrou, examinou-a e reiterou o que B. J. já tinha dito. Grace poderia sair do hospital mais tarde naquele dia, contanto que não fizesse esforços. Quando voltasse para casa, precisaria consultar seu próprio médico.

Uma enfermeira entrou com um pente, uma toalha e uma escova de dentes. Grace andou vagarosamente até o pequeno banheiro e se lavou. Quando saiu, Oliver Sloane estava sentado na poltrona de vinil ao lado de sua cama, com um buquê de rosas amarelas sobre o colo.

Ele se levantou. — Ó Grace. Graças a Deus você está bem.

Grace sorriu, emocionada pelo fato de aquele homem que tinha passado por tantas coisas e perdido tanto ter ido vê-la. — Estou bem, sr. Sloane. O médico disse que tudo vai ficar bem.

— Queria lhe agradecer, Grace. Por tudo que tem feito. Manzorella teria escapado impune se não fosse você. Charlotte, minha doce Madeleine e aqueles outros pobres jovens.

Grace recostou-se na cama e puxou o fino lençol de algodão sobre suas pernas. — Não sei de nada disso. Acredito que a polícia iria descobrir tudo mais cedo ou mais tarde.

Oliver fez uma careta. — Talvez sim, talvez não. Eles não descobriram nada em quatorze anos, por que acreditaríamos que teriam algum sucesso agora? Quem sabe ao certo quantos traidores existem entre eles? — perguntou, com amargura na voz.

Grace sentiu pena do homem enquanto o observava. Sua esposa e sua filha mortas, assassinadas por alguém que queria a esposa dele, mas que não a teve. Como um homem que tinha sido infiel enquanto era casado, mesmo quando sua esposa tentava fazer as coisas darem certo entre eles, Oliver devia carregar consigo um grande sentimento de culpa. Poderia aprender com tudo aquilo. Teria uns dias bem difíceis pela frente. Ele entregou as flores a Grace, e ela agradeceu. Quando se dirigia à porta, ela o chamou.

— Hesitei em lhe dizer — Grace começou —, mas acho que gostaria de saber. É a respeito do peso de papel que o senhor me deu.

— O que tem ele?

— Não é autêntico, sr. Sloane.

— Não entendo — disse Oliver.

— Eu o testei. É feito com algum tipo de plástico.

— Como pode ser? — Oliver perguntou, perplexo. — Comprei aquela peça de Kyle Seaton. Ele é um vendedor muito respeitado.

— Não sei, sr. Sloane, mas o senhor deveria checar as outras peças de sua coleção.

O hospital não colocou nenhum empecilho para Lucy ficar com sua mãe. No começo a garota estava séria, com os olhos assustados, mas relaxou depois de um tempo, tranqüilizada, sabendo que Grace estava bem. Quinze minutos depois, Lucy estava pegando o controle remoto, procurando pela reprise de *Law & Order* na televisão.

— Você gosta de *Law & Order*? — B. J. perguntou.

— Eu *amo Law & Order* — Lucy o corrigiu.

— Eu também.

Lucy olhou para B. J. com interesse, analisando aquele cara alto. Ele poderia ser legal. Ela ainda não tinha certeza. Mas sabia de uma coisa. Sua mãe não parecia uma pessoa doente naquela cama de hospital. Parecia feliz. Feliz de verdade.

Impresso no Brasil pelo
Sistema Cameron da Divisão Gráfica da
DISTRIBUIDORA RECORD DE SERVIÇOS DE IMPRENSA S.A.
Rua Argentina 171 – Rio de Janeiro, RJ – 20921-380 – Tel.: 2585-2000